O JOGO DO CORINGA

LEIA TAMBÉM DE MARIE LU

DUOLOGIA WARCROSS
Warcross
O jogo do coringa

TRILOGIA JOVENS DE ELITE
Jovens de Elite
Sociedade da Rosa
A Estrela da Meia-noite

SÉRIE LEGEND
Legend
Prodigy
Champion

MARIE LU

O JOGO DO CORINGA

HORA DA REVANCHE!

Tradução de Regiane Winarski

Título original
WILDCARD

Copyright © 2018 by Xiwei Lu

Todos os direitos reservados. Nenhuma parte desta obra pode ser reproduzida no todo ou em parte sob qualquer forma.

Direitos para a língua portuguesa reservados
com exclusividade para o Brasil à
EDITORA ROCCO LTDA.
Av. Presidente Wilson, 231 – 8º andar
20030-021 – Rio de Janeiro – RJ
Tel.: (21) 3525-2000 – Fax: (21) 3525-2001
rocco@rocco.com.br | www.rocco.com.br

Printed in Brazil/Impresso no Brasil

Preparação de originais: VANESSA RAPOSO

CIP-Brasil. Catalogação na fonte.
Sindicato Nacional dos Editores de Livros, RJ.

L96j   Lu, Marie
      O jogo do coringa / Marie Lu; tradução de Regiane Winarski. – Primeira edição – Rio de Janeiro: Fantástica Rocco, 2019.
      (Warcross; 2)

      Tradução de: Wildcard
      ISBN 978-85-68263-77-8
      ISBN 978-85-68263-78-5 (e-book)

      1. Ficção americana. I. Winarski, Regiane. II. Título. III. Série.

19-55320   CDD–813   CDU–82-3(73)

Meri Gleice Rodrigues de Souza – Bibliotecária CRB-7/6439

Esta é uma obra de ficção. Nomes, personagens, lugares e incidentes são produtos da imaginação da autora ou foram usados de forma ficcional, e qualquer semelhança com pessoas reais, vivas ou não, empresas comerciais, eventos ou locais é mera coincidência.

O texto deste livro obedece às normas do Acordo Ortográfico da Língua Portuguesa.

Para Primo, que sempre me puxa para cima

Em outras notícias, as delegacias de polícia de todo o mundo estão entrando no seu terceiro dia de multidões avassaladoras do lado de fora. O famoso chefe do crime Jacob "Ace" Kagan entrou em uma delegacia do 8º *arrondissement* de Paris hoje de manhã e se entregou às autoridades em um gesto surpreendente que deixou muitas pessoas intrigadas. Nos Estados Unidos, dois fugitivos da lista de Dez Mais Procurados do FBI foram encontrados mortos – ambos os incidentes foram declarados suicídio. Esse é o resumo da manhã.

– **TRANSMISSÃO DO *TOKYO SUN*,**
RESUMO DA MANHÃ

No meu sonho, estou com Hideo.

Sei que é sonho porque estamos em uma cama branca no alto de um arranha-céu que nunca vi, em um quarto todo feito de vidro. Se eu olhar para baixo, para o chão, consigo ver através das dezenas e dezenas de andares sob nós, teto-piso, teto-piso, até sumirem em um ponto muito abaixo, até a terra.

Talvez não haja chão sólido nenhum.

Apesar de os raios suaves do amanhecer estarem entrando, afastando o azul da noite e iluminando nossa pele com um brilho amanteigado, um cobertor impossível de estrelas ainda pode ser visto no céu, cobrindo-o de uma camada de purpurina dourada e branca. Além do quarto, se espalha a paisagem de uma cidade infinita, as luzes um espelho das estrelas acima, continuando até desaparecer na cobertura de nuvens do horizonte.

É demais. Tem infinito em todas as direções. Não sei para que lado cair.

Os lábios de Hideo tocam na minha omoplata, e minha desorientação evapora em calor. *Ele está aqui*. Inclino a cabeça para trás, a boca entreaberta, o cabelo caindo pelas costas, e viro o olhar para o teto de vidro e para as constelações acima.

Me desculpa, ele está sussurrando, a voz ecoando na minha mente.

Balanço a cabeça para ele e franzo a testa. Não consigo recordar por que está pedindo desculpas, e os olhos dele estão tão tristes que não quero lembrar. *Alguma coisa não está certa. Mas o que é?* Estou com um sentimento incômodo que diz que eu não devia estar aqui.

Hideo me puxa para perto. O sentimento se intensifica. Espio a cidade pelo vidro, me perguntando se essa paisagem de fantasia não está como deveria, ou se são as estrelas acima que estão me deixando hesitante. *Alguma coisa não está certa...*

Meu corpo se contrai contra o de Hideo. Ele franze a testa e aninha meu rosto com a mão. Quero me entregar ao nosso beijo, mas um movimento do outro lado do quarto me distrai.

Tem uma pessoa lá. É uma figura toda vestida de preto, as feições escondidas atrás de um elmo escuro.

Olho para ele. E tudo que é feito de vidro se estilhaça.

DISTRITO DE SHINJUKU

Tóquio, Japão

1

Oito dias para a Cerimônia de Encerramento de Warcross

Tem alguém me observando.

Consigo sentir; é uma sensação estranha de ser seguida, um olhar invisível grudado nas minhas costas. Deixa minha pele arrepiada, e conforme percorro as ruas de Tóquio encharcadas de chuva para me encontrar com os Phoenix Riders, fico olhando para trás. As pessoas passam apressadas em um fluxo de guarda-chuvas coloridos e ternos, saltos e casacões. Não consigo parar de imaginar seus rostos cabisbaixos todos virados na minha direção, independentemente do caminho que eu siga.

Talvez seja a paranoia que acompanha os anos que passei sendo caçadora de recompensas. *Você está em uma rua lotada*, digo para mim mesma. *Ninguém está te seguindo.*

Passaram-se três dias desde que o algoritmo de Hideo foi ativado. Tecnicamente, o mundo deveria agora estar mais seguro do que nunca. Todas as pessoas que já haviam usado as novas lentes de contato da Henka Games, mesmo que só as tivessem colocado uma vez, agora devem estar completamente sob o controle de Hideo, incapazes de violar a lei ou fazer mal a outra pessoa.

Só os poucos que ainda usam as lentes beta, como eu, não foram afetados.

Então, em teoria, não deveria estar preocupada com a ideia de alguém estar me seguindo. O algoritmo não vai permitir que ninguém me faça mal.

Mas, enquanto penso nisso, diminuo o passo para olhar a longa fila que contorna a delegacia. Todos estão se entregando para as autoridades por tudo de ilegal que já fizeram, desde multas não pagas a pequenos roubos... e até mesmo assassinatos. Está assim nos últimos três dias.

Minha atenção se volta para uma barricada da polícia no fim da rua. Estão nos mandando fazer retorno por outro quarteirão. Luzes de ambulância piscam nas paredes e iluminam uma maca coberta sendo colocada no veículo. Só preciso dar uma espiada rápida nos policiais apontando para o alto de um prédio próximo para entender o que aconteceu. Mais um criminoso deve ter pulado para se matar. Suicídios assim estão enchendo os noticiários.

E ajudei a fazer isso tudo acontecer.

Engulo minha inquietação e me viro. Há um vazio sutil e significativo no olhar de todo mundo. As pessoas não sabem que existe uma mão artificial dentro das mentes delas, alterando seu livre-arbítrio.

A mão de *Hideo*.

Esse lembrete basta para me fazer parar no meio da rua e fechar os olhos. Meus punhos se fecham e se abrem enquanto meu coração se contrai com o nome dele. *Sou tão idiota.*

Como pensar nele pode me encher de repulsa e desejo ao mesmo tempo? Como posso olhar horrorizada essa fila de pessoas esperando na chuva do lado de fora de uma delegacia... e ainda corar por causa do sonho em que estava na cama de Hideo, passando as mãos pelas costas dele?

Acabou o que a gente tinha. Esquece ele. Abro os olhos de novo e continuo, tentando conter a raiva que bate no peito.

Quando entro nos corredores aquecidos de um shopping center de Shinjuku, a chuva está caindo mais grossa, manchando os reflexos de luzes néon no asfalto liso.

Não que a tempestade esteja atrapalhando os preparativos para a cerimônia de encerramento de Warcross, que vai marcar o fim dos jogos deste ano. Com as lentes beta, vejo as ruas e calçadas marcadas em tons de escarlate e dourado. Cada bairro de Tóquio está iluminado assim agora, as ruas nos tons das cores do time mais popular da região. Acima, uma exibição extravagante de fogos virtuais está acontecendo, pontilhando o céu com explosões de luzes coloridas. O time favorito do bairro Shinjuku é o Phoenix Riders, e os fogos aqui estão exibindo a forma de uma fênix em ascensão, arqueando o pescoço em chamas em um grito de vitória.

Durante todos os dias da semana seguinte, os dez melhores jogadores do campeonato deste ano serão anunciados pelo mundo inteiro depois de uma votação global. Esses dez jogadores vão competir em um torneio final com todas as maiores estrelas durante a cerimônia de encerramento, depois vão passar um ano como as maiores celebridades do mundo antes de jogarem de novo na próxima primavera, na cerimônia de abertura. Como aquela que invadi e estraguei, que virou minha vida de cabeça para baixo e me botou onde estou.

As pessoas nas ruas estão orgulhosamente vestidas como os dez melhores jogadores do ano. Vejo alguns sósias de Asher usando o traje que ele vestira durante a nossa partida no Mundo Branco; tem uma pessoa vestida como Jena, outra como Roshan. Alguns discutem de forma acalorada sobre a Final. Houve uma trapaça óbvia: power-ups que não deviam estar no jogo.

Claro, isso foi coisa minha.

Ajeito a máscara no rosto e deixo o meu cabelo com as cores do arco-íris cair do capuz da capa de chuva vermelha. Minhas galochas fazem barulho contra a calçada. Tenho um rosto virtual aleatório por cima do meu, então pelo menos as pessoas que estiverem usando os óculos ou lentes de contato NeuroLink vão ver uma estranha quando me olharem. Para a rara pessoa que não estiver, a máscara facial deve cobrir o suficiente para permitir que eu me misture aos demais mascarados.

– *Sugoi!* – exclama alguém passando por mim e, quando me viro, vejo duas garotas de olhos arregalados sorrindo para o meu cabelo. As palavras delas em japonês são traduzidas no meu visor. "Uau! Que fantasia boa de Emika Chen!"

Elas fazem um gesto de que querem tirar uma foto minha, entro na brincadeira e levanto as mãos fazendo Vs, o sinal da vitória. *Será que vocês duas estão sob o controle de Hideo também?*, penso.

As garotas assentem em agradecimento, e sigo em frente. Ajeito o skate elétrico preso no ombro. É um disfarce temporário bom, fingir ser eu mesma, mas, para alguém acostumada a perseguir os outros, eu ainda me sinto estranhamente exposta.

> Emi! Está chegando?

A mensagem de Hammie aparece na minha frente em texto branco transparente e quebra minha tensão. Abro um sorriso instintivo e acelero o passo.

> Quase.

> Teria sido mais fácil, sabe, se você tivesse vindo com a gente.

Lanço um olhar para trás de novo. Teria sido mais fácil, certamente; mas na última vez que fiquei no mesmo lugar que meus colegas de time, Zero quase nos matou em uma explosão.

> Não sou mais uma Rider oficialmente. As pessoas fariam perguntas se nos vissem saindo em grupo hoje.

> Mas você ficaria mais protegida se viesse conosco.

> É mais seguro assim.

Quase consigo ouvi-la suspirar. Ela envia o endereço do bar de novo.

> A gente se vê daqui a pouco.

Atravesso o shopping e saio do outro lado. Aqui, os quarteirões coloridos de Shinjuku se transformam nas ruas descuidadas de Kabukichō, o bairro de prostituição de Tóquio. Meus ombros se contraem. Não é uma área *perigosa*, ainda mais em comparação ao lugar de onde eu vim, em Nova York, mas as paredes são cobertas de telas iluminadas exibindo os serviços de garotas bonitas e garotos atraentes de cabelo espetado, junto com faixas com mensagens sinistras que não quero entender.

Modelos virtuais com trajes sumários estão paradas do lado de fora de bares, fazendo sinal para os visitantes entrarem. Elas me ignoram quando percebem que meu perfil me indica como estrangeira e voltam a atenção para os mais lucrativos japoneses andando pelas ruas.

Ainda assim, acelero o passo. Nenhum bairro de prostituição no mundo é seguro.

Entro em uma rua estreita no limite de Kabukichō. *Viela do Mijo* é como esse amontoado de passagens pequenas se chama. Os Riders o escolheram esta noite porque fica fechado a turistas durante a temporada do campeonato de Warcross. Guarda-costas de cara feia e terno estão vigiando as entradas e saídas das vielas, afastando transeuntes curiosos.

Tiro meu disfarce por um segundo para eles poderem ver minha verdadeira identidade. Um guarda-costas abaixa a cabeça e me deixa entrar.

Os dois lados da viela são ocupados por barzinhos de saquê e quiosques de yakitori. Por cada porta de vidro fosco, vejo as costas dos jogadores das outras equipes encolhidas na frente de grelhas fumegantes, discutindo alto com projeções virtuais nas paredes exibindo entrevistas com os jogadores. O aroma de chuva fresca se mistura com os odores de alho, missô e carne frita.

Tiro a capa de chuva, sacudo a água e a dobro do lado contrário dentro da mochila. Em seguida, vou para o último quiosque. Esse bar é um pouco maior do que os demais e está virado para uma viela tranquila isolada dos dois lados. A porta está iluminada por uma fileira de lanternas vermelhas alegres, e há homens de terno parados em posições estratégicas em volta. Um deles repara em mim e chega para o lado para me dar passagem.

Passo embaixo das lanternas e entro pela porta deslizante. Uma cortina de ar quente me envolve.

```
Fez check-in no Midnight Sense Bar!
   +500 pts. Pontuação do dia: +950
          Fase 36 | N 120.064
```

Estou em um ambiente aconchegante com alguns assentos arrumados em volta de um bar, onde um chef está ocupado preparando tigelas de lámen. Ele faz uma pausa para anunciar minha chegada.

Gritos me recebem e todos se viram na minha direção.

Estão presentes Hammie, nossa Ladra, e Roshan, nosso Escudo. Asher, nosso Capitão, está sentado em um dos bancos com a cadeira de rodas estilosa dobrada atrás. Até Tremaine, que tecnicamente joga no Demon Brigade, está aqui. Ele fica com os cotovelos apoiados no bar enquanto assente para mim no meio do vapor que sobe da tigela. Está sentado longe de Roshan, que futuca uma pulseira de contas do terço no pulso e faz questão de ignorar o antigo namorado.

Meu time. Meus amigos. A sensação estranha de estar sendo observada some quando olho para os rostos deles.

Hammie faz sinal para eu me aproximar. Sento-me agradecida no banco vazio ao lado dela. O chef coloca uma tigela de lámen na minha frente e se afasta para nos dar privacidade.

– A cidade toda está comemorando – murmuro. – As pessoas não fazem ideia do que Hideo fez.

Ela começa a prender os cachos em um coque no alto da cabeça. Em seguida, indica com o queixo a tela virtual passando imagens da Final na parede.

– Você chegou bem na hora – responde ela. – Hideo vai fazer o pronunciamento.

Nós olhamos para a tela e Hammie serve uma xícara de chá para mim. Agora está mostrando uma sala de repórteres com os rostos virados para um palco enorme, todos esperando impacientemente a chegada de Hideo. Kenn, o diretor criativo de Warcross, e Mari Nakamura, a chefe-executiva de operações da Henka Games, já estão lá, sussurrando um com o outro.

A sala na tela de repente ganha vida quando Hideo sobe no palco. Ele ajeita as lapelas do paletó enquanto vai se juntar aos companheiros e aperta mãos no caminho com a graça cuidadosa e tranquila de sempre.

Mesmo que na tela, vê-lo é sufocante, como se ele tivesse entrado naquele bar. Só consigo enxergar o mesmo garoto que vi a vida toda, o rosto que eu parava para olhar nas bancas de jornais e na TV. Enfio as unhas na bancada, tentando não demonstrar o constrangimento de me sentir tão fraca.

Hammie repara. Ela me olha com solidariedade.

– Ninguém espera que você já o tenha esquecido – diz. – Sei que ele está tentando dominar o mundo e tudo o mais, mas ainda fica melhor de terno do que um modelo da Balmain.

Asher faz cara feia.

– Estou bem aqui.

– Eu não falei que queria *sair* com ele – responde Hammie, esticando a mão para dar um tapinha na bochecha de Asher.

Olho Hideo e Kenn conversando em voz baixa e me pergunto o quanto Kenn e Mari sabem dos planos de Hideo. A empresa toda estava envolvida desde o início? É possível manter uma coisa assim em segredo? Será *que* muita gente participaria de uma coisa tão horrível?

– Como todos sabem – começa Hideo –, uma fraude foi ativada durante a Final deste ano e beneficiou um time, o Phoenix Riders, em relação ao outro, a Equipe Andromeda. Depois de repassar a questão com nossa equipe criativa – ele faz uma pausa para olhar para Kenn –, parece que a fraude foi ativada não por um dos jogadores, mas por alguém de fora. Decidimos que a melhor forma de resolver isso, então, é fazendo uma nova partida oficial entre a Equipe Andromeda e o Phoenix Riders, em quatro dias. Em seguida, haverá a cerimônia de encerramento, quatro dias depois.

Um burburinho imediato se espalha pela sala após as palavras de Hideo. Asher se encosta e franze o rosto para a tela.

– Bem, vai rolar – diz ele para todos nós. – Uma nova partida oficial. Temos três dias para nos preparar.

Hammie come um pouco de macarrão.

– Uma partida oficial – ecoa ela, embora não haja entusiasmo na sua voz. – Nunca aconteceu na história do campeonato.

– Vai ter muita gente odiando o Phoenix Riders por aí – acrescenta Tremaine. Alguns gritos de "Trapaceiros!", vindos de outros bares lá fora, já podem ser ouvidos claramente.

Asher dá de ombros.

– Não é nada que não tenhamos enfrentado antes. Não é mesmo, Blackbourne?

A expressão de Tremaine está vazia. A empolgação do novo jogo não nos contagia, e continuamos olhando para a tela. Uma nova partida não é a grande notícia. Se aqueles repórteres soubessem o que Hideo está fazendo de verdade com o NeuroLink...

Estou cansado do horror no mundo, dissera ele. *Então, vou acabar com ele à força.*

– Bem – começa Roshan, passando a mão pelo rosto –, se Hideo se incomodou com qualquer coisa que aconteceu nos últimos dias, ele não está demonstrando.

Tremaine está concentrado em uma coisa invisível no seu visor, digitando rapidamente no balcão do bar. Algumas semanas antes, eu teria me irritado por estar no mesmo aposento do que ele. Tremaine continua não sendo minha pessoa favorita, e fico esperando que faça expressão de desprezo e me chame de Princesa Peach de novo, mas agora ele está do nosso lado. E precisamos de toda ajuda que pudermos obter.

– Descobriu alguma coisa? – pergunto a ele.

– Descobri números seguros de quantas pessoas têm as novas lentes. – Tremaine se encosta e solta um suspiro. – Noventa e oito por cento.

Daria para cortar o silêncio como se fosse um bolo. Noventa e oito por cento de todos os usuários estão agora controlados pelo algoritmo de Hideo. Penso nas filas compridas, na fita de isolamento da polícia. A proporção me deixa tonta.

– E os outros dois por cento? – Asher consegue perguntar.

– É composto de qualquer pessoa que ainda esteja usando as lentes de teste beta – responde Tremaine – e que ainda não trocou. Essas pessoas estão em segurança por enquanto. – Ele olha para o bar. – Nós, claro, e uma quantidade dos jogadores oficiais, pois recebemos as lentes beta antes da versão final sair. Muita gente no Dark World, aposto. E as poucas pessoas no mundo todo que não usam o NeuroLink. E é isso. Todas as outras pessoas estão presas.

Ninguém quer acrescentar nada. Não falo em voz alta, mas sei que não ficaremos com lentes beta para sempre. Dizem por aí que elas vão fazer download de um patch que as converte em lentes do algoritmo no dia da cerimônia de encerramento do Warcross.

Isso vai acontecer em oito dias.

– Temos sete dias de liberdade – diz Asher por fim, expressando o que todos estamos pensando. – Se alguém quiser roubar um banco, a hora é agora.

Olho para Tremaine.

– Alguma sorte na pesquisa de mais informações sobre o algoritmo em si?

Ele balança a cabeça e abre uma tela para todos vermos. É um labirinto de letras luminosas.

– Não consigo encontrar o menor rastro. Estão vendo? – Ele para e aponta para um bloco de código. – A sequência principal de log-on? Devia ter alguma coisa aqui.

– Você está dizendo que é impossível ter um algoritmo aqui – respondo.

– Estou dizendo que é impossível, sim. É como ver uma cadeira flutuar no ar sem nenhum fio amarrado.

É a mesma conclusão a que cheguei nas últimas noites insones. Eu as passei revirando cada fresta do NeuroLink. Nada. Não consigo descobrir como Hideo está implementando seu algoritmo.

Suspiro.

– O único jeito de acessar pode ser pelo próprio Hideo.

Na tela, Hideo está respondendo a perguntas da imprensa agora. O rosto está sério, a postura, relaxada e o cabelo, perfeitamente desgrenhado. Tão composto quanto sempre. Como consegue ficar tão calmo? Eu me inclino para a frente, como se os poucos momentos que tivemos juntos em nosso breve relacionamento fossem suficientes para eu ver o que ele está pensando.

Meu sonho da noite anterior surge na mente de novo, e quase consigo sentir as mãos dele descendo pelos meus braços expostos, a expressão séria. *Me desculpa*, sussurrara ele. Então, a silhueta escura me observando do canto do aposento. O vidro ao nosso redor se estilhaçando.

– E você? – diz Tremaine, me arrancando do meu devaneio. – Alguma notícia de Zero? Fez contato com Hideo?

Respiro fundo e balanço a cabeça.

– Não procurei ninguém. Ainda não, pelo menos.

– Você não está ainda pensando seriamente na proposta de Zero, está? – Asher está com a cabeça apoiada em uma das mãos, me observando com cautela. É a mesma expressão que ele fazia quando era meu capitão e achava que eu não ia ouvir suas ordens. – Não aceite. É uma armadilha óbvia demais.

– Hideo também era uma armadilha, Ash – diz Hammie. – E nenhum de nós percebeu.

– É, bem, Hideo nunca tentou explodir nosso alojamento – resmunga Asher. – Olha, mesmo que Zero esteja falando sério sobre querer que Emi se junte a ele para deter Hideo, tem que ter alguma condição. Ele não é exatamente um cidadão modelo. A ajuda dele pode vir com mais problemas do que vale a pena.

Tremaine apoia os cotovelos na bancada. Eu ainda não estou acostumada a ver preocupação genuína no rosto dele, mas é reconfortante. Um lembrete de que não estou sozinha.

– Se você e eu trabalharmos juntos, Em, podemos tentar evitar a ajuda de Zero. Deve haver pistas sobre Sasuke Tanaka por aí.

– Sasuke Tanaka desapareceu sem deixar rastros – diz Roshan. A voz baixa está fria e afiada enquanto ele enrola um macarrão nos palitinhos.

Tremaine olha para ele.

– *Sempre* há algum rastro – responde.

Asher fala antes que as coisas fiquem mais constrangedoras entre Roshan e Tremaine.

– E se você fizer contato com Hideo primeiro? Disser pra ele que descobriu que o irmão dele está vivo. Você falou que ele criou isso tudo, o Warcross, o algoritmo, por causa do irmão, né? Ele não faria qualquer coisa pelo irmão?

Na minha mente, vejo Hideo me olhando. Tudo *que eu faço é para ele*. Hideo me disse isso algumas semanas atrás, nas águas de uma fonte termal, enquanto observávamos as estrelas surgirem no céu.

Mesmo naquela ocasião, ele já estava planejando o algoritmo. As palavras ganham significado novo agora. Me retraio, com o calor dessa lembrança endurecendo e virando gelo.

– Isso *se* Zero for mesmo irmão dele – respondo.

– Você está dizendo que não é? Nós todos vimos.

– Estou dizendo que não tenho como me certificar. – Mexo o macarrão na tigela, sem conseguir encontrar o apetite.

Hammie inclina a cabeça, pensativa, e vejo as engrenagens da sua mente de enxadrista funcionando.

– Poderia ser alguém que roubou a identidade de Sasuke – diz ela. – Poderia ser alguém tentando tirar as pessoas do seu rastro usando o nome de um garoto morto.

– Roubo de identidade de morto – murmuro, concordando. Conheço a prática porque já fiz isso.

– Emi não pode contar uma coisa importante assim para o Hideo se houver a chance de nem ser verdade – continua Hammie. – Poderia levá-lo a fazer algo imprevisível. Precisamos de provas primeiro.

Roshan se levanta de repente. A cadeira tomba com um ruído no chão. Olho abruptamente e o vejo dando as costas para nós e saindo do bar pela porta deslizante.

– Ei – diz Hammie. – Tudo bem?

Ele faz uma pausa para olhar para nós.

– Tudo bem com o quê? Com o fato de que estamos todos aqui sentados, conversando sobre os detalhes técnicos de como Emi devia se jogar em uma situação que pode matá-la?

O resto de nós para de falar, e as palavras pairam no ar sem serem ditas. Nunca ouvi raiva de verdade na voz de Roshan antes, e o som parece errado.

Ele olha para os colegas de equipe antes de pousar o olhar em mim.

– Você não deve nada a Hideo – diz baixinho. – Você fez o que foi contratada pra fazer. Não é responsabilidade sua mergulhar mais fundo nisso, no passado de Zero e no que aconteceu entre ele e Hideo, ou mesmo no que ele planeja fazer com Hideo.

– Emi é a única que... – Asher começa a dizer.

– Como se você sempre tivesse cuidado das necessidades dela – corta Roshan. Levanto as sobrancelhas, surpresa.

– Roshan – diz Asher, o observando com atenção.

Mas Roshan aperta os lábios.

– Olha, se a equipe de Zero ainda estiver determinada a impedir Hideo, vamos deixar que *ele* faça isso. Vamos deixar que os dois partam pra cima um do outro. Recue e tire o seu da reta, Emi. Não tem que fazer nada disso. E nenhum de nós deveria estar convencendo você do contrário.

Antes que eu possa responder, Roshan se vira e sai para a noite. A porta se fecha com um estrondo alto depois que ele nos deixa. Ao meu redor, os outros soltam o ar.

Hammie balança a cabeça quando olho para ela.

– É porque ele está aqui – murmura ela, indicando Tremaine. – Ele deixa o Roshan perturbado.

Tremaine limpa a garganta com desconforto.

– Ele não está errado – diz. – Sobre o perigo, eu quero dizer.

Olho para o espaço onde Roshan estava e imagino o terço deslizando pelo pulso dele. No meu visor, ainda consigo ver a última mensagem de Zero nos arquivos, as letras pequenas, brancas, esperando.

> **Minha proposta continua de pé.**

Hammie se encosta e cruza os braços.
– Por que você *está* indo em frente com isso? – pergunta ela.
– O destino do mundo não é um motivo bom o suficiente? – digo.
– Não, tem mais coisa nessa história.
A irritação cresce no meu peito.
– Isso tudo está acontecendo por minha causa. Eu estava envolvida diretamente.
Hammie não recua quando ouve a rispidez das minhas palavras.
– Mas você sabe que não é sua culpa. Me diz: *por quê?*

Hesito, sem querer revelar. No canto da visão, vejo o perfil de Hideo com uma aura verde. Ele está acordado e online. É o suficiente para eu querer chamá-lo para um Link.

Odeio o fato de ele ainda exercer essa atração sobre mim. Afinal, todo mundo tem aquela pessoa por quem não consegue deixar de ficar obcecado. Não que eu não tenha gostado do nosso envolvimento nessas últimas semanas, mas...

Ele é mais do que uma pessoa com quem me envolvi superficialmente, uma recompensa ou um alvo. Ele estará sempre unido à minha história. O Hideo que roubou o livre-arbítrio do mundo é o mesmo Hideo que sofreu tanto pela perda do irmão que acabou ficando com uma mecha prateada permanente no cabelo. O mesmo Hideo que ama a mãe e o pai e que me tirou da escuridão e me desafiou a sonhar com coisas melhores.

Eu me recuso a acreditar que ele não passa de um monstro. Não posso vê-lo afundar assim. Sigo em frente porque preciso encontrar aquele garoto de novo, o coração que bate enterrado sob essa mentira. Para salvá-lo, preciso impedi-lo.

Ele já foi a mão que me salvou. Agora, tenho que ser a dele.

• • • • •

Quando saímos do bar, já passa da meia-noite, e a chuva forte virou uma garoa. Ainda há algumas pessoas nas ruas. Os primeiros dois jogadores estelares acabaram de ser anunciados, e imagens virtuais deles agora pairam embaixo de todos os postes da cidade.

HAMILTON JIMÉNEZ dos EUA | PHOENIX RIDERS
PARK JIMIN da COREIA DO SUL | BLOODHOUNDS

Hammie mal olha as imagens dos seus melhores momentos durante o jogo agora dançando embaixo dos postes de luz.

– Você devia voltar com a gente – diz ela, olhando ao redor.

– Eu vou ficar bem – respondo, para acalmá-la. Se alguém estiver mesmo me seguindo, é melhor não fazer nada que leve a pessoa a perseguir meus colegas de equipe também.

– Aqui é Kabukichō, Emi.

Dou um sorriso sardônico.

– E daí? O algoritmo de Hideo está funcionando na maioria dessas pessoas agora. De que devo ter medo?

– Que engraçado – responde Hammie com um movimento exasperado de sobrancelha.

– Olha, a gente não devia andar por aí junto. Você sabe que isso nos torna um alvo tentador, independentemente do algoritmo. Ligo quando tiver chegado no hotel.

Hammie ouve o tom de determinação na minha voz. Seus lábios se torcem com frustração, mas ela assente e sai andando.

– É melhor ligar mesmo – diz ela olhando para trás e balançando a mão para mim enquanto se afasta.

Eu a vejo se juntar aos demais e todos seguirem para a estação do metrô, onde um carro particular os espera. Tento imaginar cada um deles antes de serem famosos, as primeiras vezes em que chegaram a Tóquio, percebiam-se invisíveis o bastante para tomar o metrô. Se já se sentiram solitários.

Quando meus colegas de equipe desaparecem na chuva, eu me viro.

Estou acostumada a me deslocar sozinha. Mesmo assim, a solidão parece mais intensa agora, e o espaço ao meu redor aparenta estar mais vazio sem meus colegas. Enfio as mãos nos bolsos de trás e tento ignorar o modelo masculino virtual que agora se aproxima de mim com um sorriso, me convidando em inglês para um dos clubes que ocupam a rua.

— Não — respondo. Ele some na mesma hora, reaparece na entrada do clube e procura outro cliente em potencial.

Escondo o resto do cabelo embaixo do capuz e sigo em frente. Uma semana antes, eu provavelmente estaria andando com Hideo ao meu lado. O braço dele na minha cintura, o seu casaco nos meus ombros. Ele talvez risse de alguma coisa que eu dissesse.

Mas estou sozinha aqui, ouvindo o barulho solitário das minhas botas nas poças sujas das ruas. O eco da água pingando das placas e dos toldos me distrai. Parece os passos de outra pessoa. A sensação de estar sendo observada volta.

Um zumbido estático vibra nos meus ouvidos. Paro por um momento em um cruzamento e inclino a cabeça para um lado e para o outro até o som sumir.

Olho novamente para o ícone com aura verde de Hideo no meu visor. Onde ele está agora e o que está fazendo? Eu me imagino contactando-o, a forma virtual dele aparecendo na minha frente, na mesma hora em que a pergunta de Asher ecoa nos meus ouvidos. E se eu contasse para Hideo sobre a ligação de Zero com o irmão dele? Seria tão ruim ver o que acontece, mesmo sem ter total certeza?

Trinco os dentes, irritada comigo mesma por pensar em desculpas para ouvir a voz dele. Se eu me distanciar o suficiente dele e me concentrar nessa coisa toda como se fosse um trabalho, pode ser que pare de querer tanto ficar perto de Hideo.

A estática soa no meu ouvido de novo. Desta vez, paro e escuto com atenção. Nada. Só tem algumas pessoas na rua comigo agora, cada uma delas uma silhueta comum. *Pode ser que alguém esteja tentando me hackear.* Começo uma inspeção no meu sistema do NeuroLink para ter certeza de que está tudo em ordem. Texto verde flutua no meu visor e a varredura parece normal.

Até que dá um salto ao fazer um diagnóstico das minhas mensagens.

Franzo a testa, mas, antes de poder examinar melhor, todo o texto some do meu visor. É substituído por uma única frase.

Ainda estou esperando, Emika.

Todos os pelos da minha nuca ficam de pé. É Zero.

2

Giro no meu próprio eixo, os olhos analisando cada silhueta na rua. Os reflexos coloridos ficam borrados na noite chuvosa. Postes de repente parecem pessoas e cada passo distante soa como se viesse na minha direção.

Ele está aqui? É ele quem está me observando? Eu até espero ver uma figura familiar andando atrás de mim, o corpo envolvido pela armadura ajustada, o rosto escondido sob o elmo preto opaco.

Mas não tem ninguém.

– Só se passaram algumas noites – sussurro baixinho, as palavras se transcrevendo em um texto de resposta. – Já ouviu falar em dar tempo pra pessoa pensar?

> **Eu dei tempo.**

A irritação arde embaixo do meu medo. Trinco os dentes e começo a andar mais rápido.

– Talvez esse seja meu jeito de dizer pra você que não estou interessada.

> **E você não está mesmo interessada?**

– Nem um pouco.

> **Por quê?**

– Talvez porque você tenha tentado me matar.

> Se eu ainda quisesse isso, você já estaria morta.

Outro arrepio desce pela minha espinha.
– Você está tentando me convencer a aceitar sua proposta? Não está se saindo muito bem.

> Estou aqui para dizer que você está em perigo.

Ele está brincando comigo, como sempre. Mas alguma coisa no tom dele me deixa paralisada. Percebo que talvez esteja hackeando meus escudos agora, revirando meus arquivos e a *mim* também. Uma vez, ele roubou as Lembranças do meu pai de mim. Ele poderia fazer de novo.
– O único perigo que já corri foi de *você*.

> Então você não tem ido ao Dark World ultimamente.

Uma imagem do Covil dos Piratas aparece de repente à minha volta. Dou um pulo para trás por causa da mudança abrupta. Um segundo antes, estava parada em uma rua da cidade; agora, estou no interior de um navio pirata.

Tremaine estava certo; muitas pessoas no Dark World, o Mundo Sombrio, ainda deviam estar usando lentes beta, porque o algoritmo de Hideo jamais as deixaria descer até lá. O navio parece lotado de pessoas virtuais, todas reunidas em volta do cilindro de vidro no centro do covil. A tela que exibe a loteria do assassinato.

> Você é sempre a primeira escolhida, não é?

Meu olhar percorre a lista. Alguns nomes são familiares: líderes de gangue e chefões da máfia, políticos e algumas celebridades. Mas então...

Lá estou eu. `Emika Chen`. Estou no topo, e ao lado do meu nome há um valor de recompensa de cinco milhões de notas.

Cinco milhões de notas pela minha morte.

– Você só pode estar de sacanagem – consigo dizer.

O Covil dos Piratas desaparece com a mesma rapidez com que apareceu, me deixando no meio de Kabukichō de novo.

As mensagens de Zero chegam rapidamente agora.

> **Tem dois assassinos se aproximando por essa rua. Eles vão alcançá-la antes que você consiga fugir para uma estação de trem.**

Todos os meus músculos se contraem na mesma hora. Já vi o que acontece com outros que vão parar naquela lista; e, por um preço daqueles, os assassinatos quase sempre são bem-sucedidos.

Por uma fração de segundo, me vejo desejando que o algoritmo de Hideo já tivesse afetado todo mundo. Mas logo afasto o pensamento.

– Como posso saber que não foi você quem os mandou? – sussurro.

> **Você está perdendo tempo. Vire à direita no próximo cruzamento. Entre no shopping e desça até o subsolo. Tem um carro esperando por você na rua em frente.**

Um carro? Talvez eu não estivesse sendo paranoica, afinal. Ele estava me observando, talvez tivesse até calculado que caminhos eu tomaria quando me separasse dos Riders.

Olho ao redor com desespero. Talvez Zero esteja mentindo para mim, fazendo um de seus jogos. Abro meu diretório e começo a fazer uma ligação para Asher. Se os outros ainda estiverem perto, talvez possam ir me buscar. Eles...

Eu não termino o pensamento. Um tiro soa atrás de mim e passa perto do meu pescoço até lascar a parede mais próxima.

Uma bala. *Um tiro de arma de fogo.* Uma onda repentina de terror toma conta de mim.

Eu me jogo no chão. Na rua, uma transeunte qualquer grita e corre, e sou a única pessoa por perto. Olho para trás em busca dos meus perseguidores e, desta vez, vejo uma sombra se movendo perto de um prédio, uma ondulação na noite. Outro movimento do outro lado da rua chama a minha atenção. Começo a me levantar.

Um segundo tiro soa.

Sinto o pânico crescendo nas extremidades dos meus sentidos, ameaçando bloquear tudo. Os sons chegam a mim como se eu estivesse embaixo da água. Como caçadora de recompensas, já ouvi tiros antes, o *retinir* de balas da polícia se chocando contra paredes e vidro; mas a intensidade desse momento é nova. Eu nunca fui o alvo.

Zero os enviou? Mas ele me avisou para fugir. E me disse que eu estava em perigo. Por que faria isso se fosse quem está me atacando?

Você tem que pensar.

Eu me encosto na parede, jogo o skate no chão e pulo em cima. Afundo o calcanhar, e o skate dispara com um *whoosh* agudo. Zero disse que um carro estava me esperando depois da próxima esquina. Eu me agacho no skate, seguro os dois lados com as mãos e miro no fim da rua.

Mas um tiro passa perto da minha perna, próximo demais, e acerta o skate. O seguinte solta uma das rodinhas.

Pulo quando o skate voa na direção da parede, rolo e me levanto... mas meu tênis prende em uma rachadura no asfalto. Tropeço. Atrás de mim soam passos. Meus olhos se fecham enquanto tento me levantar. É agora; a qualquer segundo, vou sentir a dor lancinante de uma bala me perfurando.

– Depois da esquina. Vai.

Viro a cabeça para o lado ao ouvir a voz.

Agachada ao meu lado, na escuridão, está uma garota com um gorro preto bem puxado junto à cabeça. O batom é preto, os olhos são cinzentos e duros como aço e estão fixados nas silhuetas na rua. Há uma arma na mão dela e uma algema presa no pulso. Acho que a algema é real por um momento, mas um brilho azul ondulado a percorre. Ela está equilibrada de forma tão leve nos pés que parece pronta para levantar voo, e a expressão está completamente imóvel, sem o menor sinal de inquietação.

Não tinha ninguém ao meu lado um segundo antes. Parece que ela se materializou do nada.

Ela volta o olhar para mim.

– *Vai.* – A palavra estala como um chicote.

Desta vez, eu não hesito. Saio correndo pela rua.

Quando faço isso, ela se levanta e vai na direção de um dos meus assassinos encapuzados. A garota anda com uma calma que é quase sinistra; quando o agressor movimenta o braço para atirar nela, ela também se move. No momento em que ele dispara, a garota vira o corpo para o lado e se desvia da bala enquanto levanta a própria arma. Em um borrão de movimento fluido, ela atira. Chego à esquina e olho para trás na hora que a bala acerta meu assassino no ombro. Ele cai para trás.

Quem é essa garota?

Zero não falou nada sobre outra pessoa trabalhando com ele. Talvez ela não tenha ligação nenhuma. E até poderia ser uma das minhas perseguidoras. Talvez esteja tentando me acalmar fingindo me salvar.

Já cheguei ao shopping. Estou passando correndo por grupos de pessoas assustadas e chego ao primeiro lance de escadas. *Subsolo*. A palavra se repete na minha mente. Ao longe, ouço sirenes da polícia na última rua em que eu estava. Como chegaram tão rápido?

Mas então me lembrei da transeunte que gritou e fugiu do primeiro tiro. Se ela estava usando as lentes novas afetadas pelo algoritmo, a reação pode ter disparado o NeuroLink para fazer contato com a polícia. Seria possível? Parece o tipo de característica que Hideo acrescentaria.

Só quando chego ao pé da escada e saio por uma saída de emergência é que percebo que a garota de olhos cinzentos já está aqui, de alguma forma, correndo ao meu lado. Ela balança a cabeça quando me vê abrir a boca para fazer uma pergunta.

– Não temos tempo. Anda logo – ordena a garota com voz direta. Faço o que ela manda, entorpecida.

Enquanto corro, analiso silenciosamente as informações que tenho sobre ela. É muito pouco. Como eu, parece estar operando por trás de uma identidade falsa, as várias contas de perfil pairando em volta dela, vazias e ilusórias. Ela se move com foco total, tão intensa e segura nos gestos que sei que já fez coisas assim antes.

Assim como? Ajudou um alvo caçado a tentar chegar em segurança? Ou enganou um alvo para que a seguisse até a morte?

Faço uma careta com o pensamento. Não é um jogo que posso me dar ao luxo de perder. Se ela estiver tentando me isolar dos outros caçadores rivais ou algo assim, eu preciso encontrar uma boa oportunidade de fugir.

O subsolo do shopping center parece as bancadas de cosméticos em um shopping de Nova York, exceto que aqui todos os quiosques exibem uma variedade de sobremesas com decorações extravagantes. Bolos, musses, chocolates, tudo embalado de um jeito tão delicado que parecem mais joias do que comida. As luzes estão baixas, o piso fechado durante a noite.

Corro pelos corredores escuros atrás da garota. Ela chega perto de um dos displays de bolo e dá uma cotovelada forte no vidro, que se estilhaça.

Um alarme começa a tocar acima.

Satisfeita, a garota enfia a mão na bancada quebrada e pega um bolo mochi miniatura decorado com flocos dourados. Ela tira os pedacinhos de vidro antes de o colocar na boca.

– O que está fazendo?! – grito para ela acima do barulho.

– Limpando nosso rastro – responde, com a boca cheia de doce. Ela balança o braço com impaciência para o teto. – O alarme deve assustar alguns deles. – Ela aperta a arma e levanta a outra mão para fazer uma série de gestos sutis no ar. Um convite surge no meu visor.

Conectar-se com [inválido]?

Hesito por um momento antes de aceitar. Linhas douradas-néon aparecem no meu visor e nos direcionam por um caminho que ela estabeleceu para nós.

– Siga por aí se você se perder de mim – diz ela por cima do ombro.

– Como chamo você? – pergunto.

– Isso é mesmo importante agora?

– Se alguém me atacar e nos separarmos, vou saber que nome gritar pra pedir ajuda.

Ao ouvir isso, ela se vira para me olhar e me presenteia com um sorriso.

– Jax – responde.

Uma forma escarlate aparece no nosso visor, escondida atrás de um pilar do outro lado do piso.

Jax vira a cabeça na direção dela sem diminuir a velocidade. Ela ergue a arma.

– Se abaixa – avisa. E dispara.

Eu me jogo no chão quando a arma de Jax faísca. A outra pessoa responde com tiros imediatamente, as balas batendo nos pilares e estilhaçando outra bancada de vidro. Meus ouvidos ecoam. Jax continua se movendo da mesma forma de antes, sempre saindo da linha de fogo, engatilhando a arma, firmando o ombro e disparando. Corro com ela com a cabeça abaixada.

Quando uma bala passa zunindo por ela, forçando-a a chegar para o lado. Joga a arma, sem esforço, de uma das mãos para a outra. E dispara.

A bala acerta desta vez. Ouvimos um gritinho de dor; quando olho para além das bancadas, vejo a forma delineada de vermelho cair. A linha dourada que indica nosso caminho vira para a direita, mas, antes de seguirmos por ela, Jax corre até a figura no chão.

Ela aponta a arma para a pessoa e dá um tiro eficiente.

O assassino tem uma convulsão violenta, então fica imóvel.

Acaba em um instante, mas o som dos tiros ecoa na minha mente como ondas agitando um lago, a lembrança se sobrepondo repetidamente. Consigo ver sangue espirrado na parede e a poça escarlate se espalhando embaixo do corpo. O buraco na cabeça dele.

Meu estômago se contrai violentamente. É tarde demais para segurar, então caio de joelhos e vomito o conteúdo do jantar no chão.

Jax me puxa para ficar de pé.

– Calma. Me segue. – Ela inclina a cabeça para o lado e faz sinal para eu continuar andando.

O sangue jorra na parede repetidamente na minha mente. *Ela o matou com facilidade demais. Está acostumada com isso.* Penso em fugir, mas Jax *tinha* me defendido e não tentou me matar. Existe uma recompensa maior pela minha cabeça se eu for levada viva?

Mil perguntas lotam a ponta da minha língua, mas eu me obrigo a cambalear ainda tonta atrás dela. Não há som nenhum exceto o eco das nossas botas no chão. Sirenes da polícia e de ambulâncias ainda devem estar na cena do tiroteio acima, e talvez alguém já tenha encontrado o corpo que Jax deixou para trás.

Os segundos se arrastam como horas antes de finalmente chegarmos ao nosso destino, onde a linha dourada termina, na frente de um armário estreito de suprimentos.

Jax digita um código na trava de segurança da porta. Brilha em verde, solta um único bipe e se abre para nós. Ela me leva para dentro.

O aposento parece um depósito normal, cheio de caixas de madeira e de papelão empilhadas até o teto. Jax se encosta em uma bancada e começa a recarregar a arma.

– Não posso levar você pela saída regular – murmura ela enquanto trabalha. – Tem uma barricada da polícia bloqueando o carro. Nós vamos por aqui.

O *carro*. Talvez ela esteja mesmo com Zero.

Eu me encolho em um canto e aperto bem os olhos. Minha garganta ainda parece coberta de ácido. O tiro mortal ecoa na minha mente. Expiro longamente, trêmula, e tento me recompor, fixando o olhar na arma da garota, mas minhas mãos ficam tremendo, por mais que eu aperte os punhos. Não consigo organizar os pensamentos direito. Cada vez que tento, eles se perdem.

Jax me vê lutando para me controlar. Faz uma pausa, dá um passo na minha direção e segura meu queixo com a mão enluvada. Sangue mancha o couro. Fico parada por um momento, me perguntando como ela consegue ficar tão firme e calma depois de ter atirado na cabeça de uma pessoa. E também me questionando se é agora que ela vai quebrar meu pescoço como se fosse um galho.

– Ei. – Ela gruda o olhar em mim. – Você está bem.

Eu me afasto da mão dela.

– Sei disso. – Há um tremor na minha voz.

– Que bom. – Ao ouvir minha resposta, ela estica a mão até as costas e tira outra arma do cinto. Joga para mim sem me avisar.

Pego a arma com dificuldade.

– Pelo amor de Deus – digo, segurando a arma na minha frente com dois dedos. – O que eu devo fazer com isso?

– Que tal atirar quando necessário? – sugere ela.

Continuo observando-a com o olhar opaco até ela revirar os olhos e pegar a arma de volta. Recoloca-a no cinto antes de apanhar a própria e tirar o cartucho usado.

– O que foi? Nunca usou uma arma?

– Não uma de verdade.

– Já viu alguém morrer?

Balanço a cabeça, entorpecida.

– Achei que você fosse caçadora de recompensas – diz ela.

– Eu sou.

– Você não faz esse tipo de coisa?

– O quê, matar gente?

– É. Isso.

– Meu trabalho é pegar alvos *vivos*, não fazer buracos na cabeça deles. – Eu a vejo colocar um cartucho novo na arma. – É agora que eu pergunto, o que está acontecendo? Zero mandou você?

Jax coloca a arma recém-carregada no coldre. O olhar que ela lança para mim é quase de pena.

– Escuta. Emika Chen, não é? Você obviamente não faz ideia do buraco em que se meteu. – Sem esperar um momento, ela tira uma faca da parte interna da bota e continua: – Você estava jantando com os Phoenix Riders hoje, não é?

– Você estava me espionando?

– Eu estava *observando* você. – Jax vai até o outro lado do armário, onde empurra uma das pilhas de caixas para o lado. Atrás há uma porta disfarçada, visível apenas como um retângulo fino na parede. Ela pega a faca e a enfia cuidadosamente nas rachaduras sutis. – Me diz que não tenho que explicar tudo.

– Olha, vamos começar com você me contando o que acabou de acontecer e vamos partir disso. – Cruzo os braços. É uma forma mais fácil de disfarçar meu tremor, e a sensação dos meus braços cruzados protetoramente sobre o peito me dá um leve conforto. Mostrar fraqueza para essa garota parece uma coisa perigosa.

– Eu acabei de te salvar de quem queria te matar – diz Jax, apontando para mim com a faca. – Zero te avisou sobre eles.

Ouvir essa confirmação vinda dela gera outra onda de medo paralisante em mim. Eu me apoio na parede.

– Então ele mandou você me buscar?

Ela faz que sim.

– Estou disposta a apostar que alguns daqueles caçadores estavam trabalhando juntos, pela forma como se posicionaram dos dois lados da rua e cobriram o subsolo deste lugar. E eles não serão os últimos. Vai ter um monte de gente vindo atrás de você enquanto essa recompensa alta continuar popular no Covil dos Piratas.

Ela anda até mim e coloca um fragmento de metal na minha mão.

– Segura isso. – Volta até a porta e continua trabalhando para enfiar a faca no contorno.

Fico olhando, paralisada de choque.

– Por que as pessoas me querem morta?

– Sua conexão com Hideo Tanaka não é suficiente? – Ela grunhe uma vez, quando a faca fica presa. – As pessoas acham que tudo que aconteceu de errado nos jogos este ano foi por causa da sua invasão na partida da cerimônia de abertura e do seu envolvimento com Hideo. Dizem que você também foi responsável por instalar a trapaça na Final, como reação por ter sido expulsa do seu time. – Ela dá de ombros. – Bem, elas não estão erradas.

A raiva supera minha surpresa.

– As pessoas me querem *morta* por causa disso?

– Há muitos apostadores por aí que devem ter perdido um dinheirão naquela Final. Não importa. Você vai ter assassinos no seu rastro por um tempo, então sugiro que fique perto de mim. – Ela puxa a faca e a enfia em um ponto diferente da fenda, depois empurra o peso sobre ela.

Zero. É a primeira vez que ouço alguém que não é Hideo admitir a existência dele.

– Por que ele enviaria você?

Ela puxa o gorro preto, revela o cabelo prateado curto e olha para mim.

– Por que mais? Pra evitar que você virasse uma peneira. E de nada.

Um formigar percorre meus membros. Zero foi sincero quando me avisou, afinal. Não foi?

– Não... O que eu quero saber é o que você *faz*.

Ela para e me olha.

– É preciso um assassino pra impedir outro, não é?

Uma assassina. Eu não devia ficar chocada, não depois do que a testemunhei fazer, mas de repente penso no Covil dos Piratas no Dark World, onde vi assassinos em potencial olhando as posições da loteria, figuras pacientes e silenciosas como a morte. Talvez Jax fosse uma delas.

Engulo em seco.

– Então você trabalha para Zero? É parte da equipe dele que estava tentando sabotar o Warcross?

Ela pensa na pergunta antes de responder:

– Pode-se dizer isso. Nós dois somos Blackcoats.

Blackcoats.

Franzo a testa e penso em todos os grupos que encontrei no Dark World. Existem os nomes grandes, claro – os hackers da Equipe Destruidora; os Anonymous –, que o público conhece, e gangues menores que aspiram à notoriedade.

Mas Blackcoats não é um nome com o qual eu esteja familiarizada. Não tenho ideia se são grandes ou pequenos, o que fazem e nem qual é seu objetivo. No meu mundo, isso é ainda mais perigoso. Significa que o propósito deles não é fazer atos públicos, mas sim estragos sérios.

– Nunca ouvi falar – respondo.

Ela dá de ombros de novo.

– Eu não esperava que tivesse ouvido. Se tivesse, eu ficaria mais desconfiada.

– E se eu não quiser?

– Não quiser o quê?

– E se eu não quiser saber mais? E se não quiser ir com você?

Desta vez, um sorrisinho surge nos lábios de Jax e muda toda a sua expressão para algo sinistro. De repente, passa pela minha cabeça que estou presa no mesmo ambiente que uma assassina profissional.

– Então vai embora – diz ela, inclinando a cabeça na direção da porta.

Ela está me provocando agora, testando a determinação das minhas palavras. Por pura teimosia, vou até a porta e seguro a maçaneta, pronta para abri-la e sair correndo por onde vim. Até espero sentir a dor ardente de uma bala nas costas atravessando meu corpo e me derrubando no chão.

– Se você não se importar de morrer hoje – acrescenta ela casualmente atrás de mim.

Por mais que eu me odeie por isso, as palavras dela me detêm.

– Zero vai ficar decepcionado de perder você – continua ela –, mas ele nunca obrigou ninguém a trabalhar conosco contra a vontade. Se você sair por aquela porta, estará livre e também morta. A escolha é sua.

Há caçadores do outro lado daquela porta, esperando que eu saia correndo da penumbra do subsolo... e tem uma assassina aqui que alega querer me ajudar a fugir.

Minhas mãos apertam a maçaneta. Jax está certa. Vou durar dois segundos lá fora sozinha, enfrentando quem sabe quantos caçadores desconhecidos, ansiosos para levarem o prêmio. Ou posso correr meus riscos ali, com a suposta Blackcoat que me salvou e, até agora, parece interessada em me manter viva.

Contraio o maxilar e obrigo a mão a soltar a maçaneta. Em seguida, me viro e olho para ela.

– Isso não é escolha – digo. – E você sabe.

Ela dá de ombros e volta a trabalhar.

– Só estou fazendo meu trabalho. Zero está esperando você e preferiria que chegasse inteira. – Um clique sutil finalmente soa na porta, e ela balança a mão para mim. – Me dá essa coisa.

Jogo o fragmento de metal que ela me entregou um momento antes e olho quando Jax o enfia na fenda onde a faca deflagrou o clique. Brilha em verde suave. A porta faz um estalo baixo... e se abre deslizando em um caminho subterrâneo poeirento que parece não ser usado há muito tempo. Um túnel de metrô inacabado e abandonado. Há uma escada no fim que leva a um raio suave de luz. O carro que Zero mencionou deve estar nos esperando lá.

Fico onde estou.

– Aonde você está me levando?

Jax puxa a arma de novo e apoia o cabo no ombro. Olho com cautela.

– Você confia em mim?

– Na verdade, não.

– Bem, isso responde a minha próxima pergunta. – Jax aponta a arma para mim e atira.

3

Vivo o que acontece em seguida em fragmentos.

A dor lancinante perto do meu pescoço, proveniente do tiro de Jax. O mundo ao meu redor ficando borrado, o baque distante que escuto quando desabo na parede. Uma onda de dor que corta o entorpecimento repentino dos meus membros.

Fui drogada.

O pensamento luta para percorrer o melaço que sufoca minha mente. Volto o olhar para Jax quando ela se aproxima. *O que você fez comigo?* Tento exigir uma explicação. Mas meu corpo inteiro parece feito de borracha agora, e mesmo ficando acordada, eu me vejo deslizando de lado até estar deitada no chão, olhando para as botas de Jax. Meu coração bate rápido, o som batucando nos meus ouvidos.

Estou sonhando?

Não, estou acordada. Consigo ver o que está acontecendo à minha volta, apesar de parecer estar ocorrendo dentro de um túnel mal iluminado e das beiradas da minha visão estarem escuras.

A coisa de que me lembro em seguida é da sensação do meu braço sendo passado nos ombros de Jax. Dela me arrastando pelo túnel na direção de um táxi preto. Tento me concentrar no símbolo de trevo de quatro folhas na luz interior. O cheiro leve de couro novo permeia o espaço. Jax olha para mim. Do meu ponto de vista, o rosto dela está dançando em uma névoa.

– Você vai ficar bem – diz ela calmamente para mim. – Só não vai se lembrar disso amanhã de manhã.

Minha cabeça pende fracamente para um lado quando o carro começa a se deslocar, roncando pelos trilhos inacabados no túnel. Raios de luz fraca iluminam partes da passagem escura, e me lembro do brilho de cinza em preto sobre o tecido dos bancos. Eu me esforço para recordar o caminho. Meus batimentos estão irregulares, saltando freneticamente.

Consigo gravar uma Lembrança? Tento abrir o menu e enviar um convite para me conectar a Hammie ou Roshan (ou qualquer um), mas minha mente está entorpecida demais para fazer isso acontecer. *Me ajudem.* Tento enviar uma mensagem em vão. *Socorro.* Quero gritar o nome de Jax quando olho para ela, mas sinto como se estivesse pairando no ar e minha língua parece grossa e imóvel.

Mudo de fase quando saímos do túnel para a noite, e de repente estamos cercados de prédios de escritórios que sobem dos dois lados da rua como florestas ladeando um caminho. Os prédios se erguem ameaçadoramente, como coisas vivas.

```
Bem-vindo ao bairro Omotesando!
+150 pts. Pontuação do dia: +150
     Você subiu de fase!
           Fase 85
```

Minha determinação muda momentaneamente quando reparo na mudança das cores do céu. Diferentemente de Shinjuku, onde o escarlate e o dourado dos Phoenix Riders cobre tudo, a equipe favorita de Omotesando é a Winter Dragons, então o céu aqui está coberto com uma camada de azul ondulante e laranja-dourado. Os postes estão enrolados por faixas vibrantes, e acima deles pairam versões virtuais dos jogadores dos Dragons.

Jax se inclina brevemente para dar uma conferida em mim. Ela mal olha para as comemorações lá fora e, quando o faz, observa tudo estoicamente, sem muito interesse. Luto para manter o olhar fixo nela, mas meus pensamentos viram escuridão.

Meus pesadelos são cheios de rostos. Há a expressão sombria de Jax quando ela aponta a arma para uma pessoa e bota uma bala na cabeça dela. Há Hideo, a voz sussurrando meu nome perto do meu ouvido, a testa franzida cortando linhas escuras sobre os olhos, o cabelo roçando em mim quando ele se inclina.

Então, há Zero. Um mistério. Só consigo vê-lo na forma que conheço, a armadura preta refletindo a luz vermelha que o cerca, as feições completamente escondidas atrás de um elmo preto enquanto ele está sentado à minha frente e entrelaça os dedos. E está me dizendo para fugir.

Não sei por quanto tempo andamos no táxi até finalmente pararmos atrás de um prédio.

Jax abre minha porta e me ajuda a sair. Eu me viro para ela com fraqueza, tentando mover os membros, mas só consigo sentir a leve sensação do chão sob os meus pés arrastados. Jax tem o braço na minha cintura, me mantendo erguida, e está dizendo alguma coisa para pessoas paradas nas portas de correr do prédio. Parece um hotel.

– A festa foi boa – explica ela com a voz cantarolada para o funcionário na entrada. Quero dizer que ela está mentindo, mas preciso de todas as minhas forças só para ficar de pé. O mundo gira.

Lembre-se disso. Lembre-se disso. Mas até o pensamento foge da minha mente assim que penso nele. Minha visão fica mais borrada, e quanto mais luto, mais fraca fico. Acabo me concentrando em Jax. Ela passa a mão pelo cabelo e me olha sem preocupação.

Há o interior de um elevador, depois um corredor. Quando começo a apagar de novo, só consigo ouvir Jax anunciar nossa chegada.

– Avisa ao Zero que ela está aqui.

4

Cinco dias para a Cerimônia
de Encerramento de Warcross

Escuridão. Duas vozes.

— Ela devia ter acordado ao meio-dia. Você disparou uma dose forte demais nela.

— Achei que ela aguentava.

— Deixa ela dormir, então.

Uma luz fraca no meu rosto me faz apertar os olhos.

Rolo na cama e me encolho. Onde estou? Um rodopio de imagens gira na minha mente: sonhos, talvez, porém mais luminosos, mais indistintos, de um jeito que não sei explicar. E franzo a testa.

Havia um táxi? *Um carro preto. Um túnel de metrô inacabado. Um bairro feito de cores.* Meu coração bate furiosamente. Fico um tempo parada, mandando que vá mais devagar até eu conseguir respirar em um ritmo normal de novo. Depois, abro os olhos. A luz laranja da manhã se espalha no lençol e entra gradualmente em foco conforme minha visão se ajusta.

Não, espera: não é a luz da manhã. É o pôr do sol.

Pisco, desorientada. Estou deitada em uma cama em um quarto de hotel luxuoso, decorado com papel de parede listrado cinza e branco e uma série de quadros simples de parede.

Ondas de lembranças voltam a mim agora. Os assassinos. O túnel do metrô. A imagem de Jax parada acima do meu perseguidor. O tiro.

Os Blackcoats.

E depois... o quê? A última coisa de que me lembro é de Jax apontando a arma diretamente para mim.

Ela me drogou. Disso tenho certeza. Talvez tenha sido para fazer eu não me lembrar de nada sobre o lugar para onde estávamos indo e o caminho que pegamos até aqui; mas cá estou agora, deitada em um quarto estranho com buracos na memória.

Eu me sento de repente. Ainda estou com as mesmas roupas que usava à noite. Avalio meu corpo com cuidado em busca de ferimentos, mas, tirando alguns hematomas e um ponto de dor no pescoço, estou ilesa. Meu momento de pânico vira aos poucos um sentimento de mau presságio que invade meu peito. Vejo a luz fraca entrar pela janela.

Demoro um momento para perceber que tenho mais de dez mensagens não lidas dos Riders, cada uma mais frenética do que a anterior. Franzo a testa. Quanto tempo estou desaparecida para eles ficarem preocupados assim? Souberam dos tiros disparados perto de onde jantamos? Devia ter saído no noticiário, a não ser que Hideo também consiga controlar isso. Hesito e me pergunto se deveria contar aos meus colegas de equipe o que realmente aconteceu antes de enviar algumas respostas rápidas para acalmá-los.

> Estou bem, não se preocupem.

> Perdi o sinal um tempo. Nos falamos daqui a pouco.

Mas fico paralisada quando chego à última mensagem não lida. É um convite acompanhado de uma imagem de perfil com uma aura verde suave que pisca.

Hideo está me ligando. E me pedindo para fazer um Link com ele.

Meu coração pula para a garganta.

O que ele quer? É possível que saiba o que aconteceu comigo, apesar de eu estar usando lentes beta? Olho em volta rapidamente e procuro algum sinal de que estou sendo gravada. Mas não há nenhuma câmera no teto.

Não atenda.

Sei que não devo.

Mas ainda me vejo levantando a mão, esticando o braço e clicando no convite pairando na minha frente. Só que me arrependo na mesma hora. Talvez a droga que Jax usou em mim tenha diminuído minhas inibições e sequestrado meu bom senso. É tarde demais agora. Não o vejo aparecer na mesma hora, mas, pelo nosso Link recém-formado, consigo sentir a chegada das emoções dele.

São uma confusão de urgência e medo.

Emika.

Levo outro susto. A voz de Hideo está falando na minha mente, a invenção da mensagem telepática. Eu já devia estar acostumada, mas, mesmo depois de apenas duas semanas, a voz dele me atinge como na primeira vez que falamos pelo telefone. Aperto os olhos, mais irritada comigo mesma do que com ele.

Por que você está me chamando?, digo para ele.

Você me ligou.

Isso me faz hesitar. Liguei? Deve ter acontecido quando eu estava drogada, talvez uma reação inconsciente. Agora tenho uma leve lembrança de tentar desesperadamente pedir ajuda. Parece que tentei mesmo chamar Hideo.

Faço uma careta. Não podia ter ligado para Hammie ou Roshan? Para *qualquer um* dos Riders? Meu instinto tinha que me direcionar para Hideo?

Bem, foi sem querer, respondo.

Onde você está? Não senti nada além de pânico vindo de você. Você pediu ajuda. E se desconectou.

Ouvir a voz de Hideo na minha mente é tão sufocante que quase tenho vontade de romper o Link na mesma hora. Mas então lembro que ele consegue sentir minhas emoções. Em resposta, uma onda de preocupação dele chega em mim, seguida de uma ânsia de inquietação. O nome do irmão de Hideo paira na beirada da minha mente, pronto para que eu conte para ele; o pensamento é tão forte que quase o envio. Com um esforço enorme, puxo-o de volta.

Estou bem.

Você está bem. Ele parece em dúvida quando repete minhas palavras.

Há outra pausa do lado dele, e, um instante depois, meus arredores mudam. Eu me vejo sentada em um sofá branco em frente a um terraço aberto, olhando para um cintilar de luzes da cidade além de uma varanda iluminada por uma lareira circular de pedra no chão. Onde quer que ele esteja, não é a casa que eu conheço, nem a Henka Games. É uma propriedade mais luxuosa do que qualquer uma que eu tenha visto na vida, com vista para uma cidade que não reconheço. Colunas barrocas sobem na direção do céu, e cortinas finas oscilam dos dois lados da entrada que leva à varanda. Arbustos bem aparados ocupam o espaço. De algum lugar ao longe vem o ruído de vozes e o tilintar de copos, os sons de uma festa.

A silhueta de Hideo nas sombras se destaca contra o terraço aberto, encostada na amurada de pilares de pedra. Uma luz fraca delineia os contornos do corpo dele.

Meu sonho. As mãos dele em mim. Os lábios dele na minha pele.

Tento em vão impedir que minhas bochechas fiquem quentes.

Demoro mais um momento para reparar em uma mulher jovem ao lado dele. Não a reconheço, mas, na escuridão, consigo ver que está usando um vestido justo e cintilante, o cabelo comprido caindo em ondas abaixo dos ombros. Ela está inclinada para perto de Hideo, a mão acariciando o braço dele, e sussurra alguma coisa em seu ouvido com um sorriso.

Sinto uma amargura disparar pelas veias antes que consiga me controlar. Quem é ela e por que está se encostando em Hideo?

E por que me importo? Terminei as coisas entre nós, de qualquer modo. É tão surpreendente que alguém já esteja tentando chamar a atenção dele?

Hideo não se inclina na direção dela. Só abre o sorriso educado, que passei a conhecer tão bem, e depois murmura alguma coisa para ela que a faz tirar a mão do braço dele. A mulher inclina a cabeça para ele, abre outro sorriso e sai andando da varanda. Os saltos estalam com ritmo no piso.

Hideo volta a atenção para mim sem olhar o afastamento dela. Ele não parece alguém capaz de controlar as mentes de quase toda a população do mundo. Não parece o motivo de podermos todos perder nossa liberdade de pensamento. Agora, ele é a pessoa por quem me apaixonei, de carne e osso e dolorosamente humano, olhando para mim como se estivesse me vendo pela primeira vez.

Uma pontada de ciúmes passa por nosso Link e percebo que, do ponto de vista dele, parece que eu poderia estar na cama de outra pessoa. Eu me permito um momento mesquinho de satisfação.

– Onde você está agora? – murmuro.

Ele olha brevemente para trás, para a cidade cintilante.

– Cingapura – responde ele. – Tenho assuntos financeiros para resolver aqui.

Assuntos financeiros, acordos bilionários. Ele deve estar esperando que eu comente sobre o tipo de festa em que está ou a identidade da mulher que acabou de sair, mas não vou dar isso a ele.

– Bem – digo com ironia. – Você parece estar bem.

– O que aconteceu com você? – pergunta Hideo.

As palavras soam frias e distantes, mas uma torrente com as emoções dele sufoca minha mente. Alegria de me ver de novo. Raiva. Frustração. Medo por minha segurança.

Por um instante, quero dizer que sinto saudades. Que continuo sonhando com ele todas as noites. Que não consigo suportar dar as costas para ele, mesmo agora.

Mas a realidade da nossa situação volta, e minha raiva surge.

– Nada. Eu estava prestes a sair deste Link.

Ele anda na minha direção até ficar como se estivesse a poucos centímetros de distância.

– Então por que ainda está aqui? – pergunta ele.

Faz muito tempo que não ouço frieza na voz dele, o tom que ele usa com estranhos. A percepção é um golpe mais forte do que eu pensava que seria.

– Você não tem direito de estar chateado comigo.

– Não estou. Só não quero ver você. Não é isso que você quer?

– Mais do que você imagina – respondo.

– Você está me caçando, não está? – murmura ele. As emoções mudam de repente para dúvida, o lembrete de que temos um muro nos separando. Ele me olha de lado. – Foi por isso que você me chamou, não foi? É uma armação. Você estava mentindo sobre precisar de ajuda. Isso é parte da sua caçada.

– *Você está* desconfiando de *mim*? – Faço expressão de desprezo. – Preciso lembrar o que você está fazendo?

– Esclareça – diz ele friamente.

– Você está falando sério? Você deve ter ouvido sobre as filas imensas nas delegacias de polícia. Viu filmagem de pessoas cometendo suicídio. Nada disso te incomoda?

– Se ouvi sobre *traficantes sexuais condenados* cometendo suicídio? Sobre *assassinos não julgados* se entregando? Enquanto isso, o registro de crimes

durante a semana passada despencou. – Os olhos de Hideo estão duros e firmes.
– Do que você está tentando mesmo me convencer?

Ele está me confundindo, e isso só me irrita mais.

– Você não devia ter esse poder.

– O algoritmo é imparcial.

– Você me *traiu*. Me fez pensar que eu estava trabalhando com você pra fazer uma coisa boa.

– É disso que você está com mais raiva. Não do algoritmo. *Disso*. – Hideo baixa a cabeça, fecha os olhos por um momento e volta a abri-los. – Você está certa. Eu devia ter contado antes, e lamento por isso. Mas você sabe por que estou fazendo isso, Emika. Eu abri meu coração pra você.

– Foi escolha sua, não minha – respondo. – Parece até que você acredita que devo alguma coisa a você por isso.

– É isso o que pensa? – Uma certa rispidez surge na voz dele. Um aviso. – Que usei meu passado de isca? Porque queria alguma coisa de você?

– Não foi isso? – digo. Minhas palavras saem roucas. – Por que você se abriu comigo, afinal? Eu era só mais uma caçadora na sua lista de pagamento. Só mais uma garota passando pela sua vida.

– Eu nunca contei a ninguém sobre o meu passado – diz ele com rispidez. – Você sabe disso.

– Como posso acreditar em qualquer coisa que você diga agora? Talvez essa história do seu irmão seja só algo que você conta pra todas as garotas que quer levar pra sua fonte termal.

Percebo que fui longe demais no momento em que as palavras saem dos meus lábios. Hideo se encolhe. Engulo em seco e digo a mim mesma para não me sentir mal por cuspir minha resposta para ele.

– Nós acabamos aqui – diz Hideo com voz baixa. – Sugiro que você não perca nosso tempo fazendo contato comigo de novo.

Ele desconecta nosso Link antes que eu possa responder.

A suíte, as luzes cintilantes da cidade e a silhueta preto-azulada de Hideo desaparecem abruptamente, e o sofá branco em que eu estava deitada volta a ser o lençol de seda da minha cama. Percebo que estou tremendo e minha testa está quente e úmida com uma camada fina de suor.

Minha explosão de fúria passa tão rapidamente quanto chegou. Meus ombros murcham.

Eu não devia ter falado aquilo. Mas, quando estou com raiva, só tenho vontade de cutucar a ferida mais funda que puder encontrar. E não devia mais ter importância, devia? Se a distância no tom dele dói, é só porque não estou acostumada. Porque estou exausta. Coisas demais aconteceram ao longo do dia, e com a presença breve de Hideo, fico, de repente, tão exausta que só tenho vontade de afundar na cama até desaparecer.

Balanço a cabeça e vou para o banheiro. No espelho, vejo um hematoma escuro de um lado do meu pescoço. Deve ser o local onde Jax disparou a droga. Massageio o ponto dolorido com cuidado antes de me virar e entrar no chuveiro.

O vapor da água quente limpa um pouco a minha mente. Talvez eu tenha sido boba de pensar que poderia tirar Hideo do caminho em que se meteu. No mínimo, nossa conversa só confirmou o quanto não está disposto a ceder. Ele não se incomoda com o que está acontecendo no mundo, e isso quer dizer que está indo em frente a todo vapor para garantir que os últimos dois por cento da população fiquem presos ao algoritmo também.

Em pouco tempo, isso também vai me incluir.

Tenho que impedir Hideo. Antes que seja tarde demais pra isso, repito para mim mesma, tentando me sentir convencida, até a água ter deixado meus dedos enrugados.

Quando saio, os efeitos da droga parecem ter passado, e sinto uma cautela alerta em vez da névoa de pânico. Entro no quarto com uma toalha em volta do corpo e abro um cardápio. Sei que estou em um hotel em Omotesando, mas isso é tudo que consigo descobrir. Nada na minha suíte ou no prédio me diz qualquer coisa sobre os Blackcoats. Não que eu esperasse alguma revelação.

Uma hora se passou quando finalmente recebo um convite de conexão com alguém que não tenho nos meus contatos.

Estou prestes a aceitar, mas a ligação é estabelecida antes mesmo que eu possa fazê-la. Fico paralisada e aperto mais a toalha. Alguém invadiu meu NeuroLink?

– Você acordou.

Reconheço a voz de Jax. Sinto uma mistura curiosa de alívio e inquietação com as palavras dela.

– Você está me observando?

– Acabei de ver seu status piscar em verde. – A voz dela soa tão seca quanto lembro.

– E onde estou exatamente?

– Em um hotel, claro. Você devia ficar aqui por um tempo, pelo menos até não estar mais no topo da loteria.

– Por que você me drogou ontem?

– Dois dias atrás. Você passou um dia inteiro dormindo.

Eu perdi um *dia*? Pisco. Então não é o pôr do sol depois da noite em que Jax foi me salvar. Não é surpresa os Riders parecerem tão preocupados.

– Por que você fez isso, Jax? – pergunto novamente. Depois da minha discussão com Hideo, não estou com humor para brincadeiras.

– Relaxa. Eu precisava trazê-la pra cá sem você fazer uma cena. Você disse que não confiava em mim completamente, e eu não podia confiar que não me atacaria no carro. Eu poderia ter colocado um saco na sua cabeça, mas não queria que você ficasse apavorada.

Faço uma expressão incrédula.

– Claro, porque eu não fiquei apavorada quando você *atirou* em *mim*.

Ela responde com um suspiro entediado:

– Você está bem. Agora, vai se vestir.

– Por quê?

– Porque Zero está subindo pra te ver.

Isso faz meus comentários sarcásticos pararem. A ideia de Zero ir até minha suíte me provoca uma pontada de medo, e me vejo indo na direção do banheiro antes que Jax possa dizer qualquer outra coisa.

– Estarei pronta – murmuro.

Visto roupas limpas que encontro dobradas no armário do quarto. Estão rígidas de tão novas e ficam um pouco frouxas. A visão de mim no espelho, toda vestida de preto, só me lembra de como tudo parece distante agora, de como entrei fundo em um ninho de vespas do qual as probabilidades de sair são muito baixas. Afasto o olhar rapidamente, desejando que minhas roupas antigas não estivessem arruinadas com sangue e fumaça.

Estou ajeitando a saia nova quando ouço uma batida suave à porta, seguida de silêncio. Hesito.

– Entre – digo, me sentindo estranha de dar permissão a alguém quando estou aqui contra minha vontade.

A porta da minha suíte se abre e se fecha, e há um som baixo de passos no carpete. Ele está aqui. Respiro fundo novamente. Meu coração está disparado, mas pelo menos o nervosismo não está evidente na minha cara.

Saio e vejo uma pessoa já sentada em uma cadeira perto da janela, me esperando.

5

São três, na verdade.

Jax está de pé ao lado de uma cadeira, a mão pousada casualmente no cabo da arma. Ela parece relaxada, mas os olhos cinzentos me seguem sem piscar, e sei que, se ela quisesse, poderia sacar aquela arma e me matar antes que eu abrisse a boca.

Sentada na cadeira ao lado dela está uma mulher mais velha de óculos, o cabelo com mechas grisalhas preso em um coque arrumado que combina com as roupas elegantes. Um perfume suave e agradável paira no ar em volta dela. Ela tem o tipo de rosto que pertence a uma estudiosa: olhos cuidadosos, boca controlada, um olhar que me analisa pelas coisas não ditas. As mãos estão cruzadas no colo. Ela me lança um olhar solidário quando me vê olhando.

Mas é a terceira pessoa, cuja presença domina o aposento, que me faz parar.

Ele está encostado na parede, os braços cruzados casualmente sobre o peito, uma das pernas apoiada na outra. O rosto não está mais escondido por trás de um elmo preto, e, em vez da armadura, ele está usando um suéter preto simples e calça escura, os sapatos engraxados e brilhando. Mas os maneirismos são inconfundíveis.

Um dos cantos de sua boca se ergue em um sorriso.

– Ora, Emika – diz Zero. – Bem-vinda.

Na primeira vez que meu caminho se cruzou com o de Zero, ele não passava de um pedaço de código, uma falha na matriz de Hideo que comanda todo o mundo de Warcross. E na primeira vez que vi a versão virtual dele, ele estava parado no meio do Covil dos Piratas do Dark World, cercado de pessoas escondidas atrás de nomes falsos e avatares exagerados de monstros.

Mesmo então, ele se destacava. No meio de um pano de fundo de monstros, ele era uma sombra encouraçada magra e escura, tão silencioso e incontrito quanto a noite. Ainda me lembro do arrepio que gerou em mim só de eu ver sua figura virtual; do jeito como minhas mãos se fecharam e as unhas se fincaram nas palmas.

Agora, olho para o rosto exposto.

É como olhar para Hideo através de um sonho.

Ele é alguns anos mais novo, as feições mais severas e mais cruéis. Ainda assim, vejo na mesma hora a semelhança entre os dois, os olhos e o cabelo escuros, e consigo reconhecê-lo facilmente no garotinho da Lembrança reconstruída de Hideo.

Em um ambiente mais comum, depois de um dia mais normal, ele provavelmente pareceria um estranho bonito que qualquer um poderia ver na rua, o tipo de garoto que nunca teve dificuldade para conseguir um encontro nem fazer um amigo, do tipo que não fala muito, mas capta a atenção de todos quando fala. Mas aqui há algo de perturbador nele que não consigo identificar. Enquanto Hideo tem o olhar penetrante, há uma selvageria nos olhos de Sasuke, alguma coisa profunda e insensível. Algo menos humano. Não sei como descrever a luz incomum. Ao mesmo tempo que me atrai, me repele.

A mulher mais velha fala. Seu olhar é suave e me observa da cabeça aos pés.

– Essa é a garota, então? – diz ela para Zero, com um sotaque que não consigo identificar.

– Emika Chen – responde Zero.

– Emika Chen. – A mulher apoia o queixo na mão e franze a testa. – Ela parece exausta. Devíamos dar mais um dia pra ela descansar.

– Nós não temos esse luxo – diz Zero. – Ela foi a única das caçadoras de recompensas de Hideo que conseguiu se manter no meu rastro. Ela aguenta um dia longo.

Ao ouvir isso, a mulher me lança um olhar impotente.

– Sinto muito – fala diretamente comigo. – Tudo vai fazer mais sentido quando explicarmos.

Zero inclina a cabeça sutilmente na direção dela.

– Esta é a dra. Dana Taylor – diz ele. – E você já sabe quem eu sou. – Ele observa meu rosto. – Jax me contou que você deu um pouco de trabalho.

Eu finalmente encontro minha voz.

– Bem, não é como se ela tivesse matado alguém na minha frente ou algo assim.

– Está vendo – murmura Jax para Zero. – Ela é totalmente inexperiente. Sabia que ela nunca disparou uma arma?

– Eu já disparei uma arma de choque – digo.

Jax estica a mão na minha direção.

– Está vendo?

– Com você por perto, ela não precisa de arma nenhuma – responde Zero.

Jax faz um som irritado, mas não responde.

Zero me observa da mesma forma que tinha feito no Dark World. Meu coração bate em um ritmo veloz sob o olhar dele. Pelo que sei, ele está fazendo uma avaliação dos meus dados, verificando se não estou sinalizando para ninguém me seguir até aqui.

Ele se lembra do irmão? Como poderia se esquecer... ou pior, não se importar?

– Eu enviei Jax pra salvar sua vida, sabe – diz ele.

Viro a cabeça para encarar o olhar de Zero enquanto sinto a raiva crescer novamente.

– Você me trouxe aqui à força sob ameaça de morte.

Os olhos de Zero se desviam até a porta por onde entrei antes de voltarem até mim.

– Você aceitou meu convite.

– E como sei que não foi você quem mandou aqueles outros assassinos atrás de mim também só pra armar essa situação toda?

– Acha que não tenho nada melhor pra fazer com meu tempo do que importunar você?

– Eu acho que você faz mais joguinhos comigo do que deveria.

A dra. Taylor franze a testa para Zero antes de respirar fundo e olhar para mim.

– Estamos felizes que esteja bem, Emika – continua ela com tom baixo. – Você pode não ter ouvido falar de Jax, mas ela é bastante conhecida em nossos círculos. A imagem dela defendendo você vai espalhar uma mensagem clara para todos os caçadores, vendo a loteria do assassinato, ficarem longe de você.

Olho para trás, para a porta, e essa informação não faz com que me sinta mais protegida. Se eu ousasse dar as costas para Zero e sair daqui, Jax botaria uma bala na minha cabeça?

Zero aponta para os meus olhos.

– Estou supondo que você usa as lentes beta.

– Uso – respondo. – Por quê?

– Você vai precisar de mais proteção na sua conta. – Zero mexe a mão sutilmente, e um menu aparece entre nós me pedindo para aceitar o convite dele.

Hesito.

Zero dá um sorriso sarcástico.

– Não é vírus – diz ele.

Não estou em posição de discutir com ele, então aceito.

Uma barra de download aparece.

`[============ 55% ========]`

Ela se completa e desaparece tão rapidamente quanto apareceu.

Zero dá um passo na minha direção. Ele exibe a palma de uma das mãos. Enquanto olho, uma algema preta virtual se materializa e paira acima de seus dedos. Ele coloca essa mão sobre meu braço, e a algema se fecha no meu pulso com um clique seco. Como um grilhão. Uma armadura preta idêntica ao equipamento virtual de Zero surge em todo o meu corpo em uma ondulação e, por um breve momento, fico parecida com quando estava naquela caverna virtual vermelha, na ocasião em que Zero me abordou durante o campeonato.

A armadura desaparece de novo, como se tivesse se apagado na minha pele. A algema brilha em um azul suave antes de sumir. Só reaparece à medida que olho por tempo suficiente para o pulso. Eu tinha visto a mesma coisa em Jax quando ela apareceu durante meu ataque.

– É a marca dos Blackcoats – diz ele. – Você está agora sob nossa vigilância. Ninguém mais vai tocar em você.

Ele me reivindicou oficialmente para os Blackcoats. Sou parte deles agora.

Passo a mão na nova algema. Apesar de ser um objeto virtual, quase consigo senti-la queimando minha pele.

– E então, o que vocês são? Justiceiros?

Zero volta para onde estava e se encosta na parede.

– Esse termo é meio sensacionalista. Mas acho que se aplica.

Taylor vira o olhar firme para mim.

– Nós acreditamos que poder demais nas mãos de uma única entidade sempre é uma coisa perigosa. Então, lutamos contra isso sempre e onde podemos. Nós temos patronos ricos que apoiam nossa causa.

Espero que me conte quem são esses patronos, mas ela não diz. Meu olhar se desvia com inquietação para Zero.

– Quantos de vocês existem?

– Nossos números variam dependendo do que estamos fazendo – responde ele. – Nós trazemos aqueles que precisamos e nos separamos quando acabamos, mas é claro que alguns de nós estão sempre envolvidos. E, como você sabe, nosso alvo atual é Hideo Tanaka e seu NeuroLink.

Então eu não estava enganada. Sei, desde que Hideo me contratou, que havia alguém se esgueirando nas sombras, tentando desfazer o trabalho dele e ameaçar a sua vida; mas uma coisa é investigar essas pistas, e é bem diferente ouvir a confirmação disso.

Olho para Jax.

– A tentativa de assassinato contra Hideo – digo, a voz tensa de repente. – Logo depois do primeiro jogo de Warcross. Foi você que...

Jax fixa os olhos cinzentos e frios em mim antes mesmo que eu consiga terminar a frase. Ela dá de ombros.

– Teria conseguido se a segurança não estivesse tão alerta – responde ela. – Mas não importa mais. Matá-lo não vai desarmar o algoritmo.

Foi Jax quem tentou matar Hideo. Meus olhos se voltam para Zero em busca de uma reação que seja tão horrível quanto o que sinto. Mas o rosto dele permanece calmo e controlado. É como se Hideo não fosse nada além de um nome para ele.

– Vamos falar dos nossos objetivos em comum, Emika – diz Zero. – Afinal, são iguais, não são?

Eu o encaro e tento parecer calma.

– Derrubar o algoritmo do NeuroLink – respondo.

Zero assente uma vez, em aprovação.

– E você sabe do que precisamos pra fazer isso?

As palavras saem de mim frias e calculadas:

– Entrar na conta de Hideo.

– Isso. Por alguém que seja capaz de conquistar esse tipo de confiança. Você.

Eles precisam que alguém entre nos sistemas de Hideo e, para fazer isso, necessitam de alguém que seja da confiança dele. Mas, depois da minha conversa com ele, serei a última pessoa em quem ele vai querer confiar.

E o próprio Zero? Sem dúvida, Sasuke é uma opção melhor do que eu.

Um milhão de perguntas ameaçam jorrar pela minha boca. Na luz, os olhos de Zero estão de um castanho muito escuro e, se olhar com atenção, consigo ver filetes dourados neles. A imagem dele como um garotinho, a gargalhada aguda enquanto ele corria pelo parque com o irmão, surge na minha mente. Penso nele sorrindo enquanto Hideo passava o cachecol azul pelo pescoço dele, e também chamando por cima do ombro quando ia buscar o ovo de plástico que Hideo tinha jogado longe demais.

Sasuke devia ser a única ligação com Hideo de que os Blackcoats precisariam. Se Sasuke abordasse Hideo, ele daria o mundo pelo irmão perdido, moveria céu e terra se Sasuke lhe pedisse.

Sasuke faria o mesmo em troca? Por que não há sinal de emoção pelo irmão nos olhos dele?

Afasto a maré crescente de perguntas. Eles estão revelando muito pouco sobre os Blackcoats, e alguma coisa na tensão no ar me diz que eu ainda não devia perguntar abertamente sobre a ligação de Zero com Hideo. Preciso esperar por um momento a sós com ele.

– Então vocês vão tentar impedir Hideo pela bondade de seus corações? – pergunto.

– Por que outro motivo nós faríamos isso?

Levanto as mãos.

– *Sei lá*. Vocês não me contaram nada de nada sobre seu grupo secreto. Por que você tentaria me matar quando explodiu o alojamento dos Riders? Aquilo também foi a bondade do seu coração?

Zero não parece nem um pouco surpreso com o meu comentário.

– Às vezes, fazer a coisa certa quer dizer tomar decisões difíceis no caminho.

– E como vou saber que você não vai tomar outra decisão difícil comigo?

– Você não acredita em mim.

– Não, eu não acredito que você esteja me contando tudo de que preciso saber.

Taylor se empertiga de repente.

– Você passou um tempo na prisão, não foi? – comenta ela. – Ficou com o nome sujo com as autoridades porque viu uma injustiça sendo feita com uma garota que você mal conhecia, não é?

Meu maxilar se contrai com as palavras dela.

– Vocês andaram xeretando meus arquivos – digo.

Ela ignora meu tom, os olhos brilhando.

– Por que *você* fez aquilo, Emika? O que *você* ganhou com aquilo além de alguns anos de dificuldade? O que levou *você* por aquele caminho? Você usou seus talentos para invadir os arquivos particulares de todos os seus colegas. Liberou esses dados na internet. Isso foi crime, não foi? Ainda assim, você fez... porque estava defendendo uma garota que tinha sido injustiçada.

A lembrança volta com tudo: minha prisão, meu julgamento, a sentença.

– Você ainda é tão jovem – continua ela. – É tão difícil você acreditar que outra pessoa possa querer fazer o mesmo? Tente lembrar o que sentiu na ocasião, pegue isso e expanda para algo maior do que você, um grupo de pessoas, todas que podem acreditar em uma causa maior.

Eu não digo nada.

Taylor se inclina na minha direção.

– Sei que você está hesitante – diz ela, gentilmente. – Consigo ver seu rosto, sua desconfiança de tudo que estou contando, e entendo por quê. Nós não começamos com o pé direito. – Ela olha para Zero com a sobrancelha erguida. – Mas você agora está ciente de quais são os verdadeiros planos de Hideo. E por menos que saiba sobre nós e que saibamos sobre você, estamos do mesmo lado. Não temos intenção de fazer mal a uma aliada. Ninguém vai te obrigar. – A voz dela fica mais severa agora, um tom que não parece combinar com o rosto. – Nada que eu tenha visto me assustou tanto quanto o que Hideo Tanaka está fazendo com o algoritmo do NeuroLink. Não foi por isso que você rompeu seus laços com ele, apesar de tudo que ele podia lhe oferecer?

Ela fala isso de um jeito que insinua meu breve relacionamento com Hideo, e, para minha irritação, minhas bochechas ficam quentes. Me pergunto sobre o quanto ela sabe a meu respeito. Meus olhos se voltam novamente para Zero.

Uma onda de fúria repentina toma conta de mim. Só consigo me lembrar nesse momento do jeito como Zero ficou lá no salão escuro, escondido atrás da armadura virtual, debochando de mim enquanto eu descobria que todos os meus arquivos haviam sido esvaziados. Só consigo ter a mesma sensação sinistra de Zero estar dentro da minha mente, do roubo que ele cometeu das minhas Lembranças mais preciosas.

Ele é uma pessoa que já me traiu. E agora está aqui me pedindo para ajudá-lo.

– Por que eu deveria confiar em você? – pergunto. – Depois de tudo que você fez?

Zero me olha com expressão penetrante.

– Não importa se você confia em mim ou não. Hideo está avançando independentemente disso, e estamos ficando sem tempo. Nós vamos impedir que ele abuse do NeuroLink, e podemos fazer isso mais rápido com a sua ajuda. Isso é tudo que posso contar.

Penso nos mapas mentais coloridos que Hideo me mostrou e na capacidade que tinha de fazer alguém parar de repente simplesmente mudando aquele mapa. Penso no vazio apavorante no rosto das pessoas.

– E então? – Zero entrelaça os dedos. – Você está dentro?

Estou pronta para dizer não. Ele tirou minha alma do meu peito e fez uma coisa obscena com ela; mesmo agora, está mexendo com as minhas emoções. Quero dar as costas para Zero e sair deste quarto, fazer o que Roshan sugeriu e voltar para Nova York e nunca mais pensar nisso.

Mas só exibo uma expressão de desprezo para Zero.

– O que você tem em mente? – pergunto.

6

Zero sorri. Ele troca um olhar com Taylor e outro com Jax, e quando faz isso, Taylor se levanta da cadeira. Ela dá um aceno encorajador para mim antes de se virar.

— Fico feliz de tê-la a bordo — diz ela por cima do ombro, então deixa o quarto.

Jax fica um segundo mais, retida em uma comunicação silenciosa com Zero, o tipo de conexão que só parceiros que se conhecem muito bem conseguem manter. Ela não se dá ao trabalho de olhar para mim antes de também sair.

— Estarei aqui ao lado — diz ela. Não sei dizer se sua proximidade é para me tranquilizar ou me ameaçar.

A porta se fecha sem som quando ela sai e me deixa completamente sozinha com Zero.

Ele chega mais perto e parece achar graça da minha fascinação e inquietação.

— Você sempre trabalhou sozinha, não foi? — pergunta ele. — É incômodo para você estar associada a um grupo.

De alguma forma, a aparência física dele é ainda mais intimidante do que a virtual. Percebo que estou cerrando as mãos em punhos e me obrigo a relaxar.

— Eu estava me dando bem com os Phoenix Riders — respondo.

Ele assente.

– E é por isso que você já contou pra eles tudo que vai fazer, não é? Que está aqui agora, por exemplo.

Aperto os olhos para o tom debochado.

– E você? – digo.

– O que tem eu?

– Há quanto tempo está com os Blackcoats? Foi você quem formou o grupo? Ou nunca foi do tipo solitário?

Ele coloca as mãos nos bolsos em um gesto que lembra tanto Hideo que, por um instante, sinto como se fosse ele aqui.

– Desde que eu consigo me lembrar – responde.

Essa é a minha chance. Todas as perguntas girando na minha mente estão na ponta da língua. Minha respiração está curta quando as palavras saem.

– Você é Sasuke Tanaka. Não é?

Minha declaração é recebida só por silêncio.

– Você é o irmão mais novo de Hideo – digo, como se ele não tivesse ouvido da primeira vez.

Os olhos dele estão totalmente desprovidos de qualquer emoção.

– Eu sei – diz ele.

Pisco e acho que não ouvi direito.

– Você *sabe*?

Há algo de estranho nos olhos dele de novo, aquele olhar vazio. É como se o que falei não quisesse dizer *nada*. Parece irrelevante para Zero, como se eu tivesse revelado que é parente de um estranho distante sobre quem ele desconhece... e não o irmão com quem cresceu e que destruiu a própria vida e mente em sofrimento por ele. O irmão que agora está tentando deter.

– Você... – Minhas palavras falham, minha voz fica incrédula enquanto olho para Zero. – Você é irmão de Hideo. Como pode saber disso e ainda falar assim?

Mais uma vez, não há resposta. Ele parece totalmente alheio às minhas palavras. Tudo o que faz é chegar mais perto, até estarmos separados por meros trinta centímetros.

– Laços de sangue não querem dizer nada – responde ele por fim. – Hideo é meu irmão, mas o mais importante é que é meu alvo.

Meu alvo. As palavras são duras e cortantes. Penso no sorriso no rosto do jovem Sasuke na Lembrança de Hideo, quando eles estavam no parque. Fico intrigada com os ferimentos profundos que Sasuke deixou em Hideo e sua família quando desapareceu. Esse é um garoto que já foi muito amado. Agora, ele não parece se importar.

– Mas – digo, hesitante – o que *aconteceu* com você? Você sumiu quando era um garotinho. Pra onde você foi? Por que se chama Zero?

– Jax não me avisou sobre como você é curiosa – responde ele. – Acho que é isso o que a torna uma boa caçadora de recompensas.

O jeito como ele reage me lembra um código preso em *loop* infinito, dando voltas e voltas em círculos inúteis, ou políticos que sabem exatamente como fugir de uma pergunta que não querem responder. Pessoas capazes de rebater uma questão para afastar a atenção delas mesmas.

Talvez Zero não queira me responder. Talvez nem *saiba*. Seja qual for o motivo, não vou arrancar nada dele voluntariamente... nada além dessas respostas fragmentadas. Sufoco a vontade de continuar fazendo pressão. Se ele não quer contar, vou ter que reunir as informações sozinha.

Assim, tento um tipo diferente de pergunta.

– O que você está planejando? – obrigo-me a dizer.

– Nós vamos inserir um vírus no algoritmo de Hideo – diz Zero. Ele estica a mão, e um pacote de dados luminoso aparece acima. – Assim que estiver em ação, o vírus vai deflagrar uma reação em cadeia que apaga o algoritmo completamente e estraga o NeuroLink. Mas, para fazer isso com sucesso, nós temos que iniciá-lo de dentro da conta de Hideo, a mente dele. E precisamos fazer isso no dia da cerimônia de encerramento, no momento em que as lentes beta finalmente se conectam com o algoritmo.

Parece que o boato sobre quando as lentes beta se converteriam em lentes do algoritmo é verdade, afinal. Faz sentido: teoricamente, vai haver um atraso de uma fração de segundo quando as lentes beta forem ligadas ao algoritmo, mas sem ainda serem influenciadas por ele. Quando estiver sendo configurada. É a única chance que eles terão de inserir um vírus.

– E quando exatamente as lentes beta vão se conectar ao algoritmo? – pergunto.

– Bem no começo do jogo da cerimônia de encerramento.

Olho de soslaio para Zero. Como ele sabe tanto sobre os planos de Hideo?

– Então vou ter que entrar na mente de Hideo – repito. – Literalmente.

– O mais literalmente possível – responde Zero. – E o único jeito de entrar no algoritmo, na mente dele, é se o próprio Hideo permitir. É aí que você aparece nessa história.

– Você quer que eu me aproxime de Hideo.

– Quero que você faça o que for necessário.

– Ele nunca vai cair – respondo. – Depois do nosso último encontro, duvido que queira me ver de novo. Ele já desconfia que meu objetivo é impedi-lo.

– Acho que você subestima os sentimentos dele por você. – Zero balança a mão uma vez.

O mundo à nossa volta desaparece e nos insere dentro de uma gravação de noticiário de Hideo saindo de um evento e sendo cercado de todos os lados por repórteres e fãs ansiosos. Isso aconteceu duas noites atrás, depois que Hideo anunciou o novo jogo entre os Phoenix Riders e a Equipe Andromeda.

Os guarda-costas dele gritam, empurram e abrem caminho para ele, e vários passos atrás vem Kenn, que está pálido e consternado. Eu nunca vi os dois assim, andando tão separados. Quando a equipe de segurança forma uma linha rígida na frente da multidão, um dos repórteres grita uma pergunta para Hideo:

Você ainda está com Emika Chen? Vocês dois estão namorando?

Hideo não reage à pergunta, ao menos não de forma óbvia. Mas consigo ver os ombros se contraindo, a tensão no maxilar. Seus olhos miram o chão, concentrados intensamente no caminho à frente.

Afasto o olhar da expressão assombrada de Hideo, mas ela fica marcada na minha mente.

– Mas *você é* a verdadeira fraqueza dele – insisto, me obrigando a me concentrar. – Você deve saber disso! Hideo faria qualquer coisa por você.

– Nós já discutimos as reações em potencial de Hideo a mim – diz Zero casualmente, como se estivesse falando comigo sobre o clima. – Ele não me vê há uma década; a reação dele não será direcionada a mim, mas aos Blackcoats. E vai ser vingança que ele vai querer. Então, precisamos de alguém com um grau de separação. Você.

Zero fala de Hideo como se o irmão não passasse de um mero alvo num estande de tiro. Quando observo seu olhar, só vejo escuridão, uma coisa impenetrável e sem sentimentos. É como observar alguém que só é uma pessoa nas aparências.

Eu me encosto na mesa e baixo a cabeça.

– Tudo bem – murmuro. – Como você sugere que eu faça isso?

Zero finalmente sorri.

– Você vai invadir a mente de Hideo. E vou te mostrar como.

7

— **Venha se juntar** a mim no Dark World – diz Zero. Ele balança a mão de novo, e uma tela aparece entre nós, me perguntando se quero fazer um Link com ele para uma sessão.

Uma ligação direta com Zero. Que tipos de pensamentos e emoções eu captaria dele? Hesito por mais um momento, mas estico a mão e aceito o Link. O quarto de hotel ao meu redor escurece nas beiradas até eu não conseguir mais identificar o rosto de Zero. Alguns segundos depois, afundo em um abismo preto-piche.

Prendo o ar por causa da sensação familiar de afogamento que sempre toma conta de mim antes de eu descer para o Dark World.

E então, lentamente, ele se materializa.

A princípio, não me é estranho. Água pinga em bueiros pontilhando as ruas, formando poças reflexivas em miniatura de letreiros vermelhos de néon que cobrem as paredes dos prédios. Mostram um fluxo constante de dados pessoais roubados de contas desprotegidas que ousaram entrar ali. Há barracas dos dois lados da rua, cada uma iluminada por fios de luz, vendendo todas as coisas que estou acostumada a ver: drogas, armas ilegais, câmbio de criptomoedas, itens virtuais descontinuados de Warcross e roupas de avatar não lançadas ainda.

É um local com o qual eu devia estar familiarizada, mas nenhum prédio se encontra da maneira como me lembro, nem as placas das ruas são reconhecíveis. Todas as calçadas estão vazias.

– Está estranho, não é mesmo?

A presença repentina de Zero me faz dar um pulo. Quando olho para ele, Zero está escondido atrás de uma armadura de novo. Placas pretas de metal o cobrem da cabeça aos pés e brilham nas luzes rubras. Ele se move como uma sombra. Embora as poucas pessoas passando por nós sejam anônimas, ninguém parece reparar nele. Se eu não soubesse a verdade, diria que estavam passando longe sem nem saber que ele se encontrava ali. Não está claro para mim se elas sequer conseguem ver sua figura encouraçada, mas definitivamente reparam nas algemas pretas que nós dois usamos. Ninguém quer se meter com a gente.

Com hesitação, faço uma sondagem pelo Link para ver se consigo captar alguma emoção vinda de Zero. Mas ele está calmo, o humor como água parada. De repente, uma ondulação de divertimento.

– Já está xeretando? Lembre-se de que a curiosidade matou o gato – diz, e percebo que ele também consegue me sentir. Eu rapidamente me afasto.

– Onde está todo mundo? – pergunto.

– Depois que Hideo ativou seu algoritmo, qualquer usuário que já tinha trocado para as novas lentes NeuroLink ficou com restrição para se conectar ao Dark World. Isso removeu uma boa quantidade das pessoas que costumavam andar por aqui. Outros sentiram uma compulsão de procurar as autoridades com as informações que sabem sobre este lugar. Houve dezenas de batidas nos últimos dois dias. Os que ainda conseguem acessar o Dark World foram para lugares mais profundos, reconstruindo no caminho. Muitos dos locais com que você está familiarizada não vão estar aqui.

Ando pela rua e tento me localizar. Em um dia normal, um mercado desses estaria lotado de avatares anônimos. Hoje, são bem poucos, e muitos parecem pouco à vontade para parar nas barracas ilegais.

Isso é uma coisa boa, digo a mim mesma. Eu devia estar feliz, e Hideo está certo de fazer isso no Dark World. Eu não passei anos caçando pessoas aqui? Não é um lugar bom. Há cantos do Dark World que são tão perturbadores que deviam ser permanentemente eliminados, com pessoas tão perversas e más que merecem apodrecer na cadeia. Elas *deveriam* sentir medo.

Mas... a ideia de uma pessoa tendo esse tipo de alcance aqui, botar a mão dentro da mente de alguém e provocar uma *compulsão* para sair deste lugar...

– O que está acontecendo ali? – pergunto quando passamos por uma barraca em um mercado noturno. Apesar de ser uma loja pequena, deve haver um grupo de mais de duzentas pessoas reunidas em volta. Quando olho o suficiente para a barraca, um número aparece acima.

50.000

O volume de visitantes é tão grande que a loja não para de bugar e, de onde estou, parece que a barraca está desmoronando e se montando novamente sem parar.

– Estão fazendo leilão de caixas de lentes beta – responde Zero. – Bens raros, como você pode imaginar.

Percebo que o número acima da barraca é o preço das lentes beta agora. Cinquenta mil notas por um único par.

Os participantes obviamente têm lentes beta, pois se encontram no Dark World, então meu palpite é que estão aqui representando outras pessoas. Há um desespero no ambiente que lhe dá um ar perigoso. Já há discussões se iniciando, e, acima, consigo ver usuários sendo expostos por concorrentes irritados, suas informações particulares jogadas nos letreiros vermelhos de néon espalhados pelas laterais dos prédios. Acelero o passo até termos deixado a barraca para trás.

Estamos em algum ponto perto de onde o Covil dos Piratas ficava na última vez que o vi, embora as ruas tenham mudado desde então. Quando o lago negro aparece, não tem navio nenhum flutuando na água.

Eu me viro para Zero, sobressaltada. Nunca tinham conseguido fechar o Covil dos Piratas.

– Não existe mais? – pergunto a ele.

Ele olha para cima. Inclino o pescoço para acompanhar o olhar.

Pairando sobre os prédios sem sentido do Dark World e as escadas estilo Escher, sob um céu noturno marrom esfumaçado, há um navio pirata suspenso no ar. Há escadas de corda penduradas nele, fora de alcance. Os mastros estão iluminados com cores néon em cascata que iluminam as nuvens com tons elétricos de rosa, azul e ouro.

– Depois que Hideo ativou seu algoritmo – diz Zero –, um usuário do Dark World usando as novas lentes procurou as autoridades e dedurou onde o Covil dos Piratas ficava. Houve uma batida aqui. Mas baratas são difíceis de eliminar.

Abro um sorriso sem humor ao ouvir isso. O Dark World não vai cair sem luta. Os piratas só saem da água e vão para o céu.

Zero inclina a cabeça de leve para um lado. Ele já deve ter descoberto o código de entrada do novo Covil dos Piratas, porque, um segundo depois, uma das escadas de corda do navio começa a descer na nossa direção. Para bem na nossa frente, na altura perfeita.

Zero estica a mão para a escada e se vira para mim.

– Você primeiro.

Passo por ele e seguro bem um dos degraus. Zero sobe atrás de mim, as mãos enluvadas agarrando a corda em ambos os meus lados. Conforme subimos, olho por cima do braço dele, para a cidade abaixo. Eu nunca tinha visto o Dark World do céu. Parece ainda menos lógico do que do chão. Alguns dos prédios lembram escadas em espiral que desaparecem nas nuvens, com dezenas de luzes de janela que mudam de cor em gradientes. Avatares escuros e anônimos andam de lado pelas paredes, como se as pessoas estivessem sustentadas por cordas. Outros prédios são pintados todos de preto, sem janela nenhuma; só têm linhas finas de néon que correm verticalmente pelas paredes. Quem sabe o que acontece lá dentro? Há esferas pairando no ar, sustentadas por nada, sem jeito óbvio de entrar. Conforme subimos mais alto do que as nuvens, consigo olhar para baixo e ver algumas das torres formando desenhos circulares no chão, como se fossem círculos alienígenas em plantações.

Nós finalmente chegamos à rampa flutuante que leva para dentro do Covil dos Piratas. Agora que estamos perto, consigo ver como os mastros desse novo navio são enormes, subindo como telas nas laterais dos arranha-céus. O que eu tinha visto com gradientes de cores néon nos mastros na verdade são propagandas anunciando as partidas do dia, assim como as apostas atuais no novo jogo entre os Phoenix Riders e a Equipe Andromeda.

Zero sai da escada primeiro. Sobe na rampa e faz sinal para que eu o siga. Meus olhos se desviam das transmissões para a entrada do navio, onde dezenas de avatares passam embaixo do slogan do Covil dos Piratas.

A INFORMAÇÃO QUER SER LIVRE

Nós entramos. Consigo ouvir o ritmo pulsante do meu coração nos ouvidos, o sangue bombeando junto com a trilha sonora tocando ao redor, sem dúvida alguma canção roubada de um álbum ainda não lançado. Há uma neblina no chão. Os avatares aqui são tão retorcidos e estranhos quanto antes, uma mistura esquisita de pessoas com rostos aleatórios e esquecíveis e usuários que se refizeram com feições monstruosas.

Mas o que me deixa paralisada é a visão do cilindro de vidro no centro do espaço amplo. A loteria do assassinato continua como era, com a lista de nomes em letras escarlate e o valor atual ao lado. No convés mais alto e com os olhos fixos na lista, há assassinos e caçadores a analisando cuidadosamente.

O que mudou é o nome no topo da lista.

```
Emika Chen | Oferta atual: N5.625.000
```

Não é surpresa todo mundo estar atrás de mim. São 5.625.000 notas pelo meu assassinato.

– Eles não conseguem te ver – diz Zero, interrompendo meu terror paralisante. Quando olho, ele dá um aceno simples. Não consigo ver nenhuma parte da expressão dele por trás do elmo escuro, obviamente, mas o corpo está vagamente virado para mim, o que me dá a sensação de que está me protegendo.

Apesar de tudo, me sinto estranhamente segura ao lado dele. É difícil acreditar que, não muito tempo atrás, vi Zero pela primeira vez naquele mesmo espaço como meu inimigo, o alvo que eu tinha sido contratada por Hideo para caçar. Agora, a presa mudou.

As apostas na nova Final estão acontecendo em um canto, enquanto outros estão amontoados em um grupo grande em torno do atual jogo de Darkcross, apostando quantias de dinheiro em um ritmo cada vez mais frenético. Acima dos observadores há uma faixa que mostra a partida, seguida do quanto está em jogo.

```
MIDNIGHT RAIDERS x HELLDOGS
Probabilidade atual 1:4
```

– Jogo novo! – grita uma voz. Um apresentador automático está falando agora, a voz andrógina ecoando ao redor. – A partida termina quando um jogador captura o Artefato do oponente. As apostas podem ser feitas dois minutos antes da chamada para o jogo e continuam até o início oficial.

Olho para a plateia caótica. Todos os patrocinadores dos times oficiais de Warcross são figuras públicas com bolsos fundos, sempre bem conhecidos. Mas as identidades dos patrocinadores dos times do Dark World são um mistério. Dizem que são chefes da máfia, líderes de gangues e traficantes de drogas. Nenhum deles é burro suficiente para patrocinar publicamente um time, mas um time do Dark World pode gerar o dobro do lucro dos Phoenix Riders. Não é surpresa os times daqui de baixo conseguirem recrutar jogadores tão talentosos. Alguns até são antigos profissionais de Warcross, aqueles cujos reflexos não conseguem acompanhar as estrelas mais jovens despontando. Para quem não se importa de participar de um jogo ilegal que pode levar à prisão a qualquer momento, as chances de enriquecimento são bem maiores do que as de um jogador legítimo e oficial de Warcross no mundo lá fora.

Claro que, assim como acontece com tudo aqui, jogar Darkcross traz seus riscos únicos. Diferentemente do Warcross jogado legalmente, onde as únicas consequências de se perder uma partida envolvem seu dinheiro e seu ego... os patrocinadores das equipes do Dark World são pessoas que você acharia perigoso decepcionar. Quem perde muitos jogos pode ver o próprio nome na lista da loteria do assassinato. Eu me lembro de um jogador de Darkcross que foi encontrado enforcado na própria garagem, o corpo ensanguentado e todo quebrado, e de outro que foi empurrado na frente de um trem.

– Várias equipes perderam os jogadores depois que o algoritmo foi ativado – continua Zero conforme vamos para uma parte diferente do Covil. Ali, o aposento é mais escuro e está mais vazio, um pouco longe dos outros e parcialmente separado por uma camada de luz que funciona como cortina. – Mas é claro que isso só tornou as apostas mais empolgantes e imprevisíveis.

– É para isso que estamos aqui? Para os jogos? – Olho para ele. – Achei que você ia me mostrar como entrar na mente de Hideo.

– É. – Zero assente. – E eu vou.

– Como?

– Descobrimos recentemente uma falha no sistema de Link de Hideo. O mesmo sistema que permite que duas pessoas se comuniquem pelo pensamento. A falha só aparece se você e eu estivermos conectados durante um jogo de Warcross.

Inspiro fundo.

– Que tipo de falha?

– Durante uma sessão regular de conexão, você tem que ter a permissão da outra pessoa para acessar qualquer um dos pensamentos dela. Mas, durante o Warcross, com o hack certo, essa falha permite que você entre na mente e nas lembranças da pessoa sem o consentimento dela.

Uma falha que permite que você entre na mente do seu parceiro de Link. Imagino as garras frias de um estranho penetrando nos meus pensamentos e nas minhas lembranças, eu impotente para impedir. Como foi que Zero encontrou uma falha enorme assim?

Zero sorri quando percebe minha confusão.

– Nem as maiores empresas do mundo são tão seguras assim – lembra.

Não estou surpresa de estarmos aqui e de Zero ter desejado fazer um Link comigo. Olho para o elmo preto e me sinto, de repente, muito exposta.

Zero me levou ali para participar de um jogo de Warcross com o Link estabelecido.

Um zumbido leve faz cócegas nos meus ouvidos. É o mesmo som que ouvi durante o campeonato de Warcross, quando Zero interrompeu pela primeira vez meu jogo submarino com os Phoenix Riders. Um clique me faz olhar para baixo. Estou agora envolta em uma armadura escura, com placas rubras em contraste às pretas de Zero. Sem dúvida, se me olhasse em frente a um espelho, veria meu rosto escondido atrás de um elmo.

De repente, o Covil dos Piratas some, e me vejo parada em um mundo de Warcross.

Vou jogar contra Zero, um contra um.

8

Uma partida de um contra um de Warcross é chamada de Duelo. É a mesma coisa que o Warcross normal, só que sem uma equipe ajudando... e, sem equipe, tudo fica nas suas costas. Você é o Capitão, o Arquiteto, o Ladrão. É o Guerreiro e o Curandeiro.

Eu já tinha visto Duelos no Dark World, mas nunca participei de um. E aqui embaixo, onde cometer erros em um jogo poderia botar minha vida em risco, não estou muito otimista em relação às minhas chances.

Um grupo de apostadores já se formou à nossa volta, e um apresentador começou a receber apostas contra e a favor de nós dois. Fico pensando se alguma coisa vai acontecer comigo se eu perder o jogo. O quanto confio em Zero para permitir que entre na minha mente? E se ele danificar minha conta de forma permanente? Parece muito trabalho me trazer aqui embaixo só para isso... mas é difícil ter certeza de qualquer coisa quando se trata dele.

O mundo virtual do nosso Duelo é um ambiente noturno. Há camadas de estrelas ocupando o céu, com faixas rosadas e arroxeadas no horizonte, uma imagem de minutos depois do pôr do sol. Centenas de arcos gigantes de vidro formam curvas no ar, cada uma refletindo a luz. Quando olho para os pés, percebo com um sobressalto que não estou de pé em chão sólido, mas nas costas de uma criatura, que está em movimento.

Um *dragão*. Tão comprido quanto uma baleia.

As escamas são iluminadas com tiras de néon e as asas têm uma aura de luz dourada, como se ele fosse um robô. E quando olho melhor, percebo que as escamas sob os meus pés não são orgânicas, mas metálicas.

Caio de joelhos quando o animal arqueia o pescoço enorme e solta uma coluna de fogo pelos maxilares mecânicos, delineando as nuvens abaixo. Seu grito ecoa pelo mundo.

– Bem-vindos ao Ninho do Dragão. – A voz reverbera acima. Power-ups familiares luminosos se materializam no ar, iluminando a noite com suas cores... e, ao mesmo tempo, uma seleção de armas aparece na minha frente.

```
Corda. Facas. Dinamite. Pistola.
     Arco e flechas. Escudo.
```

É uma seleção de armas que cada jogador de uma equipe de Warcross teria, e posso escolher três delas para pendurar no cinto. Há um cronômetro acima. Tenho dez segundos. Minha mente gira, e pego o que é familiar para mim. A corda. A dinamite. Mas, então, lembro que não posso ser só Arquiteta; não é um jogo em que Roshan vai poder me proteger. Então, devolvo a dinamite e pego o escudo e o arco com as flechas logo antes da seleção sumir.

Coloco as proteções prateadas dos braços, penduro as flechas nas costas e passo o arco sobre o peito. A pistola poderia ser útil, mas, se estou em um dragão, Zero provavelmente também vai estar, e posso precisar de um jeito de pular no dele. A corda e um arco serão minha melhor aposta.

Meu dragão desce na direção do arco de vidro mais próximo de nós. Procuro por Zero ao redor, mas não o vejo. Quando um grito sobe vindo dos espectadores dos Blackcoats, indicando o início do jogo, ainda estou deslizando pelo ar. Os reflexos dos arcos me confundem. Eu me viro, achando que Zero está atrás de mim, mas só há mais nuvens.

– Jogo! Preparar! *Lutem!*

De repente, uma sombra enorme pousa no alto do arco acima de nós. Uma teia de rachaduras surge no vidro com um som ensurdecedor.

Levanto a cabeça... e o vejo lá, Zero, nas costas de um dragão com escamas pretas como um corvo encharcado de chuva, os espetos de metal brilhando com marcas de luz prateada escura. O dragão dele chia agressivamente para mim e bate as asas para baixo em um movimento poderoso. O arco de vidro se estilhaça em mil pedaços.

Eu me jogo nos ombros do meu dragão e cruzo os antebraços para ativar meu escudo. O campo azul circular salta das minhas proteções de braço quando os estilhaços de vidro chovem em mim. O impacto quase me derruba. Eu me encolho como se o peso fosse real.

[Jogador B] | Energia: -20%

Se não fosse meu escudo, um golpe desses teria facilmente feito minha barra de energia cair pela metade. E em um jogo real de Warcross, dar ao meu oponente a vantagem de um ataque surpresa assim antes do aviso de início seria impossível. Mas aqui as trapaças são comuns e, às vezes, inseridas conforme o jogo progride ao vivo.

Quando Zero vai me mostrar o hack?

Um rugido da plateia chega aos meus ouvidos. Espio pelo escudo a tempo de ver Zero pular para o meu dragão. Ele cai em uma das asas e puxa uma espada. Acerta a asa com força, perfurando uma dobra, e faz um corte fundo.

Meu dragão grita e tomba para um lado. O movimento repentino me joga longe e me obriga a desfazer minha posição de defesa. Meu escudo é desativado quando me seguro na beirada de uma das escamas do animal e fico pendurada. Abaixo de nós, outros dragões voam entre os arcos de vidro, silhuetas negras na noite. Uma série de power-ups luminosos paira acima deles, explosões douradas em alta velocidade e bolas de gelo, uma esfera de trepadeiras verdes e uma bola de fogo.

Minha mente rodopia, avaliando a distância entre mim e cada um. A bola de fogo é um power-up de Lança-chamas, forte o suficiente para engolir um oponente inteiro. A esfera embrulhada em trepadeiras é uma Armadilha Verde, capaz de se emaranhar em um jogador por cinco segundos, imobilizando-o na hora.

Eu me jogo pelas escamas do dragão. Zero pula atrás de mim; rolo para um lado antes que ele consiga pegar o Artefato iluminado flutuando acima da minha cabeça. Zero não consegue pegar por dois centímetros. Vou rolando e rolando enquanto ele pula atrás de mim de novo. Minhas mãos procuram a corda na minha cintura, mas sinto a mão de Zero se fechar no meu braço. Ele me puxa.

Trinco os dentes e chuto. Minhas botas de metal o acertam no peito, e o empurro com toda a força que consigo. Ele acaba me soltando. Eu me jogo para longe de Zero e do meu dragão e despenco pelo ar. O vento grita nos meus ouvidos.

Enquanto caio, ativo meu escudo de novo e o viro para um certo ângulo. Ele encontra a resistência do ar, o que permite que eu guie meu caminho ligeiramente de lado. Consigo descer na direção dos power-ups de bola de fogo e de trepadeira. Abro bem os braços e pego os dois simultaneamente.

Levanto o rosto e vejo Zero pular do dragão e me seguir para baixo. Coloco o power-up da trepadeira no bolso, pego a bola de fogo e a solto diretamente para cima, na direção dele.

Ela explode com um rugido trovejante. Chamas envolvem Zero e meu dragão ferido em uma explosão gigantesca.

[Jogador A] | Energia: -100%
[Jogador B] NOCAUTEIA [Jogador A]

Ignoro as comemorações e as vaias da plateia. Zero vai se regenerar a qualquer momento e, do jeito que o jogo está estruturado, talvez tenha uma vantagem injusta de novo. Enquanto o vento soa nos meus ouvidos, puxo uma flecha das costas e amarro freneticamente nela a corda na minha cintura. Amarro a outra ponta da corda no peito. Em seguida, encaixo a flecha no arco na hora em que caio como uma pedra por toda a horda de dragões. Eu me viro, aponto o arco para o dragão mais próximo acima e disparo.

A flecha acerta e se aloja entre duas escamas no peito do dragão. Fagulhas voam ao queimar o metal da flecha nas escamas. O animal solta um rugido de irritação quando a corda se estica e me faz parar de repente. Eu me iço o mais rapidamente que consigo enquanto o dragão desvia radicalmente para o lado, evitando por pouco uma colisão com um arco de vidro.

Acima de mim, Zero reaparece nas costas do dragão preto. Os olhos cor de gelo da criatura se fixam em mim, e ele mergulha na minha direção na hora em que pulo nas costas do meu novo dragão. Desta vez, direciono-o para os arcos.

– Mais alto – digo. O dragão obedece e vira a cabeça mecânica para onde quero.

O dragão de Zero parte para cima de mim com a boca aberta. Solta uma coluna de fogo. Puxo o meu animal para o lado e consigo escapar, mas um pouco do fogo acerta a asa e queima o metal até ficar preto. Eu o forço a voar em uma espiral apertada em volta das colunas do arco.

– O que ela está fazendo? – Escuto alguns espectadores gritarem, as palavras quase sufocadas pela torcida.

Zero vem atrás. Ele guia o dragão para voar de lado junto ao meu, mas evitando a espiral que estou seguindo. Parece pronto para se aproximar de novo e pular nas costas da minha criatura.

Miro no topo de curva suave do arco de vidro. Quando chego lá, Zero se aproxima. Pego meu power-up de trepadeira no inventário. Se eu conseguir atrair Zero para mais perto e disparar em cima dele na hora certa, o power-up vai enrolá-lo com as trepadeiras densas e segurá-lo lá, pendurado no topo do arco. Posso pular do dragão e deslizar pela trepadeira para pegar o Artefato dele.

Olho para trás. Ele está chegando mais perto agora, mordendo a isca. Um pequeno sorriso ameaça surgir no meu rosto. Eu me viro para olhar para o topo do arco. Hora de agir...

Um brilho me acerta. O mundo fica todo branco. O jogo terminou? Percebo uma fração de segundo depois que Zero usou o power-up dele em mim. Um ataque de relâmpago. Vejo o topo do arco de vidro se aproximando e caio na direção dele. Bato com tudo, sem chance de erguer o escudo.

[Jogador B] | Energia: -60%
ATENÇÃO

Eu me levanto com dificuldade enquanto Zero caminha na minha direção em cima do arco. Pego o power-up de trepadeira às pressas e aponto para ele.

O mundo ao meu redor oscila, como estática no ar.

Pisco e franzo a testa. Todo mundo viu aquilo? Ou fui só eu?

O foco de Zero está em mim. Quando se aproxima, ele balança a mão em um gesto sutil. A estática pisca de novo. Isso me lembra do momento em que ele tomou meu visor durante um dos jogos do campeonato dos Phoenix Riders, quando nós dois fomos parar naquela caverna vermelha.

Estico a mão para ele, como se isso pudesse impedi-lo.

– Espera... – começo a dizer. – O que você está fazendo...?

Está na hora da gente parar de brincar, diz Zero. As palavras ecoam na minha mente pelo nosso Link.

E, em um piscar de olhos, o mundo ao nosso redor vira outra coisa.

E levo um susto. É meu antigo orfanato.

Estou novamente nos corredores familiares, cercada de papel de parede amarelo descascando e raios de luz cinzenta. Há uma tempestade caindo, as luzes lá fora piscando a cada relâmpago, o chão tremendo a cada ribombar de trovão. Ali perto, uma das portas do corredor, a do quarto das meninas, do *meu* antigo quarto, está entreaberta, pois acabei de sair de lá.

É a noite em que fugi do orfanato.

Isso é impossível. Se eu não estivesse sentada em uma cadeira na vida real, tenho certeza de que meus joelhos teriam se dobrado. Minha respiração sai entrecortada.

Como Zero criou isso? Como soube? Como entrou na minha cabeça, encontrou essa lembrança e ocupou o mundo virtual ao meu redor?

A falha.

Mas quando? Ele entrou logo depois que aceitei o convite para o Link ou pouco antes de começarmos o Duelo?

Não consigo mais ouvir o barulho da plateia, então não sei dizer se também estão vendo o que vejo. Assim como no campeonato e na caverna vermelha, devo ser a única que sabe o que está me acontecendo agora.

Tremo quando vejo o corredor, pela familiaridade daquela noite. Tudo parece igual, só que meio exagerado, como se pertencesse a um pesadelo. As paredes são bem mais altas do que deveriam, elas vão tão alto que mal consigo ver o teto, e os desenhos do papel de parede ondulam na luz como se ele estivesse em movimento. Quando olho para mim, percebo que estou até usando as mesmas roupas daquela noite em que fugi: meus tênis furados, a calça jeans rasgada, o suéter desbotado.

O mesmo medo daquela noite lateja nas minhas veias. Os mesmos pensamentos percorrem minha mente. Eu tinha planejado todos os detalhes da fuga de hoje. Fizera a contagem regressiva quando vi a luz se apagar na sala da sra. Devitt. Havia botado tudo que consegui enfiar na mochila. O Duelo do Ninho do Dragão praticamente sumiu da minha mente. Os pensamentos de vencer nosso jogo desapareceram.

É como se Zero tivesse aberto um portão para a minha alma.

– Toda porta trancada tem uma chave.

Eu me viro e vejo-o parado no corredor escuro, a armadura deixando-o quase invisível nas sombras da meia-noite do corredor, o rosto escondido por trás do elmo opaco.

– É o que você está dizendo para si mesma, não é? – prossegue ele.

– Sai da minha cabeça – rosno.

Ele se aproxima de mim e abre uma das mãos para mostrar um cubo escarlate brilhante que paira sobre seus dedos.

– Este é o hack, a chave para essa falha – diz. Ele me entrega o cubo.

– Eu não posso estar aqui – sussurro. A visão do orfanato está dificultando minha respiração. – Me tira daqui.

Zero balança a cabeça.

– Só quando você puder fazer o mesmo comigo – responde ele.

Aperto os punhos quando meu medo ferve e vira raiva.

– Não vou repetir.

– Nem eu. – Ele para na minha frente, frio e inflexível. – Olhe na sua Lembrança. Abra o cubo.

Tudo ao meu redor parece borrado, girando em um círculo vertiginoso. Tento me concentrar – mas então o velho relógio de carrilhão no fim do corredor começa a bater, e o som de uma voz abafada na cozinha chama a minha atenção.

Meus batimentos aceleram. Estou de novo naquele lugar horrível. Tenho quatorze anos, o relógio batendo às duas da madrugada e me encontro no corredor, com meus tênis e a mochila nas costas, tremendo com o barulho.

Esqueço que estou aprendendo um hack. Disparo para longe de Zero e corro o mais rápido possível. Meus sapatos prendem no tapete e me fazem tropeçar da mesma forma que naquela noite. Logo estou no corredor e na sala da frente da casa, onde a entrada principal me encara.

– *Ei!*

Um grito atrás de mim me faz olhar. É Chloe, uma das minhas antigas colegas de quarto. O olhar dela está grudado na minha mochila e nos meus tênis, e ela aponta um dedo para mim.

– Sra. Devitt! – grita ela, erguendo a voz de forma que parece afogar a casa. – Emika está fugindo!

Não sei se é porque estou dentro da minha própria Lembrança, mas meu corpo faz exatamente a mesma coisa que fiz naquela noite. Corro pela cozinha, mantendo o olhar na porta da frente. Minhas pernas parecem chapinhar na lama.

A voz de Zero soa de novo, mas não ligo mais para o que ele quer de mim. Só preciso sair daqui. Se me pegarem, estou morta. Quando chego à porta, disparo.

Alguém me segura por trás. É Chloe, e de repente as mãos dela estão prestes a agarrar meu cabelo e meu pescoço. Nós duas caímos no chão. Eu a chuto cegamente, com o máximo de violência que consigo. As luzes no quarto mais distante acendem. Nós acordamos os outros.

Meu tênis acerta a cara de Chloe com força. Ela dá um gritinho e me solta.

– *Putinha!* – diz com desprezo enquanto tenta me pegar de novo.

Consigo fugir das mãos dela, fico de pé e saio correndo pela porta para a noite tempestuosa.

A grama está tão escorregadia que quase caio, mas recupero o equilíbrio a tempo. O portão da cerca de arame está bem na minha frente. Eu me choco contra ele e percebo que está trancado com um cadeado pesado. Sou tomada pelo pânico. Minhas mãos se fecham no arame e começo a escalar, sem ligar quando uma ponta do metal faz um corte em um dos meus dedos.

Caio do outro lado da cerca, fora da propriedade do orfanato. *Se levanta. Você não pode ficar aqui, vão te pegar.* Atrás de mim, alguém sai da casa. O feixe de luz de uma lanterna passa pela varanda. Gritos baixos chegam até mim no ar molhado.

Eu me levanto de novo e saio correndo pela rua. Não sei se estou chorando na vida real ou se é outra parte da minha lembrança. Só sei que em algum momento acabo encolhida sob o umbral de uma porta, e quase consigo sentir a textura da madeira molhada quando aperto ambos os lados para tentar me acalmar. Meus dedos se curvam e minhas unhas afundam na tinta lascada sobre a madeira.

Zero aparece na calçada à minha frente. Antes que eu consiga começar a pensar no que fazer em seguida, ele se aproxima correndo a uma velocidade impossível.

Os meus instintos de caçadora de recompensas entram em ação a toda. Saio do caminho rolando, os braços erguidos para proteger o rosto, porque ele partiu para cima de mim. E me segura pela gola antes que eu possa correr e me puxa para ficar de pé. Coloca o rosto perto do meu.

– Fica calma e pensa – diz ele com irritação.

A vivacidade da Lembrança oscila, e as palavras dele atravessam meu pânico. Isso não é real; você não está lá de verdade. *Você está jogando no Dark World, dentro de um fantasma do seu passado.*

Como você ousa. Uma onda de raiva cresce dentro de mim e me obriga a me concentrar só em Zero. Ele invadiu minha mente, violou minha privacidade novamente. *O cubo. Esse hack.* Olho para a figura dele, mais alta do que eu, e conjuro o código de novo. Desta vez, olho dentro da minha Lembrança.

Ali. Consigo até *ver* o que ele fez. Tem um arquivo extra na minha conta que não deveria estar lá, um arquivo de acesso que o cubo plantou de alguma forma.

Abro o arquivo de acesso que ele baixou em mim e vejo um Link escondido entre nós, um portal que Zero acionou e que me levou direto para ele novamente. Em seguida, abro o cubo de dados e uso nele.

Um anel de arquivos aparece em volta de Zero, cada um deles um vazio escancarado como uma passagem com vista para um mundo do outro lado. Janelas na mente de Zero. Estou dentro.

Não espero que ele reaja. Só escolho a passagem mais próxima de mim... e inspiro fundo quando a mente dele, de repente, envolve tudo à nossa volta.

A noite de tempestade some. A rua familiar ao anoitecer e o orfanato atrás da cerca de arame do outro lado da estrada também. Nova York desaparece.

Agora, estou em um aposento acarpetado, em um lugar estranho. Quando levanto o rosto, vejo o que parece ser um quarto. Tem uma figura agachada num canto, encolhida junto à parede. *Estou nas lembranças de Zero.*

A figura agachada no canto do quarto faz um movimento.

É um garotinho, com os braços em volta dos joelhos. Os pulsos são ossudos e saem de um pulôver branco folgado, e quando olho melhor, reparo em um símbolo bordado na manga esquerda. Não é uma marca que eu já tenha visto associada a Zero ou aos Blackcoats, e também não é nada que eu reconheça. Não consigo identificar o rosto dele na escuridão, mas meus olhos grudam em um cachecol grosso em volta do pescoço dele. Um cachecol azul.

O mesmo cachecol que Hideo deu a Sasuke no dia que ele desapareceu.

A imagem me sobressalta tanto que fico paralisada. Faço uma pausa tão longa que, quando pisco novamente, a figura no canto sumiu e Zero está parado na minha frente de novo. Ele estica a mão para segurar meu braço antes que eu possa me virar. A mão se fecha no meu pulso, e de repente sinto como se estivesse caindo, paralisada. Tento botar meu eu virtual de pé novamente, mas parece que minhas funções motoras não respondem mais. Só consigo ver Zero parado acima de mim, a armadura preta refletindo a luz fraca do quarto do menino, antes que tudo desapareça na escuridão.

O Covil dos Piratas surge novamente. Os espectadores em volta de nós estão revoltados, gritando uns com os outros enquanto pagamentos são feitos, os números transparentes acima da cabeça deles mudando loucamente. E pisco, confusa e perdida. Em uma tela flutuante, vejo uma reprodução dos últimos momentos do Duelo. E também o instante em que Zero me acertou com um power-up de Relâmpago e me fez cair no alto do arco de vidro. Zero anda até mim. Fujo dele pelo arco e reconheço meus gestos frenéticos de quando estava correndo pelo corredor na lembrança do meu orfanato. Eu me vejo lutar com Zero, os momentos em que invadi a Lembrança dele, mas em seguida Zero me paralisa com um aperto no pulso, outro power-up.

Ele pega meu Artefato.

Ninguém na plateia viu minha Lembrança, nem a de Zero. Ninguém tem ideia do que ocorreu, que Zero invadiu minha mente e eu a dele. As pessoas só testemunharam as mesmas ações acontecendo no mundo do Duelo. Elas não ouviram nada do que Zero disse para mim. Foi só pelo nosso Link, assim como minhas palavras para ele.

Alguns dos espectadores lançam risadinhas debochadas para mim, mas outros parecem impressionados com a forma como joguei. Eu os cumprimento com um meneio de cabeça, como se ainda estivesse em transe. Zero está ao meu lado. Quando olha para mim, o objeto preto em volta do meu pulso reaparece.

– Muito bem – diz Zero.

O navio some, e me vejo abruptamente de volta ao mundo real, sentada e exausta na minha suíte de hotel na frente de Zero. Ele está novamente com o traje preto e no corpo real, os olhos distantes ainda me observando como se eu fosse uma escultura.

Nosso Duelo acabou.

Mal consigo me lembrar dos dragões e de nossa breve luta. Só sou capaz de pensar que Zero trouxe um dos meus piores momentos de volta à superfície. Que me obrigou a reviver cada segundo horrível. Ele usou minha grande fraqueza, meu passado, contra mim. De repente, uma raiva louca arde em mim, até os ossos. Sinto-me descuidada. Só quero feri-lo também.

E pulo pelo quarto em cima dele.

Zero chega para o lado como uma sombra. Cambaleio por ele, as unhas no ar, e caio de joelhos. Novamente, me levanto e vou para cima dele, mas ele desvia de novo, com tanta tranquilidade que é como se estivesse brincando comigo.

– Eu não faria isso – avisa, com os olhos brilhando.

Eu me encosto na escrivaninha do quarto e o observo com cautela.

– Sua Lembrança – murmuro enquanto tento acalmar minha respiração. – O que estava acontecendo lá? Foi quando você desapareceu? O símbolo na sua manga...

– ... é uma Lembrança que eu não pretendia que você acessasse – responde Zero, a voz ainda sinistramente distante. Ele enfia as mãos nos bolsos. – O que importa é que você conseguiu entrar pela vulnerabilidade exposta por nosso

Link, da mesma forma que usei o cubo para entrar na sua mente. – Ele me olha com expressão séria. – Esse é seu bilhete de entrada. Mas tome cuidado com a forma como vai usar. Estar dentro de uma mente que não é a sua significa que a defesa do outro vai estar sempre alerta à sua presença. Quando eu segurei seu pulso, aquilo foi minha mente percebendo que você não devia estar lá e empurrando-a para fora. Quer dizer que você não vai conseguir voltar.

– Mas o que era aquele quarto? Onde você estava? – insisto.

– E pra onde *você* estava tentando fugir? – interrompe Zero, uma rispidez surgindo de repente na voz. Ele abre um sorrisinho. – Você fugiu de mim como se não conseguisse ver nada em meio ao pavor na sua Lembrança. Como se não quisesse passar nem mais um segundo naquela casa.

Fecho os olhos e luto contra a maré gigantesca de resistência que cresce no meu peito.

– Tudo bem, tudo bem – digo, e cruzo os braços sobre o peito. – Entendi. Você não pergunta e eu não pergunto.

Ele me observa com expressão curiosa, mas decide abandonar quaisquer questões que tivesse. Ergue o cubo cintilante entre nós, a chave do hack dele.

– Pra você – diz.

Eu o pego e o guardo nos meus arquivos. As palmas das minhas mãos estão suadas.

– Você vai ter toda a liberdade que tinha antes de nos conhecer – continua Zero. – Se precisar de algum equipamento, me avise. Jax mencionou que você perdeu o skate durante a fuga. Vou enviar um novo pra você. Me mantenha atualizado sobre como estão as coisas com Hideo.

Faço que sim, mas não digo nada. A ideia de invadir as lembranças de Hideo do jeito como Zero fez com as minhas me causa repulsa. Então, lembro a mim mesma de que isso não é diferente do que ele está fazendo com o NeuroLink, e de forma muito pior.

Zero para na porta por um momento. Quando olha para mim por cima do ombro, há outra coisa no olhar dele; algo tenso, como se eu o tivesse irritado.

– Eu não sabia qual Lembrança sua apareceria – diz.

É quase um pedido de desculpas. Não sei como interpretar. Só consigo ficar lá parada, procurando as palavras certas e tentando não deixar minha mente voltar para a noite da fuga e para o terror de ficar encolhida sozinha sob aquele umbral.

É um momento estranho. É quase como se ele tivesse baixado a guarda para revelar um toque do seu interior opaco. Mas dura só um segundo. E sai do meu quarto e me deixa sozinha com minhas perguntas infinitas.

Penso na figura miúda de Sasuke, encolhido em um canto. O cachecol azul, dado pelo irmão que ele não se lembra de ter amado, enrolado desesperadamente no pescoço, o jeito como se agarrava à peça como se fosse tudo que tinha no mundo. Mais do que tudo, penso no vislumbre do símbolo misterioso bordado no pulôver. Abro a imagem de novo e permito que paire na minha frente.

Por que ele me deixou ver uma Lembrança tão pessoal? Por que foi tão fácil acessá-la? Poderia ser só um erro aleatório, assim como eu nunca pretendi que ele visse a minha Lembrança. Mas Zero é um dos hackers mais poderosos que conheci. Como poderia ser descuidado a ponto de expor esse momento sensível do passado para mim? Fico parada em silêncio, lutando para entendê-lo.

Por que o nome de Hideo não significa nada para você? Quem te levou? O que aquele símbolo significa?

O que aconteceu com você?

9

Fiel à palavra, Zero envia um novo skate em um intervalo de horas. Esse é todo preto, da superfície às rodas e aos parafusos. Testo-o com hesitação e me ajusto ao peso e à tração dele. Deve ser bom para andar à noite.

Fico no quarto de hotel até estar completamente escuro lá fora e inspeciono os cantos das paredes, procurando sinais de câmeras escondidas e outras formas de vigilância. Faço uma verificação cuidadosa da minha conta para o caso de Zero ter realmente instalado alguma espécie de rastreador no meu sistema além da algema preta.

Para minha surpresa, não encontro nada. Talvez Zero e Taylor estejam falando sério sobre me dar privacidade.

Da varanda, vejo as camadas prateadas e azuis nas ruas abaixo, demonstrando a lealdade da região à Equipe Winter Dragons. O hotel fica no meio de Omotesando, um bairro de Tóquio luminoso e caro, cheio de lojas luxuosas com arquitetura grandiosa. Há luzes prateadas e azuis em todas as árvores. Bolsas e sapatos nas vitrines das lojas exibem os emblemas dos Phoenix Riders e da Equipe Andromeda, comemorando a Final. Desde que cheguei, mais dois jogadores foram anunciados para a cerimônia de encerramento, e agora as imagens deles estão sendo transmitidas nas vitrines das lojas Prada e Dior.

SHAHIRA BOULOUS da TURQUIA | ANDROMEDA
ROSHAN AHMADI do REINO UNIDO | PHOENIX RIDERS

Passa pela minha cabeça que Jax me levou até ali em um estado de total inconsciência. Agora, os Blackcoats estão me deixando sair pela porta desacompanhada e totalmente lúcida.

Não acredito. Eu poderia facilmente voltar atrás na minha palavra e traí-los. Mas não há muito que eu possa fazer contra eles a essa altura; não sei onde estão nem nada de incriminador sobre eles.

Entrar na mente de Hideo. É isso que os Blackcoats estão pedindo para mim. Olho na direção do Tokyo Dome, onde símbolos virtuais enormes dos Phoenix Riders e da Equipe Andromeda já flutuam no ar noturno acima do estádio, com um cronômetro fazendo contagem regressiva das próximas vinte e quatro horas, até o instante do jogo acontecer. Hideo vai estar na partida Final amanhã.

Meus pensamentos voltam para Zero. Eu tinha passado um momento fazendo uma busca sobre o símbolo na manga de Sasuke, mas não encontrei nenhuma correspondência. Não pertence a nenhuma corporação da qual eu tenha ouvido falar, nem se parece com nada que possa indicar sua finalidade. É apenas uma série de polígonos sobrepostos, tão abstrata quanto possível.

Faço uma ligação discreta para Tremaine.

Ele atende quase imediatamente.

– Oi! – exclama ele no meu ouvido, tão alto que faço uma careta. Um instante depois, a figura virtual dele aparece, e o vejo andando em uma rua lotada e iluminada, as mãos nos bolsos.

– Fale um pouco mais baixo – respondo. – Estou ouvindo perfeitamente.

– Onde é que você se meteu? – Tremaine aperta os olhos, tentando entender o ambiente ao meu redor. – Você está bem? Os Riders estão surtando por sua causa. Roshan até me ligou pra ver se eu sabia o que estava acontecendo.

– Onde você está? – pergunto.

– Em uma parte de Roppongi. Onde *você* está? Eu estava tentando te rastrear.

A voz apressada dele faz minha mente girar.

– Omotesando. Não me rastreie. É perigoso demais. Vou te encontrar.

– O que quer dizer com "é perigoso demais"? Ouvi sobre um tiroteio em Shinjuku dois dias atrás. Saiu no noticiário. Disseram que um maluco abriu fogo. Isso não é o tipo de coisa que acontece no Japão, nem mesmo em Kabukichō. Duas pessoas morreram. Achei que uma delas poderia ter sido você. O que aconteceu?

Já parece que anos se passaram desde que falei com eles no bar. Mordo o lábio.

– Eu estou bem – respondo. – É uma longa história. Vou explicar quando nos encontrarmos. – Eu mantenho a voz baixa. – Mas, primeiro, preciso que você pesquise uma coisa pra mim.

Antes que Tremaine possa responder, envio a imagem do pequeno Sasuke no quarto.

A voz surpresa agora fica curiosa.

– Quem é? – pergunta Tremaine.

– Sasuke Tanaka, aparentemente, quando era pequeno. Está vendo o símbolo na manga?

– Estou. O que é?

– Não faço ideia. É com isso que preciso da sua ajuda.

– Já fez uma busca?

– Já. Não encontrei nada.

Tremaine faz uma pausa, e o imagino estudando o símbolo com a testa franzida, tentando fazer a correspondência com alguma coisa.

– Humm – ele murmura baixinho. – Também não estou encontrando nada, não em uma primeira tentativa. Mas acho que conheço uma pessoa que pode ajudar. Onde você conseguiu essa imagem?

– É parte da longa história. – Olho pela varanda e vejo ícones piscarem por toda a paisagem de Tóquio. – Amanhã à noite, depois da partida Final. Vamos nos encontrar com os outros, e vou contar o que sei.

– Com sorte, vou ter alguma coisa pra você até lá. – Ele assente para mim, e nos desconectamos.

Sou tomada de paranoia na mesma hora. E se Zero ouviu minha conversa com Tremaine? Não esqueci o que me aconteceu na última vez que saí em público sozinha, poucos dias antes. Agora, estou em segurança em um quarto de hotel, mas não consigo ignorar o sentimento de que alguém pode entrar a qualquer momento.

Concentre-se.

Estou prestes a fazer outra ligação, desta vez para os Phoenix Riders, quando um movimento perto da minha varanda me faz parar. Estico o pescoço e procuro por um momento, até que vejo que alguém saiu na varanda da suíte de Jax, ao lado da minha.

É Zero.

O brilho da cidade abaixo delineia o corpo dele de maneira imprecisa. Ele olha para a paisagem por um momento, os olhos se movendo lentamente na direção do meu quarto. Quero afastar o olhar para o caso de ele poder me ver o observando.

Uma voz chama o nome dele, e Zero se vira quando Jax se junta a ele na varanda. Prendo o ar e vejo o instante em que ela para na frente dele, brincando com a arma de novo, como fez quando estava comigo, tirando o cartucho e colocando um novo no lugar, os movimentos sutis e eficientes. É como se o hábito a reconfortasse.

Enquanto olho, Jax dá um passo para mais perto de Zero e fica quase encostada nele. Diz alguma coisa para ele que não consigo ouvir.

Algo se suaviza na expressão dele. Zero se inclina na direção dela, fecha os olhos e murmura alguma coisa no ouvido de Jax. O que quer que seja, faz com que ela se incline um pouco na direção dele. Eles não se tocam. Só ficam assim, dando um quase abraço sutil, compartilhando uma coisa que me faz pensar na forma como Hideo me puxava para perto.

Ele a segue de volta para dentro e os dois somem.

Percebo que voltei a respirar e minhas bochechas ficam meio coradas por causa da cena. Há uma familiaridade inegável entre eles.

Momentos depois, a porta do quarto dela se fecha. Não sei aonde está indo, mas o fato de Jax ter saído faz meus ombros relaxarem um pouco. Talvez Zero tenha ido com ela. Ou talvez Jax esteja sozinha agora *me* observando. Afinal, Zero me disse que ela ficaria cuidando do meu bem-estar.

Respiro fundo e envio um convite comunitário para os Phoenix Riders.

Asher se conecta primeiro, e em pouco tempo os outros também. Eles estão de novo na casa de Asher, sem dúvida se preparando para o jogo de amanhã. Ele solta um longo suspiro quando me vê, enquanto Hammie fala um palavrão e cruza os braços.

– Já estava mais do que na hora – diz ela com rispidez.

– Estávamos prestes a fazer um registro de pessoa desaparecida na polícia – acrescenta Asher, uma das mãos batendo no braço da cadeira de rodas –, o problema era que isso alertaria Hideo de que havia algo de errado com você.

– Vou explicar tudo – digo com voz baixa. – Mas, primeiro, preciso de um favor.

– O que é? – pergunta Roshan.

– Quando vocês saem para o Tokyo Dome amanhã?

– Por volta do horário do pôr do sol. A Henka Games vai enviar carros. Por quê?

– Eu preciso estar no domo com vocês – digo –, nas áreas restritas, aonde só os jogadores podem ir. Preciso de acesso a Hideo.

– O que está acontecendo? – pergunta Hammie. – É Zero, não é?

Olho para a varanda de novo e observo fixamente o lugar vazio onde Zero e Jax estavam momentos antes.

– É.

Ao ouvir isso, Hammie descruza os braços e pisca rapidamente.

– Olha, achei que você não tivesse feito contato com ele.

– Eu não fiz. Ele fez contato comigo. – Hesito. – Ele me salvou de alguns assassinos do Dark World que estavam atrás de uma recompensa pela minha cabeça.

– *O quê?* – Hammie arregala os olhos ainda mais ao ouvir isso, enquanto Roshan se inclina para a frente e murmura um raro palavrão bem baixinho.

– Você devia ter contado pra gente – diz ele.

Decido não mencionar ainda minha ligação acidental para Hideo.

– Eu estou bem – repito. – E, sim, ele fez uma proposta. É coisa demais pra explicar assim. Mas escutem: se eles estiverem falando sério sobre o que querem que eu faça, vou precisar da ajuda de vocês.

10

Quatro dias para a Cerimônia de Encerramento de Warcross

Na história dos campeonatos de Warcross, nunca houve nenhuma repetição de partida. Isso significa que esta tarde, horas antes do jogo começar, ninguém sabe como comemorar.

Os bairros de Tóquio, anteriormente iluminados nas cores dos times profissionais favoritos de cada lugar, agora estão novamente de vermelho e dourado ou azul e prateado. As imagens da primeira Final são transmitidas nas laterais inteiras dos arranha-céus. Passo por uma fileira de supercarros customizados na rua: Lamborghinis, Bugattis, Porsches, Luminatii Xs (o carro elétrico mais veloz no mercado no momento), cada um exibindo luzes azuis ou vermelhas de néon instaladas na parte de baixo das portas e contornos decorados nas cores das duas equipes. Com o NeuroLink, eles se transformam em veículos que parecem impossíveis: carros com asas virtuais; automóveis parecidos com jatinhos, deixando trilhas de chamas em seu encalço. Todos foram muito vocais sobre suas preferências durante a primeira Final; agora, com a nova partida, estão repetindo tudo de novo e motoristas discutem nas ruas.

Vendedores com mercadorias, como chapéus e camisetas, bonecos e chaveiros, exibem as sobras da primeira Final. Seus rostos mostram-se cada vez mais abatidos e estressados conforme ficam sem produtos e tentam arrumar mais. Vejo alguns bonecos meus entre os que estão sendo vendidos, meu cabelo de arco-íris pintado nos brinquedos em manchas de cores. É uma visão surreal.

Oito raios de luz laser passam de repente acima em velocidade surpreendente, deixando linhas em tons multicoloridos no ar e fazendo as pessoas no chão soltarem gritos surpresos. *Drones apostando corrida*, penso. Assim como as corridas de rua com carros, é estritamente ilegal: aqueles participantes deviam estar todos com lentes beta. Até já cacei alguns competidores de drones no Dark World e liberei as informações sobre eles para a polícia. Os competidores devem estar ousados hoje, mas, com a polícia preocupada com a segurança da nova partida e em acabar com as brigas entre os torcedores rivais, esta noite é a chance que eles têm de se exibirem.

As pessoas por quem passo nas ruas discutem acaloradamente a favor de uma equipe ou outra; grupos inteiros de torcedores vestidos como os jogadores estão se enfrentando em esquinas, alguns gritando. Ouço berros direcionados a mim, partindo de cosplayers da Equipe Andromeda.

– Por que você está vestida como a trapaceira? – um grita.

Ele recebe como resposta quase imediata gritos de torcedores dos Phoenix Riders:

– Emika Chen pra sempre!

Mantenho a cabeça baixa e me concentro em seguir no meu skate pela rua. Há no mínimo três outras garotas vestidas com variações de Emika Chen, e ninguém parece interessado em olhar para mim por muito tempo. Além do mais, se o que Zero disse é verdade, não sou mais alvo dos caçadores e assassinos que estavam tentando me pegar. Talvez Jax esteja me protegendo de algum lugar, mas não a vejo.

Quando me aproximo do parque de diversões do Tokyo Dome, uma parte do meu nervosismo passou. Ao fazer uma curva suave para a calçada, já estou me sentindo um pouco mais normal.

Recebo uma mensagem de Hammie me pedindo para aceitar um Link. Acato, e uma imagem particular virtual dela aparece ao meu lado, tão real quanto a realidade. O cabelo está preso em dezenas de tranças hoje, com dourado e vermelho entrelaçados junto, e as pálpebras escuras estão cobertas de purpurina. Depois de dois dias com os Blackcoats, estou tão feliz de vê-la que quase tento abraçar a projeção.

– Você parece pronta – digo para ela.

Hammie revira os olhos para mim.

– Se mais uma pessoa tocar no meu cabelo, vou arrancar a cabeça dela. – Ela aponta para os fundos do domo. – É o túnel pelo qual nos levam – diz –, só que não vai haver nenhum guarda e nem torcedor. Fica de olho em mim.

Uma linha dourada aparece no meu visor e me guia pelo caminho que ela quer que eu percorra. Assinto uma vez e me viro na direção certa.

Em pouco tempo, chego perto o suficiente do complexo de entretenimento do domo para ver os retratos enormes das equipes de jogadores de hoje pairando sobre cada poste de luz. O complexo ao redor, o Tokyo Dome City, está lotado, como ficou durante a temporada do campeonato regular. Os brinquedos do parque de diversões estão iluminados em cores diferentes, e através das lentes consigo ver um carrossel inteiro de opções de paisagens para eu escolher. Quando seleciono a opção *Fantasia*, o parque todo se transforma em um reino medieval com o domo como um castelo enorme à frente. Quando seleciono a opção *Espaço*, o parque muda para uma estação futurista em um planeta alienígena com anéis gigantes em arco no céu noturno.

Pulo do skate e entro no complexo para me juntar às massas. Pelo menos é fácil me misturar na multidão. As pessoas se reúnem em torno de brinquedos e lojas, a atenção voltada para longe de mim. Passo pelo aglomerado sem deixar rastros.

Há filas de pessoas perto da entrada, esperando para ir ao estádio. A linha dourada as contorna. Sigo até ter passado pelos portões da entrada principal, lotados de torcedores. Em pouco tempo, os portões dos fundos aparecem, com uma barricada pesada e cheia de guardas. Fileiras de carros pretos esperam o fim da partida. Apesar de o jogo desta noite ser apenas entre os Phoenix Riders e a Equipe Andromeda, todas as demais equipes foram assistir. Há multidões de fãs nas extremidades das barricadas, na esperança de serem os primeiros a ver os times quando deixarem o estádio.

– Aqui – murmuro para Hammie em uma mensagem.

– Estou te vendo – responde ela. – Quando eu disser *vai*, sobe na barricada da esquerda mais próxima do portão. – Então ela some no escuro.

Alguns minutos depois, uma agitação começa nas barricadas mais próximas do portão dos fundos. Asher aparece, com Hammie e Roshan, um de cada lado, os sorrisos profissionais na cara e as mãos acenando. Atrás dele estão Jackie Nguyen e Brennar Lyons, os substitutos que vão ficar no meu lugar e no de

Ren. Hammie já está usando o vermelho dos Phoenix Riders, o traje exibindo suas curvas, e o sorrisinho debochado familiar está em destaque no rosto. Asher está sentado em uma cadeira nova preta e dourada de marca, e Roshan está elegante com a cabeça cheia de cachos escuros cuidadosamente penteados e o traje impecável.

Os fãs começam a berrar e gritar. Uma onda de flashes fotográficos envolve a equipe. As pessoas correm até as barreiras mais próximas e forçam toda a segurança a correr para segurá-las.

Abro um sorriso pela aparição surpresa. Perfeito. No meio da multidão, Hammie me envia uma mensagem rápida.

– Vai.

Enquanto os seguranças lutam com a concentração de fãs de um lado, pulo a barricada do outro lado em silêncio e corro na direção do portão. Alguns tentam me seguir, e é nessa hora que Hammie dá o alarme, apontando com exagero para os poucos fãs agora tentando pular a barreira. Dois guardas correm para interceptá-los, e desapareço na escuridão da entrada.

Só consigo ver o contorno azul suave das silhuetas. O corredor traz uma onda de nostalgia, e penso novamente em ser levada para a arena por um grupo de guarda-costas, meu coração disparado na expectativa do Wardraft. Não foi há tanto tempo, mas parece uma eternidade.

– Ash – digo em mensagem enquanto sigo pelos corredores familiares. – Você pode verificar se as câmeras da sala de espera dos Phoenix Riders estão desligadas? – Antes do jogo, os Riders esperam em uma suíte elegante com vista para a arena.

– Já verifiquei. Mas cuidado no corredor que leva à nossa sala. Instalaram umas câmeras novas lá, e não conseguimos acesso a nenhuma fora da suíte.

Eu me encolho mais no casaco com capuz.

– Pode deixar.

– Encontra a gente depois. – Ele envia um endereço. – Vamos conversar quando a gente se encontrar.

Finalmente chego à sala de espera vazia dos Riders e fecho a porta ao passar. O silêncio aqui é pontuado pelo barulho abafado que vem de baixo, onde cinquenta mil torcedores comemoram enquanto a faixa mais nova do BTS sai pelos alto-falantes. Fico parada na frente da janela e sinto por um segundo que voltei no tempo para quando ainda era jogadora. O estádio está lotado, com mais pessoas indo para seus lugares a cada segundo. Há um locutor repassando o jogo Final original com as imagens sendo transmitidas em hologramas 3D enormes.

Já há uma luz piscando acima da porta da suíte, chamando os jogadores para irem para o centro da arena. Os comentaristas sentados nas fileiras mais altas transmitem seus debates, tentando prever qual equipe tem mais chance de vencer.

Minha atenção se volta para o camarote particular de vidro do outro lado da arena. Lá, vejo várias pessoas se movendo, que identifico como Hideo, Mari e Kenn.

No térreo, os primeiros integrantes da Equipe Andromeda começaram a seguir para o centro da arena. Os gritos da multidão chegam a um pico ensurdecedor.

– Boa sorte – murmuro para a minha equipe quando os jogadores começam a aparecer. Meu olhar permanece por mais tempo nos trajes modernos. Mesmo depois de tudo, a energia do ambiente ocupa cada centímetro do meu ser, e não quero nada além de estar lá embaixo com eles, absorvendo o aplauso do mundo e me perguntando em qual reino novo e fantástico eu seria jogada. Quero ficar empolgada de novo, de todo o coração, como antes de tudo se tornar tão complicado.

Balanço a cabeça, me sento e abro uma grade com todas as câmeras de segurança do domo.

Há mais vigilância nesse domo do que já vi em qualquer outro lugar: pelo menos duas ou três câmeras em cada aposento. Parece que acrescentaram camadas de segurança desde a falha que quase matou Hideo. *Quando* Jax *quase matou Hideo*, lembro a mim mesma, e um tremor percorre meu corpo.

O locutor termina de apresentar cada jogador. As luzes no estádio se apagam quase totalmente, mantendo-se focadas apenas nas equipes. No centro da arena, aparece um holograma que mostra o mundo no qual todos vão estar imersos. É algum lugar bem alto no céu, coberto em todas as direções por nuvens perfuradas por centenas de picos estreitos de montanhas torreadas, cada torre conectada às demais por pontes estreitas de corda.

– Bem-vindos ao Reino do Céu – diz uma voz familiar e onisciente por todo o estádio. A plateia solta um rugido ensurdecedor de aprovação.

Afasto o olhar da arena e observo com cuidado as várias câmeras de segurança até encontrar as que estão dentro do camarote particular de Hideo. Os escudos das câmeras são caprichados, e já consigo perceber que não vou conseguir alterar nenhuma imagem delas. Se a segurança reparar em mim aqui e se der conta de que não sou dos Phoenix Riders, vão começar a fazer perguntas.

Mas nada me impede de dar zoom nas câmeras de segurança no camarote de Hideo, de seguir os feeds que o guarda cuidando das câmeras pode ver. Encontro o perfil dele e entro.

Imagens de todas as câmeras de segurança do domo ocupam o espaço ao meu redor. Passo por cada uma até encontrar as que ficam no camarote de Hideo e dou zoom na mais central.

De repente, parece que estou pairando no teto de lá, observando-os como um fantasma.

Escuto uma conversa que faz com que eu me encolha de horror.

11

Os braços de Kenn estão cruzados com força e ele está com a testa franzida quando fala com Hideo.

– Mas não há provas disso – argumenta ele.

Mari solta um suspiro exasperado.

– Kenn, nós não estamos aqui pra distribuir às pressas um produto com mau funcionamento. – O japonês dela é traduzido rapidamente para o inglês no meu visor. – Temos que verificar se isso é causado pelo algoritmo.

Inspiro com força. Então Hideo não guardou tudo só para si: Mari e Kenn estão cientes do algoritmo. Não só isso, eles parecem ativamente envolvidos no processo de botá-lo em funcionamento.

Mas sobre o que Mari está falando? O que ela acha que o algoritmo está fazendo?

– Qualquer coisa pode provocar suicídios – diz Kenn, balançando a mão com desdém. – Decidiu bancar um daqueles legisladores metidos a besta agora, é? Eles acham que podem impedir o progresso banindo tecnologia nova nas cidades deles...

– E não estão sempre errados de fazer isso – responde Mari. – Isso é sério. Se for erro nosso, temos que consertar imediatamente.

Suicídios? Penso na fita da polícia isolando o quarteirão em Kabukichō. Eles devem estar falando dos criminosos que estão se matando por todo o mundo. Os que Hideo mencionou na nossa última discussão. *Se ouvi sobre traficantes sexuais condenados cometendo suicídio?*, ele dissera. Mas aquilo parecera ser a intenção original do próprio algoritmo.

— Espera só uns meses – diz Kenn. – Tudo vai se acalmar.

Meu olhar se desvia para Hideo, que ainda não disse uma palavra. Ele parece controlado quando se encosta na cadeira e observa cada um dos colegas. Mas uma análise mais atenta do rosto dele me diz que está de mau humor.

— O propósito todo do algoritmo é proteger pessoas, deixá-las mais seguras – insiste Mari. – Não é pra ser responsável por usuários tirarem a própria vida.

— Isso é loucura! – Kenn levanta as mãos com uma gargalhada. – *Não* há provas. Você está mesmo tentando sugerir que o algoritmo está fazendo gente normal, gente inocente, se matar?

Meu sangue gela com as palavras dele. Eu me firmo na cadeira. O algoritmo pode estar causando a morte de gente inocente.

— Olha esses números! – Mari balança a mão e abre um gráfico, que paira na frente dos três. Observo, horrorizada. A curva do gráfico parece exponencial, do tipo que sobe de forma ameaçadora. – O número de suicídios no mundo todo começou a aumentar no dia seguinte à instalação do algoritmo. Essas pessoas não têm histórico criminal.

— Você está forçando a barra – diz Kenn, dando de ombros. – Por que suicídios inocentes teriam ligação com a gente? Tenho certeza de que, se algum deles *for* relacionado ao algoritmo, é porque essas pessoas eram culpadas de alguma coisa – acrescenta Kenn, com um dar de ombros desinteressado.

Foi o mesmo gesto sossegado que usou quando fui apresentada a ele e à equipe. Só que, desta vez, ele não está me tranquilizando sobre a educação distante de Hideo. Agora, está desmerecendo consequências horríveis do algoritmo.

Olho para a cara de Kenn e lembro que os olhos dele cintilavam com alegria cada vez que conversávamos. Esse é o mesmo homem que me mandava mensagens de texto, preocupado com o bem-estar de Hideo ou reclamando da teimosia dele? Que uma vez me pediu para ficar de olho em Hideo?

Visualizo aquele sorriso caloroso na memória enquanto observo o homem à minha frente. Ele está iluminado pelas luzes no teto, que deixam aquele mesmo rosto coberto de sombras ameaçadoras. Não consigo identificar a expressão.

Mari abre outro gráfico.

– Estudos anteriores demonstraram a ligação entre a falta de propósito na vida das pessoas e um risco maior de morte. Se elas não têm nada pelo que lutar, se as motivações delas são alteradas, os suicídios aumentam. – Mari se inclina para a frente para encarar Kenn. – É *possível*. Nós temos que investigar.

– Ah, para com isso. O algoritmo não está tirando a motivação *de vida* das pessoas – reclama Kenn. – Só a motivação de cometer crimes.

– Pode ser que exista um bug que gera a mesma reação – diz Mari com rispidez. Ela olha para o lado. – Hideo, *por favor*.

A expressão de Hideo é de cansaço, as sombras escuras embaixo dos olhos acentuadas pela iluminação do aposento. Depois de uma pausa, ele finalmente se manifesta.

– Nós vamos investigar – diz. – Imediatamente.

Mari sorri de satisfação com as palavras dele, enquanto Kenn começa a discutir. Hideo levanta a mão e o interrompe.

– Não posso tolerar uma falha potencial no algoritmo – diz ele, lançando um olhar de reprovação para Kenn. E volta o olhar para Mari. – Mas o algoritmo vai continuar em funcionamento. Nós não vamos interrompê-lo.

– Hideo... – diz Mari.

– O algoritmo *continua em funcionamento* – diz Hideo secamente. A resposta gelada faz Mari e Kenn pararem. – Até termos evidências que provem a teoria de Mari. É a minha palavra final.

Tenho vontade de gritar com ele. *O que você está fazendo, Hideo?*

Kenn é o primeiro a interromper o silêncio:

– A Noruega estava ao telefone perguntando o que você gostaria em troca de aliviar algumas restrições do algoritmo. E os Emirados Árabes querem uma série diferente de orientações para o que é considerado ilegal lá. E aí? Agora você vai dizer pra eles que estamos investigando esse rumor?

– Não estou fazendo isso por favores – responde Hideo.

Fico paralisada. Hideo está marcando reuniões com líderes por todo o mundo. O público não parece saber sobre o algoritmo, ou talvez a coisa tenha sido feita para que não saiba, mas esses presidentes e diplomatas parecem saber. A moralidade muda de país para país. Todo mundo vai querer uma coisa diferente de Hideo.

– E você sabe que os americanos pousaram aqui hoje de manhã, não sabe? – conclui Kenn, olhando para Hideo com expressão irritada.

– Os americanos podem esperar.

– Diz isso *você* para o presidente deles.

– Ele é um idiota – responde Hideo friamente, interrompendo-o. – Vai fazer exatamente o que eu mandar que faça.

Há um momento de hesitação de Mari e Kenn. Hideo nem ergueu a voz nessas palavras, mas o poder contido nelas é claro. Se quisesse, ele poderia controlar o presidente americano com um único comando do algoritmo. Poderia dar ordens para todos os chefes de Estado de todas as nações desenvolvidas, de todos os países do mundo. Qualquer pessoa que use o NeuroLink.

Qualquer pessoa... inclusive Kenn. Inclusive Mari. Eles também estão usando lentes beta? Devem estar. Afinal, Kenn provavelmente estaria mais preocupado com os suicídios se estivesse correndo o risco de ser afetado. Mas, se Hideo *escolheu* dar a eles o privilégio de só usarem lentes beta, ele já está escolhendo favoritos.

No estádio, um grito alto explode da plateia. Shahira, a Capitã da Equipe Andromeda, acabou de jogar Hammie rodopiando para baixo das nuvens, o que a fez largar um power-up raro e precioso que tinha capturado. Os comentaristas estão falando rapidamente, as vozes ecoando pelo estádio.

Afasto o olhar do jogo.

O algoritmo deveria ser neutro. Livre das imperfeições humanas, mais eficiente e preciso do que a aplicação atual da lei. Mas esse sempre foi o sonho impossível e ridículo de Hideo. Não tem nem duas semanas que ele ativou o algoritmo, mas as ineficiências e teias complicadas do comportamento humano já o estão complicando e corrompendo. E se ele *realmente* concordar com certos favores a alguns países? Orientações especiais? Permissões especiais para pessoas ricas ou figuras políticas? Ele seguiria por esse caminho?

É possível que *não* siga?

– Vou falar com os americanos – diz Mari. – Vou levá-los para conhecer a sede e mostrar uma parte do nosso trabalho novo. Eles se distraem com facilidade, principalmente se for por poucos dias.

– Poucos dias. – Kenn ri com deboche. – Atraso suficiente para gerar todo o tipo de reação em cadeia.

Hideo lança um olhar penetrante para o amigo.

– Por que você está com tanta pressa?

– Eu não estou com pressa – diz Kenn na defensiva. – Estou tentando ajudar você a cuidar de um negócio dentro do prazo. Mas fique à vontade, pode se divertir investigando boatos infundados.

– Nós não estamos aqui para promover um sistema disfuncional. Se Mari encontrar alguma coisa substancial, nós vamos interromper o algoritmo.

Kenn balança a cabeça e suspira de exasperação para Hideo.

– É por causa da Emika, não é?

Pisco, sem entender. Eu? O que tenho a ver com isso?

Hideo parece ter a mesma reação, porque ele levanta uma sobrancelha para o amigo e franze a testa.

– Como assim?

– Preciso explicar tudo pra você? Vamos ver. – Kenn levanta um dedo. – Você saiu no meio de uma entrevista porque um repórter perguntou sobre Emika. – Ele ergue outro. – Seus dedos estão um verdadeiro trapo desde que conversou com ela, completamente machucados. – Ele levanta um terceiro. – Houve um único dia em que você não tenha mencionado ela?

Meu rosto está quente agora. Hideo me menciona todo dia?

– Não estou com humor pra isso, Kenn – murmura Hideo.

Kenn enfia as mãos nos bolsos e se inclina na direção do amigo.

– Você ia concordar comigo sobre isso, lembra? Que essa história de suicídio era boato. Mas aí você tem uma conversa com Emika, me diz que não quer mais vê-la... e agora está mandando Mari começar uma investigação.

Hideo franze mais a testa, mas não nega.

– Isso não tem a ver com ela.

– Não? – retruca Kenn. – Para uma garota de quem você diz que não gosta, aquela coringazinha pegou você de jeito.

– Já chega. – As palavras de Hideo cortam a tensão entre eles como uma tesoura, e Kenn para na mesma hora, as palavras não ditas praticamente pairando no ar.

Hideo faz cara feia para ele.

– Minha expectativa é que nós façamos isso do jeito certo. Até agora, achei que você tinha os mesmos padrões. – Ele indica a porta uma vez.

Ao ver isso, Kenn empalidece um pouco.

– Você está me dispensando?

– Bem, não estou chamando você pra dançar, né?

Kenn bufa e se levanta da cadeira.

– Você tinha esses comportamentos insuportáveis na faculdade também – murmura. – Acho que nada mudou. – Ele balança a mão com descaso. – Faça o que quiser. Mas nunca achei que você fosse idiota.

Eles veem Kenn sair do camarote. Abaixo, há outra explosão de empolgação da plateia. Jackie Nguyen, a nova Guerreira dos Phoenix Riders, conseguiu isolar o Guerreiro da Equipe Andromeda em uma fenda na montanha. Asher aponta para Shahira um power-up roxo-dourado de Toxina e deixa os movimentos dela lentos e arrastados.

Após a saída de Kenn, Hideo relaxa os ombros por um momento. Olha para a arena com expressão séria.

– Ele é ansioso demais – diz Mari para Hideo, enquanto observa a porta deslizante. – Já quer ver o impacto positivo no resultado final.

– Ele sempre foi ansioso – responde Hideo em voz baixa. E apoia os braços nos joelhos e observa o jogo sem muita animação.

– Vai ficar tudo bem – diz Mari delicadamente. – Vamos descobrir o que está acontecendo. Quero que Kenn esteja certo, que os suicídios não tenham nada a ver com o algoritmo.

– E se tiverem?

Mari não responde. Só limpa a garganta.

– Vou cuidar das ligações de hoje – diz ela depois de um momento.

– Não. Deixa que eu cuido dos americanos. Avise-me do resultado dessa investigação assim que puder.

– Claro – responde Mari com uma inclinação de cabeça.

Há um silêncio breve entre eles. Hideo se levanta e vai até o vidro. Ele enfia as mãos nos bolsos. Nos hologramas, Roshan e Hammie estão em uma batalha acalorada com dois jogadores da Equipe Andromeda, cada time protegendo o Artefato do seu Capitão enquanto tenta passar a barreira e pegar o do adversário.

– Alguma outra novidade pra mim? – diz Hideo depois de um tempo, virando a cabeça de leve, sem tirar os olhos do jogo.

Mari parece saber exatamente a que ele se refere.

– Desculpe – responde ela. – Mas ainda temos muitos outros suspeitos em potencial no Japão.

A expressão de Hideo é lúgubre, os olhos acesos por uma raiva sombria. É a mesma fúria que vi nele quando invadi sua Lembrança e o vi treinando com a ferocidade de um animal. Reconheço como a expressão que ele exibe quando está pensando no irmão.

– Dezenas de predadores que tinham fugido da justiça já se entregaram – acrescenta Mari. – Você soube sobre os dois homens responsáveis por sex shops ilegais de Kabukichō?

Hideo a encara. Seus ombros estão rígidos agora.

– Bem, eles apareceram em uma delegacia hoje de manhã, chorando – prossegue Mari. – Confessaram tudo. Tentaram esfaquear a si mesmos antes de serem presos. Você tirou muita gente perigosa das ruas.

– Que bom – murmura Hideo, e se volta para o jogo. – Mas não foram eles, foram?

Mari aperta os lábios.

– Não – admite ela. – Nada na paleta mental deles gerada pelo algoritmo bate com a hora e o local do desaparecimento de Sasuke.

Claro. Agora entendo por que Hideo se recusa a deixar o algoritmo parar de funcionar.

Ele o está usando para caçar o sequestrador do irmão, provavelmente avaliando milhares de mentes em busca de uma lembrança, uma fagulha de reconhecimento, uma emoção que indique que alguém foi responsável pelo que aconteceu a Sasuke.

Talvez esse sempre tenha sido o objetivo de Hideo, o motivo para ele ter criado o NeuroLink.

– É possível que Emika estivesse certa – diz Hideo, aos sussurros. A voz dele soa tão baixa que mal escuto. Mas consigo ouvir, e meu coração se aperta. – Que não estamos aqui pra trazer paz ao mundo.

– Você está se esforçando – responde Mari.

Hideo só observa o jogo. Em seguida, se vira e a encara.

– Continue procurando.

Na arena, Asher pega o Artefato de Shahira. A nova partida acabou: os Phoenix Riders vencem de novo, oficialmente. Todos no estádio ficam de pé e gritam alto a ponto de sacudir o domo. Os comentaristas se juntam aos berros.

Hideo ergue o copo estoicamente e assente para a plateia em êxtase. Seu sorriso distante e controlado aparece na tela gigantesca em torno do domo. E apesar de Hideo já estar quebrando a promessa, a jura de que ele e o algoritmo seriam duas coisas separadas, mesmo agora meu coração se parte por ele. É difícil não me condoer pela motivação implacável de Hideo, não sofrer pela determinação que ele tem.

O que ele faria se eu contasse que o irmão dele está vivo?

O que fará quando descobrir quem pegou seu irmão?

É possível que Emika estivesse certa.

Fecho as mãos em punhos. Não é tarde demais. Se Hideo está tendo dúvidas, se está mesmo preocupado com o que o algoritmo pode estar fazendo... pode ser que ainda haja tempo para tirá-lo do abismo. Antes que ele vá longe demais e que eu seja obrigada a me afastar dele de vez.

E a única forma de fazer isso é descobrindo o que aconteceu com Sasuke.

Estou andando em uma corda bamba entre Hideo e Zero, o algoritmo e os Blackcoats. E tenho que tomar muito cuidado para não escorregar.

Eu me levanto e puxo o capuz sobre a cabeça. Não tenho muito tempo. O algoritmo supostamente vai tornar o mundo um lugar mais seguro. Mas, se Mari estiver certa, é justamente com segurança que vamos precisar nos preocupar.

Uma mensagem de Tremaine me arranca dos pensamentos. A voz dele soa nos meus ouvidos.

– Emi – diz ele. – Fiz contato e consegui informações sobre o símbolo que você me mandou, o da manga de Sasuke Tanaka.

Engulo em seco ao ouvir as palavras de Tremaine, enquanto vejo confete vermelho e dourado cair do teto da arena.

– O que é?

– A pessoa não quer compartilhar isso por mensagem. – Ele faz uma pausa. – Você vai querer ouvir pessoalmente.

12

Não tenho dificuldade para sair da arena, não com todos os torcedores barulhentos e fantasiados andando em volta. Os torcedores dos Phoenix Riders estão gritando o mais alto que conseguem. Os da Equipe Andromeda parecem chateados, mas satisfeitos. Já há uma multidão perto da entrada dos fundos para ver os carros pretos levarem os jogadores embora. Outros vão direto para o metrô lotado. O vento frio da noite balança meu cabelo nos ombros quando subo no skate e me viro na direção de Akihabara.

Certos bairros de Tóquio sempre fecham algumas ruas principais uma vez por semana e as transformam em *hokoten*, passagens gigantescas de pedestres. Como é noite de jogo, quase todos os bairros fizeram isso, e nenhum de forma tão grandiosa quanto Akihabara, o que o fez ganhar temporariamente o apelido de *Hokoku*, ou uma mistura de "bairro de pedestres". A área toda parece um show de luzes e está ocupada por multidões andando de um lado para outro das ruas de oito pistas que normalmente ficam lotadas de carros. Cada prédio alto tem o rosto sorridente de um Phoenix Rider na parede, junto com as melhores jogadas da partida.

Apesar de tudo que está acontecendo, ainda sinto uma onda de orgulho ao ver as imagens de Asher, Hammie e Roshan. Neste momento, tudo o que quero fazer é comemorar com os Riders e me jogar nos braços deles e em nossa amizade descomplicada.

Dezenas de listras de néon pairam no ar, rastros de drones competindo em rachas que a polícia está ocupada demais para pegar. Há música tocando nas ruas, onde um DJ montou acampamento temporário, no meio da pista, e se encontra cercado de fãs pulando. O chão está iluminado com lava vermelha virtual correndo em padrões, e penas virtuais de fênix cintilam e pairam nos arbustos, no chão ou na fachada de prédios, cada uma valendo vinte pontos para quem conseguir pegar.

> Bem-vinda a Akihabara!
> A pontuação durante a Noite Hokoku é dobrada!
> Você subiu de fase!

Quando chego à frente de um complexo enorme de entretenimento coberto de todos os lados com o rosto dos meus companheiros de time, os carros pretos que transportam as equipes já estacionaram em fila diante do prédio, bloqueando o acesso daquela parte da rua para o público geral. Um dos guardas me vê. Quando me aproximo da barreira, ele faz que não, sem querer me deixar passar. E não sabe quem eu sou porque estou com a minha identidade aleatória me escondendo.

Mando uma mensagem rápida para Asher.

> Cheguei. Seus garotos não me deixam passar.

Asher não responde. Mas, um momento depois, o guarda baixa a cabeça de leve e chega para o lado, para eu poder me espremer entre os carros pretos. Entro no complexo e passo pelas portas automáticas da entrada.

O primeiro andar do prédio está lotado de produtos de Warcross, chapéus, bonecos e máquinas de garra onde você pode tentar pegar versões de pelúcia de mascotes das equipes. Sigo pelo corredor até chegar à escada e subo até o segundo andar.

Aqui, entro em um reino surreal.

É um salão de jogos, com teto alto provavelmente resultado de um andar derrubado e mesclado ao de baixo. Tem neblina para todos os lados, descendo de um palco onde um pop star virtual canta. Luzes de néon descem do teto e iluminam a fumaça com traços de cor. Há grupos de pessoas dançando perto da frente do palco, enquanto o resto do salão está cheio de mesas com jogos projetados nelas, onde pessoas jogam uma grande variedade de títulos. Vejo diversas mesas com damas, enquanto outros jogam cartas ou jogos de tabuleiro incrementados com imagens virtuais. Drones de atendimento vão de uma mesa a outra, servindo bebidas com cores animadas pairando em cima e espetinhos de carne macia grelhada.

Reconheço integrantes de várias outras equipes: Max Martin está em um canto com Jena MacNeil, encolhidos sobre uma mesa de jogo e morrendo de rir de alguma coisa que a Capitã acabou de dizer. Shahira Boulous está gesticulando exageradamente com uma bebida enquanto explica uma técnica de jogo para Ziggy Frost, que só escuta em silêncio e com olhos arregalados. Praticamente todo mundo aqui é integrante atual ou antigo de equipe. Passo despercebida pelos grupos e sinto uma mistura estranha de pertencimento ou não enquanto procuro os Riders.

Eles estão reunidos perto do palco, onde as mesas terminam e a dança começa. Quando chego mais perto, percebo que estão quase escondidos atrás de um grupo de espectadores, todos gritando e comemorando alguma coisa.

Vejo Hammie aparecer acima das pessoas quando sobe em uma cadeira. Ela levanta os dois punhos com um grito. As tranças estão um pouco soltas e uma camada fina de suor cobre a pele escura, captando os contornos de néon das luzes do teto. Ela está com um sorriso enorme na cara.

– *Xeque-mate!* – grita ela.

Eles estão jogando xadrez rápido. Ela está sentada na frente de Roshan, que derruba o rei com uma careta de derrota. Quando a multidão grita novos desafios e troca apostas, Roshan sai da cadeira para outra pessoa poder jogar com Hammie, se aproxima de Kento Park e passa um braço pela cintura dele.

Eles trocam palavras íntimas que não ouço. Olho ao redor e me pergunto se Tremaine está por perto vendo isso.

– Saiam, saiam. – A voz de Asher vem da multidão, e alguns se afastam para deixá-lo passar. Ele empurra para longe a cadeira onde Roshan estava sentado e ocupa o lugar com a cadeira de rodas, dá um sorrisinho para Hammie e se inclina na direção da mesa. – Você não pode ganhar duas rodadas contra mim na mesma noite – diz.

A multidão berra com aprovação ao desafio.

– Ah, é? Não posso? – Hammie inclina a cabeça para ele e desce da cadeira. Seus olhos ainda estão brilhando da vitória.

Enquanto assisto, a partida de xadrez na frente deles é reiniciada. Um fogo virtual envolve as beiradas do tabuleiro, e uma versão ampliada do jogo aparece no alto para todo mundo ver. Não é um tabuleiro de xadrez estático: os cavalos são cavalos de verdade, as torres são torres de castelo de verdade, os bispos são substituídos por dragões que cospem fogo e esticam o pescoço para a frente.

Um contador de tempo surge flutuando acima da mesa. Olho de relance. Cada jogador tem um segundo para jogar.

A partida começa. Todo mundo comemora.

Hammie para com a provocação brincalhona e faz uma expressão que conheço bem da nossa época de treino. Uma confiança rigorosa e arrogante. Balanço a cabeça, perdida por um momento na admiração enquanto a vejo jogar. Peão. Cavalo. Rainha. Cada jogada gera uma coluna de fogo rodeando o tabuleiro flutuante. Os olhos de Hammie vão de uma posição a outra; a mão dela voa sem a menor hesitação sempre que é a sua vez. Acima da cabeça dela, o tabuleiro virtual animado está pegando fogo, cada posição executando uma guerra épica. O cavalo de Hammie se choca com um dos bispos de Asher e enfia a lança nele; a rainha do adversário cai em uma armadilha que ela montou com vários peões e sua torre.

A galera em volta de Hammie grita a cada jogada dela. Asher franze a testa mais e mais enquanto luta uma batalha perdida, mas Hammie o ignora solenemente e canta junto com a música a plenos pulmões e até dança entre as jogadas.

Abro um sorriso. Nunca tinha visto Hammie jogando pessoalmente. Ela é ainda melhor do que eu pensava; é como assistir a uma partida já predeterminada, em que ela só está executando as jogadas. Se ao menos eu pudesse ter tanta certeza dos meus próximos passos quanto Hammie tem de suas jogadas.

– *Xeque-mate, filho!*

As pessoas em volta começam a gritar quando Hammie encurrala o rei de Asher. Ela bate com as mãos na mesa com força, sobe na cadeira em um movimento veloz e levanta um braço alto com o sinal de V de vitória. E passa uma fase, e as notas dela aumentam freneticamente. Asher inclina a cabeça para trás com um gemido alto enquanto Hammie faz uma dancinha na cadeira.

Quando as pessoas se acalmam e alguns vão assistir a outro jogo próximo, eu finalmente me aproximo da mesa dos meus amigos. Roshan repara em mim primeiro. Ele pisca de surpresa... e se afasta de Kento, abre um sorriso e bate palmas alto para chamar a atenção de Asher e Hammie.

– Reunião de equipe? – consigo gritar para eles acima da música, sem conseguir me segurar e retribuindo o sorriso de Roshan.

Asher solta uma exclamação ao mesmo tempo que Hammie desce da cadeira e vem direto até mim. Antes que eu possa dizer qualquer coisa, sou tirada do chão por um abraço dela e de Roshan.

Por um momento, esqueço por que estou aqui. E também os Blackcoats e Hideo e a confusão na qual acabei me metendo. Agora, estou com meus amigos, aceitando os seus cumprimentos desajeitados e felizes.

Asher está com olhos brilhando, as bochechas coradas, o cabelo tão desgrenhado quanto as roupas. Ele se junta a nós quando Hammie e Roshan finalmente me soltam.

– Você deixou a gente morrendo de preocupação quando sumiu, sabia? – acusa ele.

– Capitão – respondo com uma piscadela forçada, tentando passar uma imagem tranquila.

Os olhos cintilantes de Hammie ficam sérios.

– Tremaine está te esperando – diz ela para mim. – Ele disse que tem uma coisa pra mostrar pra nós.

Ao ouvir as palavras dela, vejo alguém no meio da multidão próxima. É Tremaine, encostado na parede com expressão insegura no rosto. Minha felicidade momentânea oscila quando o vejo.

Você vai querer ouvir pessoalmente.

– Vem. – Hammie indica o teto. – O andar de cima é cheio de salas particulares de karaokê. Você pode contar tudo pra gente lá.

Faço que sim sem dizer nada e, juntos, seguimos no meio das pessoas até o elevador.

Uma sala particular já nos espera no corredor dos karaokês. Música abafada vibra ao redor, das festas que estão acontecendo nas outras salas. Reparo na mesma hora que já tem alguém lá dentro, uma figura quase imperceptível sentada no canto escuro dos sofás. Roshan fecha a porta e nos isola, e os gritos e a música do lado de fora ficam quase inaudíveis. Meus ouvidos ecoam no silêncio.

Tremaine fala primeiro.

– Esse é o contato de quem falei – diz ele para mim, indicando a pessoa desconhecida sentada ao nosso lado. – Jesse. Gênero neutro.

Ao ouvir isso, Jesse se encosta no sofá e me observa sem dar atenção aos demais. Faço o mesmo. Seus olhos são incrivelmente verdes em contraste com a pele marrom-clara, e o físico é magro e dá uma falsa impressão de fragilidade, mas vejo os dedos finos batendo com precisão no sofá. Reconheço gestos assim. São sinais de quem compete em corridas.

– Tenho uma dívida com Tremaine – diz Jesse, pulando cumprimentos formais e grudando os olhos verdes em mim. – Ele acessou a minha ficha uma vez e apagou uma citação da polícia.

– Por causa de um flagra numa corrida de drones – explica Tremaine. – Jesse faz parte da nata da cena competitiva underground de Londres.

– Eu me lembro de você – diz Roshan, olhando para Jesse com os braços cruzados.

– Eu também – responde Jesse, retribuindo o olhar. – Você conquistou um nome e tanto na cena underground, Ahmadi.

Asher ergue a sobrancelha para ele.

– Você nunca nos contou que competia em rachas de drones.

– Por que eu contaria ao meu Capitão que estava fazendo uma coisa ilegal? – responde Roshan. – Eu queria que você me escolhesse para os Riders.

– Não estou surpresa de nunca ter tido a menor chance contra você no *Mario Kart* – acrescenta Hammie. – Sabia que eu apostava em corrida de drones? Pode ser até que eu tenha apostado dinheiro em você sem nem saber.

Asher massageia as têmporas.

– Mais alguém quer compartilhar suas atividades ilegais com o Capitão? – pergunta ele.

Hammie o ignora e indica Jesse.

– Você tinha dívida com Tremaine?

Jesse abre um sorrisinho sutil.

– Bem, agora Tremaine me diz que está cobrando a dívida por causa dessa aí. – Jesse inclina a cabeça na minha direção. – Emika Chen, né? Sei quem você é. Você é a caçadora de recompensas que me dedurou pra polícia uns dois anos atrás por causa das corridas de drones.

Fico vermelha. Então essa é uma das pessoas que rastreei no Dark World nas minhas caçadas passadas. Agora me lembro desse alvo específico vários anos atrás, quando invadi um diretório de nomes envolvidos com os rachas. Ganhei mil dólares de recompensa.

– Foi mal – respondo.

Jesse dá de ombros.

– Não diga isso se não é pra valer. Tudo bem. Por causa do pedido de Tremaine, vou zerar essa questão entre nós. Sorte sua.

Roshan faz um som de irritação.

– Parabéns por deixar a situação ainda mais incômoda, Blackbourne – murmura ele para Tremaine. – Mas essa sempre foi sua especialidade.

Tremaine levanta as mãos.

– Se você acha que é capaz de fazer melhor, vai em frente.

Eu me remexo com constrangimento no assento, mas, por baixo da mesa, toco na mão de Roshan uma vez.

– Está tudo bem – digo antes de me voltar novamente para Jesse. – Tremaine disse que você tem informações úteis pra nós.

Jesse assente, sacode a mão e exibe o símbolo que havia na manga de Sasuke Tanaka.

– Você quer saber de onde é isso, certo? – O símbolo paira acima da mesa à nossa frente. – Mas primeiro você vai me dizer pra que precisa dessa informação.

Hesito. Estar à mercê de um antigo alvo não é uma situação ideal. Ao meu lado, Tremaine faz expressão de desamparo.

– Tudo bem – respondo, assentindo uma vez para Jesse. – E aí estamos quites.

Jesse cruza os braços.

– Você primeiro.

Asher pula da cadeira de rodas para o sofá, depois volta a atenção total para mim.

– Tudo bem, conta. Você está bem? O que aconteceu?

Respiro fundo.

– Estou bem – digo. – Na maioria das vezes. Eu me meti em confusão.

– Que tipo de confusão?

– Uma assassina profissional impediu que outros assassinos profissionais me matassem.

O grupo inteiro cai em um silêncio pesado.

– *Tá* – responde Asher com cautela. – Tipo da Yakuza?

– Não seja bobo – diz Hammie com uma risada debochada, mas ao mesmo tempo baixa a voz instintivamente. – A Yakuza tem credibilidade política demais. Não vai cometer a grosseria de sair por aí atirando nas pessoas no meio da rua.

– Não, não é coisa da máfia nem nada assim – digo, balançando a cabeça. – Pelo menos não uma máfia que eu soubesse que existia. – Encaro os olhares preocupados dos meus amigos. Uma parte de mim ainda quer se voltar para dentro, esconder o que sei deles. Mas eles não vão ficar mais seguros se forem excluídos; aprendi isso da forma mais difícil quando Zero atacou nosso alojamento.

Então conto tudo que aconteceu desde a última vez que nos vimos. Explico em voz baixa sobre a loteria do assassinato e os caçadores que foram atrás de mim. Sobre Jax. Sobre Zero e Taylor. Sobre os Blackcoats. Finalmente, conto o que ouvi Hideo, Kenn e Mari conversando.

Um silêncio sinistro se instala na sala. O rosto de Roshan parece ter perdido toda a cor, enquanto Asher passa a mão pelo cabelo e olha para a porta.

– Caramba – sussurra Hammie depois de um tempo enquanto joga uma trança solta para trás do ombro. Na luz fraca, os olhos dela estão arregalados e úmidos, cheios da mesma incerteza que fervilha dentro de mim. – Suicídios inocentes. Isso está crescendo rápido.

– Os Blackcoats estão trabalhando ativamente para parar o algoritmo de Hideo – acrescento. – Eles parecem justiceiros, mas não sei muito a respeito deles pra poder dizer que concordo.

– E Zero não te disse nada do passado dele? – pergunta Roshan.

Balanço a cabeça negativamente.

– Ele se recusa a responder às perguntas que fiz. Mas consegui acesso a uma das lembranças antigas dele. Eu não devia ter conseguido acessar com tanta facilidade. – Minha atenção se volta para Jesse, que ouviu a história em total silêncio. Tudo deve ser novidade para alguém que acabou de chegar, mas não há demonstração nenhuma de surpresa.

Jesse assobia uma vez.

– Você se meteu em uma situação bem complicada, garota – diz.

– Espero que você possa me contar algo que me tire dela – respondo. – Isso é tudo o que sei. Sua vez.

Jesse se empertiga, move dois dedos casualmente em um gesto para cima e exibe a captura de imagem do símbolo na manga de Sasuke.

– Saí perguntando sobre isso nos meus círculos porque achei que pudesse ser o logo de um grupo obscuro e ilegal de corrida – diz Jesse. – Talvez só uma camiseta de time do Dark World que a gente não conhecesse.

Jesse para e gira o símbolo no ar.

– Mas aí uma pessoa anônima respondeu. Me mostrou um crachá de trabalho com o mesmo símbolo. Não sei como a pessoa conseguiu, mas repassei o crachá pra Tremaine.

Agora, Jesse abre uma imagem virtual do crachá. É um cartão branco simples, com um nome e um código de dezesseis dígitos impressos. E ao lado há o mesmo símbolo que vi na manga de Sasuke. É um logo.

– Pesquisei um pouco e fui ver em pessoa de onde o crachá vinha – diz Tremaine. – Pronta?

– Pronta – respondo.

Tremaine carrega outra captura de tela. A nova imagem mostra o mesmo símbolo, só que agora parece impresso como um pequeno sinal ao lado da porta de um corredor qualquer.

– Encontrei isso em servidores particulares. – Tremaine abre uma segunda imagem. Desta vez, o símbolo está bem pequeno e sutil em um par de portas deslizantes.

– Onde é isso? – pergunto, meus olhos indo do símbolo até ele.

Ele pega a imagem original, abre bem o braço e une as mãos. O zoom se afasta até parecer um corredor, depois uma rede de corredores dentro de um complexo enorme. Minha testa se franze enquanto ele continua, até o campus todo aparecer, e agora estamos olhando para um símbolo grande feito de pedra na frente do portão do campus.

Olho para o título entalhado na entrada do complexo. INSTITUTO DE INOVAÇÃO TECNOLÓGICA DO JAPÃO.

– É uma empresa?

– É. Uma empresa de biotecnologia. Meu palpite é que o símbolo que você encontrou seja de algum projeto sendo executado nesse instituto.

E afundo no assento.

– Você está dizendo que quando vi o Sasuke ainda criança em uma sala, usando esse símbolo na manga... ele estava lá? Como ele foi parar em um lugar assim?

– Essa nem é a parte surpreendente – responde Tremaine. Ele abre uma terceira imagem de captura de tela. Mostra uma mulher japonesa jovem parada com o pequeno grupo de colegas, todos usando jalecos brancos iguais e fazendo pose na fachada do instituto.

Fixo o olhar no rosto da mulher na mesma hora em que Tremaine aponta para ela.

– Antes de pedir demissão doze anos atrás, ela trabalhava no Instituto de Inovação – diz Tremaine. – Essa é a neurocientista dra. Mina Tanaka. Mãe de Hideo e Sasuke.

13

Fecho os olhos com força.

– Não – digo. – Volta um pouco. Não faz sentido!

O rosto de Tremaine não muda.

– Eu sei. Achei que talvez você tivesse uma explicação pra isso.

Jesse devia ter cometido um erro. Tremaine também. Porque, se alguma coisa disso for verdade, quer dizer que a mãe de Hideo e Sasuke também trabalhava para a empresa que aparentemente manteve o filho como prisioneiro. A lembrança do encontro com ela volta: o corpo pequeno, agora delicado por causa do pesar, os óculos grandes e o sorriso caloroso. O jeito como Hideo a abraçou de forma protetora.

– A conta não fecha – insisto. – Você está dizendo que a mãe de Hideo teve alguma coisa a ver com o desaparecimento de Sasuke? Ela ficou traumatizada de forma permanente pelo desaparecimento dele. Ela e o pai de Hideo procuraram Sasuke como loucos. Ela ficou tão perturbada que não conseguiu mais trabalhar. O que aconteceu destruiu a mente dela. E esquece coisas constantemente agora. Eu *vi* com meus próprios olhos. Eu a *conheci*. Hideo me mostrou a Lembrança dele.

Tremaine se inclina para a frente e bate com os dedos na mesa.

– É possível que ela não soubesse – responde. – E Hideo provavelmente não tinha conhecimento de nada; ele era tão pequeno na época. Lembranças nem sempre são precisas. Quer dizer, há alguma informação pública sobre *por que* ela parou de trabalhar para a empresa? Foi por causa do trauma de perder o filho? Ou porque aconteceu alguma coisa na companhia?

Mais perguntas estão se acumulando junto das que já tenho. Suspiro e enfio o rosto nas mãos. Se Sasuke foi parte do instituto, como ele foi parar lá?

– Ei.

Entre os dedos, olho para Hammie. Ela está observando de perto a foto da mãe de Hideo com os colegas. Aponta para a lista de nomes embaixo da fotografia.

– Dana Taylor, Ph.D. Não é a *sua* Dana Taylor, Em? A que trabalha pro Zero?

Procuro até encontrar um rosto familiar.

– É ela – digo. Taylor parece bem mais jovem e o cabelo não está grisalho na foto, mas a expressão pensativa é a mesma.

Taylor trabalhava com a mãe de Hideo... com a mãe de *Sasuke*. O que isso representou para Sasuke acabar se tornando Zero? O que os Blackcoats têm a ver com a empresa onde Mina Tanaka trabalhava?

No canto, Tremaine cruza os braços sobre a mesa e franze a testa. Há medo nos olhos dele, uma visão incomum.

– Isso está tudo errado – murmura ele baixinho.

– Você vai contar para Hideo? – pergunta Asher no silêncio que se segue.

Olho com tristeza para o símbolo ainda girando lentamente à nossa frente. Já conheci Zero, já o ouvi falar. E agora, isso é mais uma confirmação de que o que aconteceu com Sasuke foi real.

– Os Blackcoats esperam que eu faça contato com Hideo em breve – digo. – Ele merece saber.

Asher estala os dedos.

– Hideo convidou alguns de nós para uma festa formal em um museu – diz ele. – É ao mesmo tempo pra nos parabenizar pela vitória e pedir desculpas pelo caos em torno do campeonato deste ano. Se você for, pode conseguir conversar com ele com alguma privacidade e em um ambiente em que ele provavelmente não vai querer tomar nenhuma medida extrema.

Um encontro particular. Um jantar formal.

– Quando é o encontro? Onde?

– Amanhã à noite, no Museu de Arte Contemporânea.

– Mas como eu vou entrar? Tenho certeza de que Hideo me colocou em algum tipo de lista e que os guardas vão estar alertas pra minha presença.

– Não se você estiver no carro dos Phoenix Riders. Mesmo que seja você no nosso lugar, vai bastar pra que passe pelo portão. Mas, uma vez lá dentro, você estará por conta própria.

A ideia de ver Hideo em pessoa amanhã à noite gera uma onda de medo e expectativa em mim. É arriscado, mas deve dar certo.

– Tudo bem – digo, assentindo. – Eu topo.

Jesse faz uma careta para mim.

– Se você é inteligente como Tremaine diz, vai pular fora disso agora mesmo. Você está se metendo em uma situação complicada entre duas forças muito poderosas. – Enquanto se levanta do sofá, Jesse ergue ambos os braços. – Eu lavo as mãos disso tudo. Vocês não souberam por mim. – Voltando-se para Tremaine: – E estamos quites a partir de agora. – Sem dizer mais nada, Jesse pendura uma mochila nos ombros e sai da sala do karaokê. Uma explosão momentânea de sons, gritos, cantoria, risadas vem de fora. Em seguida, a porta se fecha novamente e nos isola no silêncio.

Tremaine se mexe com desconforto. Seu olhar se desvia para Roshan por um segundo antes de pousar novamente em mim.

– Olha, Em – diz ele. – Jesse tem razão. A água está ficando suja demais. Tem certeza de que quer cavar mais fundo?

O único som vem da festa acontecendo ao nosso redor.

– Você está dizendo que eu devia pular fora disso tudo. Deixar os Blackcoats para trás. Esquecer o algoritmo.

– Estou dizendo que alguma coisa me diz que a história de Sasuke é bem mais feia do que poderíamos imaginar – responde Tremaine. – Não sei como tudo se conecta, mas consigo sentir. Você não? É como aquele instinto durante uma caçada em que você *sabe* que as coisas estão prestes a piorar. Você até já foi alvo... e atiraram em você.

– Foi Jax quem me salvou daqueles caçadores – respondo, apesar da lembrança pairar sobre mim como uma nuvem negra.

– E o que vai acontecer se ela descobrir o que você realmente quer? Os Blackcoats não parecem muito misericordiosos.

– Você também está nessa caçada – digo. – E foi você quem saiu cavando.

– Não tem ninguém atrás de *mim*. – Ele dá de ombros. – Pra mim, é mais seguro xeretar por aí.

Quando aceitei a proposta de trabalho de Hideo como caçadora, o maior risco que achei que estivesse assumindo era da minha identidade ser roubada ou talvez ter que enfrentar um hacker dentro do Warcross. Agora, de alguma forma, fiquei enrolada em uma teia de segredos e mentiras, e um passo errado em qualquer direção pode custar minha vida.

– É tarde demais pra voltar atrás. – Eu me encosto no sofá e olho para a porta de vidro. – A única saída é seguir em frente.

– E é a saída que todos nós pegaremos. – Eu me viro e vejo Roshan me olhando. – Você não é uma loba solitária, Em. Se vão atrás de você, é melhor pouparem tempo e virem atrás da gente também. Você é uma Phoenix Rider. Somos uma equipe por um motivo.

No momento, eu queria que não fôssemos. Desejava ainda ser uma loba solitária e que a única vida em risco fosse a minha. Mas essas palavras não saem pelos meus lábios. Talvez porque não acredito nelas, e se vou ter de encarar o perigo de frente, prefiro fazer isso com outros lutando ao meu lado. Mesmo assim, só consigo abrir um sorriso fraco para Roshan. E encosto o ombro no dele.

– Aconteça o que acontecer – respondo.

Os lábios de Tremaine se apertam, mas ele não parece surpreso.

– Bem, eu não sou um Rider. Então acho que essa é a hora em que eu caio fora. – Ele se levanta sem olhar para os outros e se retira.

● ● ● ● ●

Quando saio na ruazinha nos fundos do complexo, uma chuva regular começou a cair e deixou as ruas molhadas e brilhantes. Uma luz forte vem da entrada diretamente à minha frente, um prédio cheio de máquinas de garra com mercadorias de Warcross. Há o som de festas dos andares mais altos, mas, fora isso, a ruela – bloqueada dos dois lados por segurança – está quase tranquila.

Tremaine está lá fora, encostado na parede, esperando a chuva passar embaixo da marquise. Ele mal vira a cabeça ao me ver, e volta a olhar a entrada à nossa frente. Sob a luz de néon, a pele branca pálida parece azul.

– Já está indo se reportar aos Blackcoats? – diz ele. – Você está em várias equipes que não consigo mais acompanhar.

Não comento nada a respeito do tom ferino da voz dele. Há um silêncio breve entre nós antes de eu voltar a falar.

– Eu queria agradecer por você descobrir aquilo tudo – digo.

– É o que caçadores fazem.

Balanço a cabeça.

– Você não precisava. Já está perigoso demais só com um de nós metido nisso.

– Você já tem problemas suficientes. Não se preocupe comigo. – Ele junta as mãos e sopra ar quente entre elas. – Eu não fiz por você, de qualquer modo.

– Então, por quê? Você não está sendo pago por esse trabalho.

Ele olha para a rua.

– Roshan estava preocupado com você – diz ele. – Temia que você estivesse se metendo com coisa perigosa, e parece que as desconfianças dele estavam certas. Então, prometi que ficaria de olho em você.

A preocupação do meu colega de equipe é um bálsamo em meio ao estresse dos últimos dias. Mal consigo me segurar para não dar meia-volta e ir até eles novamente em vez de voltar para os braços dos Blackcoats.

– Você me ajudou por causa de Roshan?

– Ele diz que você tem a tendência de fazer tudo sozinha. Não pede ajuda nem quando precisa. – Tremaine levanta as mãos quando vê que vou interromper. – Ei, não estou julgando nada. Também sou caçador. Eu entendo. – Ele dá um sorrisinho. – Além do mais, a gente também se mete nessas coisas pela emoção, não é? Acho que nunca mais vou ter outra oportunidade de me envolver em uma conspiração tão grande.

Eu me vejo sorrindo também.

– Parece que você ainda gosta do Roshan. Mesmo depois de sair dos Riders.

Tremaine dá de ombros e tenta não parecer preocupado.

– Que nada. Eu o vi com Kento. Está bem.

Esperamos em silêncio, nós dois observando a chuva regular.

Depois de um tempo, ele me olha de relance.

– Ele já te contou por que a gente não se fala mais?

Hesito, então digo:

– Ele me contou que você saiu dos Phoenix Riders porque queria estar em uma equipe campeã e que foi isso que levou ao rompimento entre vocês.

Tremaine ri. Quando olha para mim e vê a expressão confusa no meu rosto, ele mexe no cabelo.

– Isso é a cara dele – murmura, quase que para si. – É o jeito de Roshan de dizer que não quer falar sobre o assunto.

– Então o que aconteceu?

Tremaine encosta a cabeça na parede e se concentra em um ponto onde a água escorre da marquise.

– Você sabe alguma coisa sobre a família de Roshan?

Faço que não.

– É um assunto que ele nunca mencionou – respondo.

Tremaine assente, como se esperasse isso.

– A mãe dele é uma integrante proeminente do parlamento britânico. O pai é dono de uma das maiores empresas de transporte de carga do mundo. O irmão se casou com uma duquesa e a irmã é cirurgiã. O primo tem parentesco com a realeza. Quanto a Roshan... ele é o mais novo, então todos são loucos por ele.

De todas as coisas que eu esperaria de Roshan, ser o filho de uma família proeminente não era uma delas.

– Ele não age como um herdeiro – digo. – Nem fala sobre o assunto. Ele é um gamer campeão...

– É possível ser as duas coisas, não é? – Tremaine abre um sorriso sem humor.

Na festa da cerimônia de abertura, Max Martin não fez uma provocação a Roshan por causa do "pedigree" dele? Achei que fosse um insulto por Roshan estar com os Phoenix Riders, ou talvez por ser de família pobre... mas parece que era uma ofensa contrária, o desafio de um herdeiro de família rica para outro.

– Chique – digo. É tudo que consigo elaborar.

– Quer saber qual é o meu pedigree? – diz Tremaine. – Quando eu estava no fundamental, meu pai foi preso por atirar em um mercador por causa de cinquenta libras de uma caixa registradora. Minha mãe tentou me vender uma vez, quando estava drogada e ficou sem dinheiro pra outra dose. Só pude entrar no Warcross porque uma equipe local estava recrutando jogadores para treinar e se ofereceu para pagar comida e moradia pra quem tivesse mais potencial. Eu consegui entrar.

Imagino Tremaine quando garotinho, tão sozinho quanto eu na mesma idade.

– Sinto muito – digo.

– Ah, não vem com essa cara de pena. Não estou contando isso pra ganhar pontos de solidariedade. Só achei que você entenderia. – Ele bate com o pé no chão de maneira distraída. – Está tudo bem. Eu ainda amo minha mãe, ela está indo bem na reabilitação, e sou um campeão de Warcross agora, com milhões na conta. Mas tente explicar esse tipo de criação pra família de Roshan. Que o amado garotinho deles está namorando uma pessoa como eu.

Tremaine baixa a cabeça e olha com expressão vazia para o asfalto molhado.

– Não estou dizendo que a vida de Roshan sempre foi fácil. Mas ele é inteligente pra caramba, sabe? Ele dominou Warcross depois de um ano jogando. No segundo ano, já estava no Wardraft. As pessoas gostam dele imediatamente, são atraídas por aquela mente veloz que ele tem.

– Você também é inteligente.

Tremaine faz uma careta.

– Não. Eu sou... o cara que precisa estudar o ano inteiro para obter o mesmo resultado que Roshan consegue só de dar uma lida rápida no material uma hora antes da prova final. Eu só aprendi a ler no sexto ano. – As bochechas dele ficam vermelhas com essa admissão. – Roshan foi o primeiro a ser escolhido no Wardraft do nosso ano, quando nós dois éramos coringas. Duas equipes brigaram por ele, sabia? Essa foi a causa da rixa original entre os Riders e a Demon Brigade. E isso foi quando ele quase não tinha treinado. Eu era só um batalhador que teve sorte porque Asher viu alguma coisa em mim. Eu me ressenti de Roshan por ele sempre fazer questão de ficar acordado até mais tarde pra me ajudar. E me apaixonei por ele pelo mesmo motivo.

– Então vocês começaram a namorar.

Tremaine hesita.

– E aí comecei a tomar comprimidos pra conseguir acompanhar todo mundo.

Pisco.

– Drogas?

– Comecei com meio comprimido por dia e nem lembro quando cheguei a sete ou oito.

Eu me lembro da licença abrupta que Tremaine tirou do Warcross, logo antes de sair dos Phoenix Riders. De como ele estava magro aquele ano. Aquilo tudo foi por causa de comprimidos?

– Quanto tempo durou isso? – pergunto.

– Mais ou menos um ano.

– Roshan sabia?

– Todo mundo sabia, principalmente quando desmaiei durante um treino. Tentaram me obrigar a parar. Asher ameaçou me cortar da equipe se eu não parasse. Mas foi só quando ouvi o pai de Roshan falando com ele antes de um jogo que me dei conta de que Roshan era areia demais para o meu caminhãozinho. O pai dele deu um tapinha no ombro de Roshan e disse: "Sinto muito, filho. Mas o que você esperava? Era só questão de tempo pra que ele seguisse o exemplo da mãe." Acabei entrando numa briga com outro jogador durante a partida, e os Riders foram temporariamente suspensos.

– Eu me lembro – murmuro.

– Eu não dormi naquela noite – diz Tremaine. – Sabia que estava prejudicando sozinho a minha equipe. No dia seguinte, arrumei minhas coisas e fui embora sem avisar Asher e sem me despedir dos colegas de equipe. Roshan veio correndo atrás de mim, perguntando aonde eu estava indo. – Ele balança a cabeça. – Fiquei com tanta raiva e tanta vergonha que disse que estava dormindo com outra pessoa escondido, que nosso relacionamento tinha acabado. Coincidentemente, os Demons estavam procurando um Arquiteto novo, e ficaram bem felizes de ferrar os Riders.

Escuto em silêncio. Roshan nunca mencionou nada disso.

– Olha, não estou orgulhoso do que fiz, ok? – murmura Tremaine. – Não quer dizer que acho que estava certo. Só foi o que aconteceu.

– E você nunca esclareceu as coisas com Roshan? – pergunto.

– Não tive coragem. E agora, parece tarde demais.

Não consigo deixar de pensar em como me desesperei na noite em que invadi a Cerimônia de Abertura de Warcross, sem a menor ideia de que meu mundo estava prestes a mudar para sempre. Tudo ficou incrível; em seguida, tudo ficou horrível. A vida é sempre assim: você não sabe quando vai conseguir sair das circunstâncias, nem se vai despencar nelas de novo.

– Não vou dizer que nunca é tarde demais – falo –, mas, na minha experiência, é sempre o *não fazer* de que mais me arrependo.

A chuva parou agora, e as poças na ruela viraram espelhos. Tremaine se afasta da parede primeiro. Enfia as mãos nos bolsos e olha para mim por cima do ombro. As vulnerabilidades que ele exibiu um segundo antes sumiram embaixo da aparência tranquila.

– Então – diz ele, a bravata de volta. – Não há a menor chance de você desistir, né?

Faço que não.

– Não vai rolar.

– Bem. – Ele fica mais um momento onde está, indicando as ruas principais. – Então nós vamos ter que parar de fazer as coisas em realidade virtual e ir até o instituto em pessoa.

Olho rapidamente para ele.

– Como assim, *nós*? Achei que você estava fora.

Ele me envia uma mensagem, e um mapa aparece no meu visor, com um cursor vermelho piscando acima de um lugar na parte norte de Tóquio. `Instituto de Inovação Tecnológica do Japão`, diz o cursor. `Saitama-ken, Japão`.

– Se você vai em frente, acho que vou te acompanhar. – Ele aponta para o mapa. – Quando fui, só consegui observar o campus de fora. Mas tenho certeza de que tem bem mais coisa acontecendo lá dentro do que pude perceber pelos servidores e pelo portão de entrada. Vamos ter que entrar à noite, quando há bem menos guardas.

Observo o mapa fixamente, os dedos formigando. Foi ali que a mãe de Hideo trabalhou e onde Sasuke pode ter passado a infância. Pelo mapa, não parece grande coisa: um prédio de vidro e aço, uma estrutura solitária em um mar de outros milhares. Como um único lugar pode guardar tantos segredos?

– Amanhã à noite? – pergunta ele.

Abro um sorrisinho.

– Combinado.

Tremaine segue pela ruazinha. As emoções estão escondidas de novo, mas o sorrisinho de desprezo agora abriu espaço para algo mais caloroso.

– Nos vemos em breve, Princesa Peach – diz ele. Desta vez, o apelido soa carinhoso. – E fique bem até lá.

● ● ● ● ●

O HOTEL ONDE OS BLACKCOATS estão hospedados está silencioso hoje, e sou a única andando pelos corredores. Suspiro quando a porta me identifica e se abre. Minha mente é um redemoinho de pistas e perguntas. E se o instituto tiver apagado seus rastros? E se eu não conseguir encontrar nada? Não falta muito para a cerimônia de encerramento, e ainda sei tão pouco sobre Zero.

Onde ele está hoje, afinal?

Assim que fecho a porta do quarto, sei que alguma coisa está errada. Há um aroma suave de perfume no ar, e um abajur do outro lado do recinto está aceso.

– Ficou na rua até tarde? – diz alguém.

Eu me viro e vejo Taylor me esperando.

14

Fico paralisada quando vejo a silhueta dela sentada casualmente na minha cadeira, uma perna cruzada sobre a outra. Uma luz fraca das janelas cria um padrão listrado sobre a sua forma. Mesmo do outro lado do quarto, vejo os olhos dela nas sombras, me analisando. Está vestida de maneira impecável, o cabelo arrumado, e o traje é moderno e monocromático, preto e cinza. Percebo que, inconscientemente, a estou comparando com a foto que vi mais cedo, para a qual ela posava na frente do instituto.

– Soubemos que você foi comemorar com os Phoenix Riders hoje – diz ela. – Parabéns à sua antiga equipe.

Jax foi atrás de mim, afinal. Luto contra a vontade de olhar em volta para ver se ela está aqui agora, em algum lugar onde eu não tinha reparado.

– Não preciso que vocês fiquem me acompanhando por toda a cidade.

Taylor descruza as pernas, a sola do sapato bate no tapete com um ruído abafado, e ela se inclina para a frente para apoiar os cotovelos nos joelhos. Seus olhos se encontram com os meus e ali se fixam.

– Onde você estava?

Então ela não confia em mim.

– Eu saí pra executar a missão que você e Zero me designaram – respondo com a voz firme. – Encontrar uma forma de fazer contato com Hideo. É o que vocês querem, não é?

Ela franze a testa.

– E conseguiu alguma coisa? – pergunta.

Respiro fundo.

– Os Riders vão me deixar usar um encontro particular deles com Hideo amanhã.

– É mesmo? – Ao ouvir isso, Taylor ergue as sobrancelhas com uma leve surpresa. – Ora. Talvez você seja tão boa quanto Zero diz.

– Eu sempre faço jus ao meu pagamento.

– E foi só isso que você fez hoje?

É essa a verdadeira pergunta que ela queria fazer e o motivo de estar esperando no meu quarto. *Cuidado agora.* O aviso de Tremaine reaparece na minha mente. E semicerro os olhos para ela.

– O que você está dizendo? – pergunto.

– Estou dizendo que alguém acessou as bases de dados de imagens dos Blackcoats hoje, e não foi nenhum de nós. – Ela me observa. – O horário me faz questionar se você sabe alguma coisa sobre isso.

Bases de dados de imagens. *Instituto de Inovação Tecnológica do Japão.* Meu coração pula até a garganta. Tremaine xeretou a base de dados da corporação mais cedo. Penso nos mapas que me mostrou, no interior do prédio. Taylor estaria falando sobre ele? E se deixou rastros sem querer? Ela sabe o que ele pegou?

Fique calma, digo para mim mesma.

– Não pode ter sido eu – respondo. – Não fiz nada além de encontrar os Phoenix Riders depois do jogo de hoje e ter uma conversa com eles. Não baixei nem hackeei nada.

Ela me encara, mas não ouso acrescentar mais nada. As rugas nos cantos dos olhos dela aumentam enquanto me observa, pensativa. Longos minutos se passam.

Mas aí o semblante se suaviza, e ela relaxa os ombros. E olha para as janelas.

– Se Zero desconfiasse de que você invadiu nossos arquivos, ele estaria aqui em pessoa, te interrogando. E não seria tão civilizado quanto eu.

O pensamento me provoca um arrepio.

– Então por que você está aqui no lugar dele?

– Eu vim dar um aviso – responde ela, me olhando com preocupação. – Não se meta em coisas que não são da sua alçada.

– Mas eu não fiz nada.

Ela parece em dúvida. Há uma pausa, e limpa a garganta.

– Quantos anos você tinha quando começou a caçar recompensas? – pergunta ela.

– Dezesseis.

Ela balança a cabeça.

– Eu também era nova quando comecei no meu primeiro emprego. Naquela época, nós morávamos na Estônia, e meu pai fazia lavagem de dinheiro usando a farmácia que gerenciava como fachada. Drogas, sabe.

Eu a observo com cautela. Não devia ficar surpresa de ela ter ligação com alguma coisa ilegal desde cedo, considerando que está trabalhando para os Blackcoats. Mas devo parecer perplexa, porque ela dá uma gargalhada curta.

– Ah, isso a surpreende. Não pareço o tipo, não é? – Ela olha para baixo. – Eu era inteligente pra minha idade e conseguia repetir as coisas palavra por palavra, então meu pai me botou pra levar mensagens pra ele. – Ela faz um gesto casual com o braço, indicando uma ação para lá e para cá. – Ninguém quer mensagens digitais registradas em celulares que possam acabar te incriminando. Eu era capaz de repetir o que me mandavam dizer e esquecer assim que falava. Meu pai me dizia que eu tinha boa memória. Que isso é útil pra ser uma boa mentirosa. – Ela dá de ombros. – Mas ele não era tão bom quanto eu.

E limpo a garganta.

– O que te faz dizer isso?

– Cheguei em casa um dia e encontrei ele caído no chão, a garganta cortada e o sangue encharcando o tapete. O cheiro de cobre ainda me acompanha. – A curva dos lábios fica reta, como se ela tivesse mordido alguma coisa amarga. Tremo. – Mais tarde, soube que um cliente tinha ido atrás dele e que ele tentou mentir pra pular fora. O cliente não acreditou nele.

Engulo em seco. Taylor não me olha quando continua falando:

– Depois disso, fiquei pensando sobre os circuitos que fazem o meu cérebro funcionar. Sobre como esses circuitos são interrompidos quando o corpo da gente pifa. Eu acordava no meio da noite suando frio, após sonhar que estava viva em um momento e morta no seguinte.

A maneira como ela fala é exatamente como eu imaginava que um neurocientista falaria, alguém fascinado com o funcionamento da mente. Teria ela se mudado para o Japão para trabalhar no instituto? Tento imaginá-la criança, com olhos arregalados e aquelas sobrancelhas retas e inocentes. A ideia de ela se safar com frequência de suas mentiras parece bem possível.

– Por que está me contando isso? – pergunto.

– Minha capacidade de contar mentiras se tornou tão grande que chegava a me convencer de que eram verdades. Sabe como isso se chama? Autoengano, Emika. Mentiras são contadas com mais facilidade quando você não as vê como mentiras. Meu pai dizia que desejava ter minha capacidade de acreditar de coração em uma coisa irreal, porque, se você consegue acreditar em qualquer coisa, pode se fazer acreditar na felicidade. É por isso que estou viva e ele está morto. Porque os circuitos do meu cérebro conseguiam fazer essa ligação, e os dele não. – Ela se inclina para a frente e me olha com sinceridade. – Talvez você também seja boa nisso. Imagino que seja uma habilidade útil para uma caçadora de recompensas.

Fique calma.

– Eu não estou mentindo pra você – digo com a voz firme desta vez. – Não invadi nenhuma base de dados dos Blackcoats. Eu nem saberia onde procurar.

– Então você não tem com que se preocupar – admite Taylor.

A voz dela *soa* sincera, e a expressão *parece* sincera, mas fico alerta, esperando que ela faça alguma coisa inesperada. *Com o que você trabalhou no instituto? E o que exatamente faz para os Blackcoats?*

– Espero que você entenda como seu papel é importante. – Taylor assente novamente para mim antes de se levantar da cadeira e ajeitar a blusa. Ela indica os postes de luz do lado de fora. – Olha.

Duas novas figuras virtuais parecem pairar embaixo de cada lâmpada, seguidas de uma onda de gritos e vaias das pessoas comemorando na rua. Reconheço meu cabelo multicolorido na mesma hora.

```
IVO ERIKKSON da SUÉCIA | ANDROMEDA
EMIKA CHEN dos EUA | PHOENIX RIDERS
```

Ao mesmo tempo, uma mensagem surge no centro do meu visor.

Parabéns, Emika Chen!
Você foi escolhida como uma entre os
DEZ MELHORES JOGADORES
do
CAMPEONATO DE WARCROSS VIII

Taylor sorri quando vê minha expressão perplexa.

– Você é a única escolhida até agora que não estava na lista de candidatos – diz ela. – Muito impressionante. – Quando passa por mim, ela fala, elevando a voz apenas o suficiente para eu ouvir: – Não vou contar a Zero sobre nossa conversa, mas que essa seja a última vez que precisamos ter uma. Acho que você deve a todos os seus fãs um bom desempenho na cerimônia de encerramento.

Ela vai embora e me deixa no meio do quarto sozinha com todas as minhas perguntas.

15

Três dias para a Cerimônia de Encerramento de Warcross

As minhas poucas horas de sono são impregnadas de pesadelos, visões minhas na arena, uma mulher sentada na minha cadeira, uma garota com cabelo curto cinzento apontando a arma para mim, Hideo me puxando para perto em um quarto feito de vidro. Sonho com Tremaine encostado na parede do Instituto de Inovação, observando a chuva.

É isso que finalmente me desperta: a imagem dele ali parado, sem saber que tem alguém o observando das sombras. Eu me sento na cama murmurando o nome de Tremaine e tentando em vão avisá-lo.

Quando encontro os Riders na casa de Asher, estou péssima e exausta, com olheiras se destacando nos olhos. Secretamente, conto minhas bênçãos de que pelo menos o evento a que estou indo exige maquiagem e traje formal, então não vou aparecer com cara de fantasma.

Asher atende a porta.

– Você está com cara horrível – diz ele, apoiando um cotovelo na cadeira.

– Você também – respondo.

Ele abre um sorriso para mim antes de me chamar para dentro.

– Bem, Hammie vai cuidar disso.

Hammie já está me esperando. Ela pega minha mão e me leva para o quarto de Asher, fecha a porta e me guia até o armário. Eu me vejo olhando para uma arara pequena com vestidos.

– Fiz umas comprinhas – diz ela, pegando um dos vestidos e segurando-o na frente do meu corpo. E fecha um dos olhos. – Parecem ser seu tamanho.

Fico em silêncio, tiro a roupa e coloco o primeiro vestido. É um Givenchy, um mar cintilante de tecido marinho que se molda aos meus quadris.

Hammie me observa com a testa franzida, pensativa.

– Cai meio mal aqui – diz ela, batendo no meu ombro. E se vira para pegar outro vestido. – Vamos experimentar um Giambattista Valli. Pra dar um pouco de volume.

Ela pega um vestido lindo e volumoso rosa-champanhe. Eu me olho no meio de camadas de tule e imagino como vai ser ver Hideo em pessoa de novo.

– Talvez isso seja má ideia – começo a dizer.

– Humm, você está certa – Hammie reflete em voz alta, pendurando o vestido de volta. – É volumoso demais. Que tal um Dior?

– Não, eu quero dizer... – Respiro fundo e fecho os olhos. – Hideo. Isso não vai correr bem.

Hammie para e me olha enquanto pega um novo vestido com estampa preta e branca ousada.

– Você está com medo de se encontrar com ele, não está?

Meu olhar encontra o de Hammie pelo espelho.

– Você não viu a expressão nos olhos dele quando nos falamos pela última vez. Ele não vai me ouvir. É mais provável que bote os guarda-costas em cima de mim assim que souber que estou na festa.

Hammie não nega, e fico quase agradecida de não tentar me consolar com mentiras.

– Escuta – diz ela. – Uma vez, minha mãe e meu pai tiveram uma briga antes do Ano-Novo. Não lembro sobre o que foi. Passear com o cachorro? Alguma besteira assim. Os dois decidiram ir em separado para a festa de Ano-Novo dos amigos. Eu fui com meu pai. Quando chegamos lá, meu pai viu minha mãe, cintilando com o vestido prateado mais lindo que já se viu na vida. Sabe o que ele fez? Foi até ela, pediu desculpas e a beijou sem parar. Foi nojento.

Lanço um olhar fulminante para Hammie.

– Isso é diferente – rebato. – Seus pais estão apaixonados. E não estavam brigando porque seu pai queria controlar o mundo.

Hammie balança a mão, displicente.

– Detalhes. Só estou dizendo. Acha que *você* não superou Hideo? Ele é louco por você. Você ouviu as palavras do Kenn. Até Zero sabe. E agora, a garota que ele não consegue tirar da cabeça vai aparecer na frente dele, sem aviso, usando um vestido deslumbrante. Você vai arrancar o coração dele pela boca.

– Bem, fico feliz de uma de nós pensar assim. – Visto um novo vestido e ajeito as alças. Esse cai como uma luva, com decote nas costas e uma saia ampla que acaba na altura perfeita, nos meus pés. – Acho que imprevisibilidade não é uma coisa de que Hideo goste.

– Tudo em você é imprevisível desde que você invadiu o jogo dele. – Hammie dá um passo para trás e admira as linhas retas do vestido. – Se ele não te der atenção total quando te vir assim, ele não tem alma. Aí você pode acabar com a raça dele.

Nós paramos quando ouvimos uma batida à porta. Hammie diz que terminamos, e a porta se abre e revela Roshan esperando. Ele me olha com aprovação.

– O carro chegou – diz ele.

– Só um segundo – responde Hammie. – Preciso arrumar o cabelo e a maquiagem dela.

O mundo está por um fio, mas os Riders estão aqui, agindo como se só estivessem mesmo me arrumando para uma festa. Sinto uma onda sufocante de gratidão por eles.

– Hideo vai saber que vocês me ajudaram – digo para Roshan.

– Você não precisa se preocupar conosco agora – responde Roshan. Ele encara meu olhar com firmeza. – Só toma cuidado.

Fecho os olhos quando Hammie começa a passar sombra com purpurina nas minhas pálpebras. É melhor assim. A história de Tremaine sobre o passado deles ainda está fresca na minha mente, e olhar para o rosto inocente de Roshan provoca uma dor no meu peito.

Finalmente fico pronta. Quando saio de casa, ouço Hammie gritar um último *"Boa sorte!"* na minha direção. Em seguida, entro no carro e a porta me isola.

Fico o trajeto todo com as mãos apertadas sobre o colo, perdidas nas dobras de seda da saia do vestido. Do lado de fora da janela, arranha-céus passam com pequenos templos espremidos entre eles, seguidos de muros de jardim e de um parque amplo. O sol já está se ponto, e há mais luzes de néon sendo ligadas. Quando seguimos junto a um rio que reflete os metrôs disparados do outro lado da margem, vejo o interior dos vagões lotados de gente, muitas vestidas com trajes virtuais de Warcross.

Já muito ansiosa, eu me obrigo a afastar o olhar e me concentro em sobrepor um rosto aleatoriamente gerado ao meu. Meu cabelo de arco-íris fica castanho-escuro, e meus olhos mudam para um castanho-claro. Quando vejo meu reflexo de novo no retrovisor do carro, estou irreconhecível.

Não preciso dizer muita coisa para ele hoje, lembro a mim mesma. No momento, só necessito convencer os Blackcoats de que estou progredindo na minha aproximação de Hideo. Preciso que Hideo aceite se encontrar comigo de novo em particular, para poder conversar com ele em segurança.

Ele é louco por você. Tento repetir as palavras de Hammie. Porém é mais difícil acreditar sem ela ao meu lado.

O trajeto parece levar uma eternidade e passar em um piscar de olhos ao mesmo tempo. A entrada principal do Museu de Arte Contemporânea de Tóquio está totalmente isolada hoje, cheia de seguranças, mas meu carro vira para uma entrada lateral menor que nos leva pelo terreno do parque ao redor. Subimos por um caminho sinuoso por uma distância curta e paramos na lateral do prédio. Está mais silencioso ali, com alguns outros carros pretos à frente. Prendo a respiração quando chegamos à frente da fila. O carro para completamente na entrada e a porta se abre.

– Tenha uma noite excelente – diz o carro. – Parabéns novamente pela vitória da sua equipe.

– Obrigada – murmuro antes de sair, ajeitando o vestido.

Todas as pessoas dentro do prédio estão usando trajes elaborados. Algumas utilizam máscaras de meio rosto decoradas com penas e pedras, enquanto outras seguram leques delicados de cor de porcelana na frente do rosto. Fico ali parada e me sinto ao mesmo tempo vulnerável e invisível. Ainda bem que Hammie me obrigou a escolher um vestido tão elegante. Qualquer coisa mais simples teria feito me destacar na multidão.

O saguão de entrada do museu é um corredor altíssimo de vidro e metal, com triângulos enormes cortado por um emaranhado de círculos de aço. Os painéis gigantes de vidro são na verdade telas, e, quando passo, o NeuroLink simula cenas em cada um deles dos mundos do campeonato do ano. Reconheço o mundo da última partida com planícies e penhascos e nuvens, depois o de gelo do meu primeiro jogo oficial. Paro por um momento na frente de um painel que mostra as ruínas submarinas sinistras nas quais jogamos na terceira rodada dos Riders. Foi o mundo em que Zero invadiu minha conta e fez a proposta.

Ao meu redor, há grupos da elite social reunidos rindo educadamente em conversas que não entendo. Vejo mulheres cobertas de joias, homens de ternos e smokings impecáveis. Asher tinha dito que as pessoas seriam a nata da nata da sociedade, bilionários e filantropos, o tipo de gente com quem Hideo devia cruzar caminho com frequência.

Finalmente chego ao fim do corredor, onde vejo quem estava procurando.

Todos os músculos do meu corpo se contraem ao mesmo tempo. Hideo está ali parado com um círculo composto de alguns guarda-costas, todos com o mesmo terno preto, e está conversando com várias outras pessoas bem-vestidas. Kenn. Mari também está aqui, com um vestido prateado de mangas longas e cauda de tule. Há uma jovem da minha idade inclinada na direção de Hideo, rindo de alguma coisa que ele acabou de dizer. Tento não prestar atenção à beleza dela. Alguns outros, mulheres e empresários, esperam uma chance de falar com ele.

Pelo menos, Asher estava certo sobre o ambiente; se Hideo me vir aqui, ele não vai querer dar show. Já houve perturbações demais no campeonato deste ano, e há muita gente de elite aqui. Mas, se ele não quiser que *eu* dê show, vai ter que aceitar falar comigo.

Enquanto o vejo desviar educadamente das perguntas da garota, começo a dissolver gradualmente o rosto anônimo que sobrepus ao meu, apagando-o de forma que só Hideo consiga ver por trás. Em seguida, dou um passo até não haver ninguém na minha frente, exceto ele e a garota.

Hideo olha na minha direção. E fica paralisado. A expressão distante some e, por um instante, só consigo ver por baixo dela o choque.

Ao lado de Hideo, a garota que toca o braço dele olha na minha direção e faz expressão confusa. Para ela, eu ainda pareço uma estranha, alguém que não conhece, e solta uma gargalhada nervosa.

– Quem é essa, Hideo? – pergunta.

Um dos guarda-costas também deve sentir a mudança repentina na postura de Hideo, pois vejo a mão ir até a arma. Instintivamente, me preparo. Cometi um erro, avaliei mal o evento. Hideo vai deixar o guarda me alvejar, ele não liga de eu dar um show aqui, por mais que haja pessoas poderosas na festa.

Mas Hideo levanta a mão, um sinal de cautela para o guarda. Olha para o homem e balança a cabeça uma vez.

– Com licença – ele diz para a garota ao lado, e dá alguns passos na minha direção. Inclina a cabeça em um gesto educado, e retribuo o gesto. – Faz muito tempo que não te vejo. – Hideo segura a minha mão e leva aos lábios. Atrás dele, a garota com quem ele estava inspira fundo e troca um olhar rápido com a amiga. As conversas ao nosso redor morrem.

A mente dele deve estar girando agora. E também se questionando como entrei aqui, se os Phoenix Riders estão envolvidos nos meus planos.

Mas, na aparência, só abro um sorriso e sigo em frente, como se tudo estivesse bem.

– Ora, é culpa minha ou sua?

Ele se vira brevemente para os outros convidados, todos nos olhando com interesse óbvio.

– Peço desculpas – diz ele. O olhar se desvia para os guarda-costas. – Fiquem aqui. Não vou demorar. – Sem esperar para ouvir as respostas, Hideo se vira para mim e coloca a mão na minha lombar. Tento ignorar a sensação de que a única coisa que nos separa é o tecido sedoso do vestido.

A expressão dele é de cansaço, e me pergunto se ele soube algo de novo sobre o bug no algoritmo desde a conversa que escutei. E não parece confiar em mim, mas por algum motivo assente e me guia pelos corredores até chegarmos ao interior do museu, onde um corredor leva a um pátio amplo.

O ar noturno está meio frio, e o ambiente se encontra ocupado por pouca gente espalhada. Há árvores ladeando uma estrutura alta que se curva no céu da noite. Outras instalações artísticas parecem dedicadas especificamente a Warcross. Uma série de esculturas 3D formam o logo de Warcross de certos ângulos, e de outros parecem um Artefato, ou um item virtual popular, ou o traje de um jogador oficial. Outra obra de arte é uma interpretação estilizada dos vários mundos usados no campeonato deste ano, uma série de polígonos brancos enfileirados, representando as colunas de gelo do Mundo Branco em que joguei ou as ruínas de arte moderna de uma cidade dentro de um cubo de vidro gigante tingido de um verde submarino. Há outra que parece uma ode da vida real aos reinos de realidade virtual de Warcross: dezenas de luzes gigantescas e redondas instaladas no chão, de forma que cada uma dispara um raio colorido na direção do céu. Há música instrumental tocando baixinho e muda sempre que pisamos em uma das colunas de luz, de forma que cada cor tem um toque musical correspondente. Quando passamos por elas, criamos sombras com auras da cor daquela coluna de luz.

O clima seria quase pacífico se não fosse o motivo para estarmos ali fora.

Agora, Hideo nos leva para perto da instalação de luz. Raios azuis e amarelos iluminam a pele dele.

– Aonde estamos indo? – pergunto.

O olhar de Hideo fica sombrio.

– Estou levando você para a saída – diz ele com a voz baixa.

Não fico surpresa com as palavras, mas o baque é forte mesmo assim. E não especula sobre o fato de eu ter tido ajuda evidente dos Riders e nem de talvez estar ali para fazer mal a ele. Só me olha como se não passasse de uma colaboradora distante que Hideo já esqueceu. Sinto minhas bochechas ficando quentes, meus batimentos dispararem. É burrice minha ainda ficar incomodada por ele, mas não consigo sufocar a dor. Acabo pensando que talvez eu sempre o tenha interpretado errado.

A não ser que Hideo esteja com medo da minha presença aqui. Talvez tema que eu tenha sido enviada aqui atrás dele. E ele estaria certo.

– Por favor – digo antes que consiga pensar bem nas palavras. – Me escute. Eu não vim discutir com você. Nenhum de nós tem tempo para isso.

– O que você *está* fazendo aqui, Emika? – pergunta Hideo com um suspiro. Olha brevemente para o salão iluminado do museu, a impaciência óbvia.

Engulo em seco e dou um passo para uma das colunas coloridas. Uma luz amarela ilumina tudo em volta de mim, e a música muda para um instrumental ativo. Hideo me segue.

– Eu descobri uma coisa que você precisa saber – digo, a música alta protegendo minhas palavras de qualquer ouvido bisbilhoteiro. De longe, parece que somos só duas pessoas apreciando a instalação de arte.

Prendo a respiração, pronta para Hideo chamar os guardas. Ele não faz isso. Só observa minha expressão, como se procurando o que eu poderia dizer em seguida.

– Me conta – diz.

Dou outro passo para outra coluna de luz. Desta vez, sou banhada de azul, e a música muda para uma canção mais grave. As palavras estão na ponta da minha língua. *Seu irmão é Zero. O mesmo hacker que caçamos ao longo do campeonato.*

Quando ele souber, não vai dar para voltar atrás.

– Vou mostrar – respondo.

Abro uma imagem de Zero sem a armadura, o rosto exposto e inconfundível. A imagem paira entre nós.

É como se eu o tivesse socado no peito. Ele não se mexe, não respira, não pisca. A cor some do rosto. Na luz azul, a pele dele assume um brilho sinistro vindo de baixo, e os olhos parecem bolas de gude pretas. Os lábios se apertam. As mãos se movem de leve, e quando olho para elas, estão fechadas e tão apertadas que os dedos cheios de cicatrizes ficam brancos.

O olhar não se desvia do rosto de Sasuke, tão parecido com o dele. Ele observa tudo: os olhos virados para o lado, a inclinação pensativa da cabeça, o sorriso firme. Talvez ele esteja fazendo uma lista mental de todos os aspectos que são parecidos, ou também comparando esses traços com sua lembrança de Sasuke quando criança, como se tivesse desenhado uma nova imagem na cabeça com as duas fotos combinadas.

Ele fecha os olhos. O que pensa da foto desaparece por trás de uma nuvem de ceticismo. E se vira para mim.

– Isso só pode ser falso. Você está mentindo para mim.

– Nunca fui tão sincera. – Mantenho as palavras firmes e a imagem no lugar.

Ele se empertiga e dá um passo para longe, de forma que metade de seu corpo fica em uma coluna de luz vermelha.

– Essa foto não é real. Não é ele.

– É real. Juro pela minha vida.

A raiva no rosto de Hideo está crescendo a cada segundo, uma parede cercando a parte de sua mente que acredita em mim. Mas fico onde estou, enfiando as unhas nas palmas das mãos.

— Conheci seu irmão. — Eu me junto a ele na luz vermelha enquanto continuo falando, de forma mais lenta e marcante desta vez. — Eu não sei tudo sobre ele ainda, e não posso contar tudo aqui. Mas o vi com meus próprios olhos. Falei com ele diretamente. Zero é seu irmão.

— Você está tentando me enganar.

Está na voz dele. Escuto um leve sinal de dúvida, um atraso longo o suficiente que me diz que talvez eu o esteja alcançando.

— Não estou. — E balanço a cabeça. — Você não me contratou originalmente pra caçar pessoas que estava procurando? É isso que eu faço.

— Só que você não trabalha mais pra mim. — Ele aperta os olhos. Há fogo no olhar, mas, atrás disso, vejo medo. — Não tem nada que nos una e que leve você a fazer isso, a não ser que você queira algo de mim. O que é, Emika? O que você *realmente* quer?

Hideo está me interpretando melhor do que imaginei, supondo que, por causa do que fez comigo, estou fazendo o mesmo com ele. Eu disse uma vez que ia atrás dele, e ele não esqueceu.

— Eu não estou caçando você — digo. — Estou tentando contar a verdade.

— Pra quem você está trabalhando? — Ele chega mais perto agora, os olhos grudados em mim com aquela intensidade familiar e ardente. — É para Zero? Alguém mandou você fazer isso?

Ele está dando saltos agora, supondo muita coisa. Por um momento, acho que voltamos no tempo para quando o conheci, na ocasião em que tive de encará-lo para provar meu valor.

— Não é seguro contar mais aqui — respondo. Minha voz não hesita sob o escrutínio dele, e não afasto o olhar. — Preciso conversar com você em particular. Só nós dois. Não posso contar nada mais do que isso.

O rosto de Hideo está totalmente composto. Fico me perguntando se ele está repassando mentalmente todos os detalhes do dia em que Sasuke desapareceu, todo momento excruciante que ele enfrentou depois. Ou talvez esteja tentando desmontar o cenário em partes, imaginando se estou montando uma armadilha para ele.

— Não fui eu quem destruiu nossa confiança — continuo, mais suavemente agora. — Eu sempre falei a verdade. Trabalhei fielmente pra você. E você mentiu pra mim.

– Você sabe exatamente por que tive que fazer aquilo.

Minha raiva cresce com a teimosia dele.

– Por que você me deu espaço? – digo rispidamente, ficando com mais raiva a cada palavra. – Você podia ter ficado longe ou contratado outra pessoa. Podia ter me deixado em paz em vez de ter me envolvido.

– Acredite, não tem nada de que eu me arrependa mais – rebate Hideo.

A resposta dele me surpreende, e esqueço a réplica que já tinha preparado. Ele não parece que estava pronto para dizer isso e se vira de costas para mim, para olhar na direção do museu. Há sons de gargalhadas ecoando ao nosso redor.

E tento mais uma vez.

– Você gosta o suficiente do seu irmão pra acreditar que talvez, só *talvez*, eu esteja dizendo a verdade? – digo. – Você ama Sasuke ou não?

Eu nunca tinha dito o nome do irmão dele em voz alta. É isso que finalmente parece penetrar nos seus escudos. Ele faz uma careta ao ouvir minhas palavras. Por um momento, só consigo ver Hideo quando pequeno, o pavor ao perceber que o irmão não estava mais no parque. Ele passou tantos anos construindo suas defesas, e agora estou aqui, destruindo-as com uma pergunta simples. Forçando Sasuke a voltar ao presente.

Por um momento, acho que vai recusar de novo. Calculei errado tudo nos meus planos contra ele e os Blackcoats; superestimei o quanto poderia controlar a situação. O obstáculo é alto demais para eu conseguir saltar.

Mas Hideo se vira para mim. Ele se inclina de leve, de forma que nossas silhuetas quase se tocam.

– Amanhã – diz ele com a voz baixa. – À meia-noite.

16

Quando chego ao hotel, um desfile de máscaras está acontecendo no bairro vizinho, e os cosplayers se espalharam da rua Takeshita, em Harajuku, nas calçadas de Omotesando. Pessoas usando seus trajes mais elaborados, tanto reais quanto virtuais, estão andando por aí enquanto grupos se reúnem em entradas de lojas para observar e admirar. As ruas estão iluminadas em cores de néon virtuais, que mudam gradualmente dos tons de uma equipe para os da outra, e cada vez que mudam, os torcedores soltam uma explosão de gritos. Um olhar mais atento revela que a maioria dos cosplayers está usando uma variação dos trajes das equipes no campeonato deste ano.

Tenho vislumbres das fantasias vibrantes pela janela enquanto corro de um lado para outro, tiro o vestido e coloco a calça jeans preta e o suéter. Calço luvas pretas nas mãos, meias limpas e tênis nos pés. Minhas duas facas estão enfiadas nas botas, e minha mochila está cheia dos meus suprimentos de sempre: meu gancho, algemas e a arma de choque. Finalmente, baixo um rosto aleatoriamente gerado para esconder minhas feições e coloco uma nova máscara na parte inferior do rosto.

Posso estar andando com uma galera mais chique agora, mas o ritual familiar e o peso das minhas velhas ferramentas estão certos, ao que parece, e me convencem de que sei o que estou fazendo, mesmo com as palavras de Hideo ditas durante a festa ainda estarem girando na minha cabeça.

Parecia que eu tinha arrancado o coração dele.

Acredite, não tem nada de que eu me arrependa mais.

Fecho a cara e puxo os cadarços com mais força. Nada disso foi culpa minha e Hideo sabe. Mas nosso encontro me deixou abalada, minha mente cheia das emoções diferentes que ele gera.

Uma mensagem de Zero interrompe meu fluxo de pensamentos. Levo um susto na escuridão e levanto o olhar, quase esperando vê-lo ali, no meio do quarto.

> Como foi seu encontro com Hideo?

– Consegui marcar um segundo encontro – sussurro em resposta, e minhas palavras são transcritas no ar antes de serem enviadas para ele.

> Quando?

– Amanhã à noite. Vai ser particular, nada de ambiente público.

Há uma pausa, e me pergunto se ele ou Jax já tinham espionado minha conversa e se está só me testando para ver se vou contar a verdade.

> Faça valer a pena.

Do lado de fora, há uma gritaria quando as ruas mudam para vermelho e dourado, as cores dos Phoenix Riders. Carros buzinam com entusiasmo quando passam.

– Vai valer – digo.

Não há nenhuma outra resposta dele.

Espero mais um pouco, suspiro e abro o mapa de Tremaine do Instituto de Inovação. Clico no perfil de Tremaine para enviar uma mensagem para ele.

– Oi – murmuro, vendo as palavras aparecerem no meu visor. – Hoje ainda está de pé?

Espero um tempo. Há um pouco de estática do lado dele, mas nada mais, e como ele não responde, dou uma olhada no perfil. Ainda está online, o perfil exibindo uma aura verde.

> Oi.

Mando outra mensagem.

> Blackbourne. Acorda.

Talvez a conexão dele esteja ruim. Ou pode ser que ele não queira mais conversar comigo, principalmente depois de tudo que me revelou na noite de ontem. Solto o skate do carregador e tento não ficar pensando em outros motivos que Tremaine poderia ter para se manter em silêncio.

Como ele não responde depois de mais algumas mensagens, eu me levanto e pego o skate. Ir para o instituto sem Tremaine é má ideia, provavelmente, ainda mais depois da conversa com Taylor. Pelo menos ofereci alguma coisa aos Blackcoats, o suficiente para deixá-los satisfeitos de que estou fazendo meu trabalho. Mas, se vou me encontrar com Hideo amanhã, qualquer informação adicional que eu obtiver sobre Sasuke vai ter que aparecer hoje.

Estou correndo contra o tempo.

• • • • •

NÃO DEIXO O HOTEL pela porta da frente. Se Jax estiver me observando hoje, ela vai esperar que eu saia pela entrada principal. Portanto, tiro meu velho lançador de cabo da mochila, prendo a ponta na grade da varanda, subo na beirada e pulo.

O vento sacode meu cabelo, mas, do lado de fora, ninguém consegue ver mais do que uma sombra ondulante se movendo pela lateral do complexo. Aperto os olhos e tremo no frio enquanto o lançador de cabos me leva para baixo, parando a menos de um andar do térreo.

Solto o cabo e caio com um ruído suave. Em seguida, jogo o skate no chão e sigo na direção do instituto.

Pela primeira vez em algum tempo, entro no primeiro metrô que encontro. Ainda está lotado a essa hora da noite. Assalariados exasperados com todas as festividades que atrasam seu trajeto passam por mim sem nem olhar, enquanto grupos de fãs ansiosos lotam os carros, cada um tentando chegar a alguma festa ou jogo de rua de Warcross acontecendo na cidade. Os quiosques de lámen e padarias no interior da estação ainda estão lotados, enquanto lojas elegantes explodem de tantos clientes, todos procurando bolsas e cintos e sapatos de edição limitada do campeonato que vão sumir quando a temporada de Warcross acabar. Junto com as propagandas que cobrem as paredes da estação há as figuras virtuais de mais dois jogadores escolhidos como melhores para a cerimônia de encerramento.

ABENI LEA do QUÊNIA | TITANS
TREY KAILEO dos EUA | WINTER DRAGONS

Prendo a respiração e me perco na multidão, torcendo para ninguém me reconhecer por baixo dos disfarces quando estamos todos espremidos no metrô. Pego algumas linhas diferentes até sentir que não consigo nem me encontrar no meio dos corpos. Se Jax ainda conseguir me encontrar, com sorte vai demorar o suficiente para me dar tempo de vasculhar o instituto sozinha.

Meia hora depois, saio em ruas residenciais mais escuras e silenciosas além dos limites de Tóquio. Aqui, as sobreposições virtuais se tornam menos frequentes e não passam de nomes de prédios em letras brancas sutis – **Casa do Curry, Padaria, Lavanderia** – e do quarteirão em que estou, depois fileiras e fileiras de rótulos de casas comuns. **Apartamentos 14-5-3. Apartamentos 16-6-2.**

Meu skate desliza silenciosamente pelas ruas até as casas sumirem de repente. Um muro sólido de pedra envolve o quarteirão seguinte e termina em uma janela de segurança e um portão fechado. E paro na frente. Ali, depois do gramado e dos chafarizes, há um complexo grande de escritórios, o átrio principal todo feito de vidro.

Meu olhar para nas palavras entalhadas na placa de pedra depois do portão, aquela que Tremaine tinha me mostrado na foto.

INSTITUTO DE INOVAÇÃO TECNOLÓGICA DO JAPÃO

O estacionamento não está vazio. Vejo alguns carros pretos estacionados em um canto.

Meus pelos se eriçam com a imagem. É perfeitamente possível que algumas pessoas estejam só trabalhando até mais tarde. Mas alguma coisa nos carros me lembra o automóvel em que andei com Jax quando ela me levou até os Blackcoats pela primeira vez. Talvez Tremaine também esteja aqui. Ao pensar nele, dou uma nova olhada rápida nas minhas mensagens. Ele ainda está online, mas não me respondeu.

Hesito mais um segundo, mas puxo bem o capuz, mudo minhas feições faciais aleatórias para um rosto novo e passo pela barreira dos carros.

A entrada principal está trancada, claro. Do lado de fora, é difícil identificar o que exatamente há depois do átrio todo de vidro. Mas tem pelo menos três ou quatro andares de altura, e algum tipo de gradiente de luzes coloridas fracas se move lá dentro, de cima a baixo. O prédio todo parece fechado. Olho novamente para os carros, pensando nas alternativas, então caminho para longe da entrada principal e sigo pela parede.

Contorno o complexo todo em busca de um caminho de entrada, mas tudo parece trancado, sem falhas de segurança em lugar nenhum. Eu me encolho perto de um amontoado de arbustos na lateral do prédio principal e abro os mapas de Tremaine de novo, torcendo para ver alguma vulnerabilidade de segurança que tinha deixado passar. Em seguida, faço uma busca para ver se o complexo tem algum sistema online que eu possa invadir. Uma vez, entrei em uma butique de Manhattan que estava fechada usando as senhas simples das câmeras de segurança. Mas aqui não encontro fraquezas.

De que adiantou ter vindo se não consigo nem entrar? Suspiro e observo os arredores do prédio uma segunda vez, procurando pistas. Há vários prédios diferentes interligados: uma ala de física, uma de neuroinformática, um centro tecnológico de fontes de pesquisa e vários cafés. Nada disso é novidade; eu tinha visto isso tudo na minha pesquisa online sobre o instituto.

Estou prestes a desistir quando ouço, de repente, o suave som de passos.

À minha frente, uma das portas de vidro da entrada lateral se abre… e Jax sai. Ela olha por sobre o ombro por um instante e depois por todo o campus.

Eu me abaixo atrás dos arbustos que cercam o prédio. Minha mente pula freneticamente de uma possibilidade a outra, cada pensamento rápido como meus batimentos. O que ela está fazendo aqui? Com quem está?

Jax não deve ter vindo sozinha. Ela é guarda-costas e assassina, o que quer dizer que está aqui protegendo Zero ou Taylor, ou está aqui em missão de capturar alguém. Conto até três baixinho e ouso espiar pela lateral do arbusto.

Vários guardas saíram do prédio e se juntaram a ela. Estão todos de preto também, e me pergunto por um momento se alguns deles são os mesmos que me viram duelar com Zero no Dark World. Talvez sejam do tipo de fortão comum que se contrataria na área de Kabukichō e Shinjuku.

Jax troca algumas palavras curtas com eles e segue na direção do lado mais distante do complexo com passos rápidos. Dois guardas a seguem, enquanto dois outros voltam na direção da porta.

Eu me movo antes de conseguir pensar nos detalhes. Ombros encolhidos; olhos sempre em frente. Sigo pelos arbustos como uma sombra, da forma mais rápida e silenciosa que consigo na direção da porta aberta. Quando o último guarda desaparece pela porta e ela começa a se fechar, corro. Entro no interior escuro do prédio sem emitir som, bem na hora que a porta se fecha.

Sem perder tempo, entro no esconderijo mais próximo que consigo encontrar: uma fileira de lixeiras altas de reciclagem. Mas os guardas já desapareceram pelo corredor. Aperto bem os olhos por um momento e encosto a cabeça na parede, depois puxo a máscara para poder respirar um pouco. Uma camada de suor frio cobre meu corpo.

Na próxima vida, vou ser contadora.

No fim do corredor, os passos dos guardas vão ficando mais baixos. Espero até tudo estar em silêncio para me levantar e seguir em frente.

O prédio está escuro, e não parece ter ninguém trabalhando. Sigo até o teto começar a ficar mais alto e o som dos meus passos mudar. Saio no átrio principal, então congelo, boquiaberta.

O saguão principal do prédio poderia ser um museu. O teto é altíssimo, muitos andares acima, e no espaço amplo está suspenso o que só consigo chamar de uma escultura artística enorme que se parece com os pulsos elétricos de um cérebro, só que em escala gigantesca, indo do teto até alguns metros acima do chão. Centenas de linhas de luz conectam esferas coloridas, e enquanto olho, as linhas piscam e desbotam, brilham e escurecem. É hipnotizante.

Há outras coisas envoltas em caixas de vidro: máquinas parecidas com humanos, com membros e pernas de metal, estruturas feitas de milhares de cilindros e círculos, todos se movendo em padrão rítmico, cortinas de luz que parecem uma cachoeira de néon.

Por um momento, esqueço o que vim fazer aqui e ando de obra em obra, impressionada com a beleza sinistra de tudo. Paro em uma grande linha do tempo projetada em uma parede inteira. Mostra as origens do instituto, fotos velhas em preto e branco progredindo até terminar em uma imagem dos dias modernos, do prédio atual. Em seguida, tudo se modifica, as fotos se expandem e ocupam a parede, os detalhes impressos sobre cada mensagem em letras brancas antes de mudarem para a seguinte.

Manchetes cheias de elogios ao instituto aparecem: um centro dedicado a dar aos clientes tecnologia de ponta, a conduzir experimentos décadas à frente do seu tempo, ao constante avanço da ciência.

O som abafado de um choro distante interrompe meus pensamentos. Eu me encolho junto à parede por instinto e vou mais para as sombras. O choro veio de algum lugar em um dos corredores. Tem algo de familiar nele.

Espero. Quando não escuto mais nada, deixo o átrio principal para trás e sigo pelo corredor mais próximo.

Está escuro demais para ver o teto agora, mas o som dos meus passos me diz que o espaço é alto. Duas linhas finas de néon roxo marcam as laterais do piso. Vários longos minutos se arrastam, e sons e vozes ocasionais ressoam. De algum lugar à minha frente vem outro baque abafado e vozes que não reconheço.

O corredor termina abruptamente e leva a outro espaço amplo, desta vez com várias salas iluminadas cobertas de todos os lados por paredes grossas de vidro.

Dentro de uma sala está Zero.

Franzo a testa. Não, não é Zero... só alguma coisa que se parece com ele, um traje preto de metal, alto e magro, a cabeça e o corpo totalmente envoltos em armadura. Um robô? Do lado de fora da sala de vidro está o próprio Zero, absorto em uma conversa com Taylor. Ela tem várias telas pairando no ar à frente, todas só em branco de onde olho. Enquanto Zero fala, Taylor empurra os óculos no nariz e digita em uma tela no ar. Encolhida, seus ombros parecem frágeis.

Zero se afasta de Taylor e vai na direção do vidro. Ela assente para ele. E, enquanto olho, *ele passa através da parede de vidro e entra na sala com a armadura.*

E pisco. Ele não está aqui em pessoa, é uma simulação virtual. Então, onde está?

Zero contorna a versão robô dele mesmo e a inspeciona com atenção. Um *bipe* alto soa na sala de vidro... e de repente o robô se mexe. Zero estica a mão; o robô move o braço com o mesmo movimento. Zero vira a cabeça; o robô também vira. Taylor abre a porta e se junta a ele na sala. Ela joga um objeto de metal para o robô, e Zero estica a mão. O robô faz o mesmo gesto e pega o objeto sem hesitar.

Fico boquiaberta. Seja lá qual for o propósito desse robô, ele está totalmente ligado à mente de Zero, com um nível de precisão que me assusta.

O choro abafado que ouvi antes soa de novo agora. Desta vez, eu me viro e vejo Jax sair da sombra de um corredor do outro lado do espaço, empurrando uma figura até os dois estarem parados na frente da sala de vidro. Quando Taylor e Zero saem, Jax força a pessoa a ficar de joelhos.

Em um instante, esqueço o robô, o Zero virtual controlando o robô com a mente e Taylor olhando as telas através dos óculos. Só o que importa é a figura agachada e trêmula, a pele esbranquiçada pelas luzes, o cabelo oleoso de suor, a boca amordaçada com um pano.

Tremaine.

As palavras de Jax chegam até mim, a voz ecoando no espaço.

– Encontrei ele mexendo nas câmeras de segurança – diz ela. – Ele tentou fugir para a sala do pânico quando percebeu que eu estava atrás. De alguma forma, sabia que o sistema de lá está fora da grade principal.

Zero cruza as mãos nas costas e observa a figura encolhida de Tremaine.

– Parece que alguém andou estudando as plantas do instituto – responde ele.

– Parece que alguém estava abrindo caminho para outra pessoa – acrescenta Jax. – Ele não veio sozinho.

Tremaine balança a cabeça vigorosamente. As bochechas brilham, úmidas sob a luz.

Não consigo engolir. Qualquer som vindo de mim agora sumiu completamente por trás do rugido de sangue correndo junto aos meus ouvidos, e as beiradas da minha visão ficam borradas. Não estou surpresa de Tremaine não ter respondido nenhuma das minhas mensagens. Ele veio, afinal... e eles sabiam, talvez até estivessem esperando.

As palavras de Taylor voltam com tudo. *E foi só isso que você fez hoje? Eu vim dar um aviso.* Quase espero que ela dê um passo à frente e o ajude, que o proteja de Jax e Zero. Mas fica onde está, as telas ainda pairando ao redor.

Eles devem ter descoberto que era Tremaine quem estava por trás da invasão aos arquivos do instituto, que ele passou a informação adiante... talvez tenham descoberto até mesmo o meu envolvimento. Como?

Por mim. Talvez estivessem espionando nossas conversas; eles já invadiram minhas contas. Ou podem ter rastreado alguma coisa que Tremaine deixou para trás sem querer.

De repente, sinto uma onda de náusea. É a mesma sensação que tenho quando sei que o perigo se aproxima e só quero afastar todo mundo de mim para que não possa atingir ninguém.

Tremaine está com o rosto virado para Zero agora. Mesmo em meio ao pavor, consigo ver o reconhecimento em seus olhos: ele nunca esteve com Zero, mas sabe quem é. Jax se inclina e tira a mordaça de Tremaine. Zero faz uma pergunta, mas os lábios de Tremaine não se movem para responder. Ele só fica em silêncio. Os ombros de Jax se movem quando suspira. Zero dá um passo à frente, mas ela balança a cabeça e levanta a mão.

Deixa comigo, Jax parece estar dizendo.

Ela tira as mãos dos ombros de Tremaine e recua. O terror em mim chega ao ápice. Tudo ao meu redor parece desbotar quando Jax tira a arma do coldre e a engata com um clique.

Essa devia ser a parte em que grito alguma coisa, em que uma palavra minha faz todo mundo parar e olhar na minha direção.

Mas não consigo emitir som nenhum. Jax aponta a arma direto para a testa de Tremaine. Dá um único disparo.

O corpo de Tremaine estremece. Ele desaba no chão.

Coloco as mãos na boca para não soltar um grito. O tiro ecoa nos meus ouvidos.

O assassinato que vi Jax cometer agora volta em uma onda, e me inclino e encolho junto à parede enquanto tento me preparar para a onda de lembranças.

Acreditamos que poder demais nas mãos de uma única entidade sempre é uma coisa perigosa.

Essas foram as palavras de Taylor que acabaram me persuadindo a me juntar aos Blackcoats. Ela me disse que eles lutavam por causas em que acreditavam. Suas ações eram justificadas porque todos temiam o que Hideo era capaz de fazer.

Mas, em um único momento, todas as coisas positivas que eu já tinha pensado sobre os Blackcoats, todas as palavras que despejaram sobre mim somem. Tremaine estava vivo um segundo atrás e agora está morto, e é por minha causa.

Respira.

Respira.

Mas não consigo pensar direito. Não sou capaz de raciocinar nesse momento, só consigo ficar encolhida como uma covarde, tremendo incontrolavelmente junto à parede. A sala de vidro à frente fica borrada e volta ao normal. Acho que vejo Taylor dando um passo para trás quando dois guardas arrastam o corpo e outro fica para limpar o chão. Zero se inclina na direção de Jax para falar em voz baixa, enquanto Taylor coloca alguma coisa nas mãos dos outros guardas. Ninguém parece preocupado. De repente, passa pela minha cabeça que os guardas foram pagos para esperar e levar o corpo de Tremaine para fora, para que pudessem desová-lo em outro lugar. Eles estavam preparados para executá-lo.

Meu pânico está deixando minha respiração entrecortada. Sinto que vou desmaiar. As beiradas da minha visão estão escurecendo, desbotando, e luto contra a sensação, a parte lógica da minha mente me dizendo que, se eu desabar agora, *aqui*, eles vão me encontrar. E se souberem que vi tudo isso, não vão hesitar em realizar a mesma coisa que acabaram de fazer com Tremaine.

Jax parece entediada, *exasperada* com a pessoa que tomou tanto tempo dela. Depois de deixá-lo largado no chão, nem sequer dignou um olhar na direção de Tremaine. Quantos ela matou assim?

Os Blackcoats são assassinos. Tremaine me avisou para ficar longe deles desde o começo; ele só se encontrava aqui porque estava cuidando de *mim*.

E fui em frente mesmo assim. Agora, ele está morto. E se os Blackcoats já estiverem me procurando por terem descoberto a ligação entre Tremaine e meu trabalho?

O que eu fiz?

Não posso fazer isso. Não posso ficar aqui. Fecho os olhos e conto, me obrigando a me concentrar na sequência de números na cabeça até serem a única coisa que estou vendo. Hideo precisa saber disso. Mas o que direi para ele? Nem sequer entendo tudo que acabei de ver. O que é aquele robô que Zero estava comandando? E se ele não está aqui em pessoa, onde está?

Levante-se, Emi.

Sussurro as palavras sem parar, até finalmente recuperar os movimentos. Afasto o corpo da parede, me ergo e cambaleio de volta pelo mesmo caminho. Febril, abro menus e os mapas até o hotel. Percorro um caminho a ponto de deixar a sala horrível para trás e entrar novamente no saguão principal do complexo.

Viro o skate novo para o chão e me preparo para pular nele. Mas minhas mãos estão tremendo tanto que o solto com um estalo. Tento em vão segurá-lo.

Um clique me faz me virar. Jax está parada ali, a pele pálida se destacando junto às paredes pretas, a arma apontada diretamente para a minha cabeça. Os olhos cinzentos parecem me perfurar.

– Você não deveria estar aqui – diz ela.

17

Não ouso responder. Só fico onde estou e ergo as mãos acima da cabeça.

Ela balança a arma uma vez para mim.

– Levante-se.

E faço o que ela manda. Há alguns pontos de sangue na luva dela, sangue de *Tremaine*, e meu olhar se gruda ali. Ela vai me matar por estar aqui e não tenho onde me esconder. Vou morrer no chão desse prédio, como Tremaine.

– Por que diabos você está aqui? – diz ela em um sussurro irritado.

– Eu estava procurando Zero – digo, sem nem acreditar na minha própria desculpa ruim. Minhas palavras saem hesitantes, e consigo ouvir o tremor nelas. – Vou me encontrar com Hideo amanhã à noite. Eu...

Jax me observa com atenção. Ela sabe que estou mentindo. Mas só diz:

– Você viu, não viu?

Balanço a cabeça vigorosamente.

– Ouvi. – Normalmente, consigo mentir melhor. Mas, agora, o pânico no meu olhar me entrega. – Estava escuro demais. Só ouvi vozes no corredor.

Jax suspira. E quase parece sentir pena de mim, e me pergunto se ela reconhece a mesma expressão no meu rosto de quando matou meu assassino.

– É impressionante eu não ter te visto entrando no prédio. Mas agora estamos aqui.

O eco do tiro que matou Tremaine ainda soa nos meus ouvidos, explodindo sem parar, e tudo o que minhas mãos desejam fazer é cobri-los.

Jax aperta mais a arma. *É agora.* Meus membros estão paralisados.

– Anda.

O quê? Sinto meus pés presos ao chão.

Jax segura meu braço e me empurra uma vez. As unhas afundam na minha pele.

– Se eles souberem que está aqui, você está morta – rosna ela no meu ouvido enquanto me empurra. – *Vai*.

Minha mente caótica registra as palavras dela, e consigo lançar um olhar confuso quando ela começa a me empurrar pela parede escura do saguão principal.

– Aonde está me levando? – sussurro.

Jax me leva por outro salão escuro do lado oposto do saguão.

– Fala menos e anda mais – responde ela.

O fragmento de silêncio ao qual consegui me agarrar até o momento se rompe, e minhas palavras saem em turbilhão.

– E depois? Você também vai me levar pra fora? Um tiro na cabeça, como Tremaine? Aonde vocês vão levar o corpo dele?

Ela volta os olhos cinzentos e claros para mim.

– Então você viu.

Balanço a cabeça repetidamente, tentando em vão tirar o corpo inerte de Tremaine da mente.

– O que vocês estão fazendo aqui? – digo mais de uma vez. – O que é aquele robô que Zero estava controlando? Onde ele está?

Jax não responde. Chegamos ao fim do corredor e a uma pequena entrada lateral que dá nos fundos do prédio, onde alguns carros estão estacionados.

Aqui, Jax, de repente, me empurra contra a parede e aperta a mão enluvada na minha boca. Ela parece tão fria quanto sempre é, mas há uma tensão nos olhos dela agora, e fica olhando ao redor para ter certeza de que estamos sozinhas.

– Em um minuto, vou mandar você lá para fora. Entre no carro mais à sua esquerda, ele vai levá-la de volta ao hotel. Os guardas na frente estão ocupados com o corpo de Tremaine. Mantenha a cabeça baixa e não tente voltar. Entendeu?

Tento me soltar dela.

– Mas você...

Ela me empurra de novo, com força, e encosta a arma na minha cabeça. Metal gelado. Ouço o clique na têmpora.

– Mas eu acertei o seu amigo idiota com um tiro de raspão na cabeça. Vou direcionar o carro dele até um hospital. Não ouse fazer uma visita hoje, a não ser que queira que Taylor descubra que você de alguma maneira sabia que ele estaria aqui. Espere até amanhã de manhã.

Nada faz sentido.

– O quê? Taylor? – Meu sussurro fica rouco. – *Você* atirou em Tremaine. *Zero* é o chefe do...

Jax solta uma gargalhada silenciosa e surpresa. Abaixa a arma.

– Você acha que Taylor trabalha para Zero, né?

Um tom de hesitação surge na minha voz:

– Ela tentou me avisar. Zero...

O sorriso de Jax é frio.

– Zero não manda em nada. É Taylor que manda. Nós seguimos as ordens *dela*.

Taylor é a líder dos Blackcoats. Não pode ser verdade; ela é silenciosa e insegura demais para isso. A voz suave, os ombros delicados, a expressão pensativa... Ela não foi deferente com Zero quando os conheci? Não deixou que ele falasse?

Deixou que ele falasse. Como se trabalhasse para ela.

– Mas – tento dizer – Taylor não parece...

Paro de falar quando vejo a expressão de Jax. Ela está falando sério, e nos olhos dela vejo uma emoção que nunca tinha visto. Medo de verdade. Medo de *Taylor*.

Jax, a garota capaz de comer um doce e atirar na cabeça de alguém em seguida, que nem pisca quando vê sangue... morre de medo de Taylor.

Agora estou assustada de verdade.

Jax afasta o olhar e chega mais perto.

– Quando você voltar ao hotel – murmura ela no meu ouvido –, vou enviar um convite para o Dark World. Você vai me encontrar lá, e vou poder contar mais.

– Por que devo acreditar em você? – digo cada palavra como se estivesse cuspindo, contando com minha raiva para segurar as lágrimas.

– Porque você ainda está viva – responde ela –, e não sangrando no chão.

Há muitas coisas que quero dizer para ela. Que a vi na varanda com Zero; que não sei por que está me poupando agora, nem por que está agindo pelas costas de Taylor com Tremaine. Mas agora não é hora de pressioná-la. Só posso seguir as instruções dela, apesar de não haver nada que a impeça de caçar meu carro assim que eu entrar.

Talvez essa seja a estratégia dela para também me matar hoje. Ela vai me convencer a entrar no carro e o jogar para fora da estrada. Vai chamar de acidente.

Passos suaves soam do outro lado do saguão principal. Jax vira a cabeça rapidamente na direção do som e olha de novo para mim.

– Já te dei o aviso. Volte aqui outra vez, e vou meter uma bala em você sem sequer pensar duas vezes. Agora, cala a boca e se manda.

• • • • •

Minhas pernas dormentes me carregam até o carro. Permaneço sentada em choque silencioso enquanto o automóvel liga e me leva de volta ao hotel. Quero gritar para o carro me levar até Tremaine. Desejo descobrir para onde ele foi levado. Quero pedir desculpas e implorar que me perdoe.

Ele está em algum leito de hospital, lutando pela vida, por minha causa. Se morrer, minhas mãos ficarão sujas com o sangue dele.

As últimas palavras de Jax ecoam na minha cabeça. Parte de mim espera que as janelas do carro estilhacem sob os tiros, que ela tenha armado para cima de mim e esteja só me esperando dar as costas.

Mas tudo do lado de fora está exatamente como deixei; o desfile de cosplayers ainda está a toda, as ruas ainda estão coloridas de néon. Algumas pessoas comemoram o anúncio dos dois últimos melhores jogadores enquanto a empolgação pela cerimônia de encerramento cresce a um ápice febril.

OLIVER ANDERSON da AUSTRÁLIA | CLOUD KNIGHTS
KARLA CASTILLO da COSTA RICA | STORMCHASERS

Outros assoviam quando um grupo de amigos passa com trajes perfeitos dos Phoenix Riders de um dos nossos jogos no campeonato.

Para eles, o tempo não passou. E não acabaram de testemunhar uma pessoa levar um tiro, não perceberam o cheiro de sangue no chão. Eles não sentem como se tivessem visto só uma parte da verdade que muda tudo sobre o que estão fazendo. No que diz respeito a eles, o mundo continua intacto. E não são responsáveis por botar os amigos em perigo fatal.

Quando retorno ao hotel, a porta do carro se abre para mim, e saio como se tudo estivesse bem. O elevador apita como deveria. A cama do meu quarto de hotel ainda está lá, arrumada, e um prato de frutas (lichias, carambolas, peras) ocupa minha escrivaninha, embrulhado em plástico filme. Fico parada por um momento nas sombras das cortinas, vendo as cores e os trajes passarem na rua abaixo. Todos estão rindo e acenando, com a bênção da ignorância do mundo sombrio ao redor.

Lavo as mãos na pia. Algumas gotas de sangue sujam minhas roupas, e por um instante acho que são de Tremaine, até ver o corte na minha manga. Devo ter me cortado na pressa. Tiro as roupas, entro no chuveiro e deixo a água me esquentar até a minha pele ficar rosada. Em seguida, visto um roupão e me sento na cama, o som das festividades ainda soando na rua.

Reparo nas mensagens anteriores que tentei mandar para Tremaine, ainda não lidas e não respondidas.

As lágrimas que não vieram antes surgem agora de uma vez. Choro com soluços profundos e engasgados que ecoam no meu peito e mal consigo respirar entre eles. Minhas mãos apertam o lençol. Tem mesmo poucas horas desde que encontrei Hideo e contei sobre o irmão dele? Tem mesmo só um momento desde que vi Tremaine cair no chão?

Ainda consigo ver a silhueta dele na chuva, o olhar distante, aquele movimento de ombros desinteressado. Agora, Tremaine está em um hospital qualquer, deitado em uma maca enquanto o levam às pressas para o atendimento de emergência. Ele chegou perto demais e levou o tiro que devia ser meu. Agora, estou sozinha, perdida nessa batalha entre o algoritmo de Hideo e os segredos dos Blackcoats. Como Roshan vai reagir quando souber do que aconteceu? Os outros Phoenix Riders vão estar em perigo também se eu os mantiver envolvidos?

Toda porta trancada tem uma chave. Mas talvez isso não seja verdade. Que chave há agora? Não sei mais para que lado me virar. Não sei qual lado é o certo e nem qual é a saída.

A imagem de Tremaine em uma maca é substituída abruptamente por lembranças antigas de corredores de hospital, aquele cheiro familiar e horrível de desinfetante marcado permanentemente nas minhas lembranças. Por um momento, tenho onze anos de novo e estou entrando no quarto de hospital do meu pai carregando peônias e uma bandeja com o jantar. Coloquei as flores em um vaso e me sentei de pernas cruzadas na ponta da cama enquanto comíamos a refeição do hospital juntos. O cabelo antes denso e azul do meu pai estava irregular e cinzento, caindo diariamente aos tufos. A camisola de hospital se franzia nos ombros magros de um jeito estranho. Ele espetou cada pedaço de brócolis murcho individualmente e colocou na boca, cortou cada pedaço de bolo de carne com cuidado com o garfo. Mas evitou o quadradinho de bolo de chocolate.

Açúcar é como veneno, ele me disse quando perguntei por que tinha deixado o bolo no prato.

E eu só conseguia pensar na ocasião no ônibus espacial *Challenger*, sobre o qual eu tinha acabado de aprender na escola. O governo gosta que a história oficial seja que a explosão do ônibus espacial matou a tripulação instantaneamente... mas a verdade é que a cabine estava intacta depois que o foguete da *Challenger* explodiu. Eles seguiram por mais cinco quilômetros no céu e despencaram por dois minutos e meio até baterem no Oceano Atlântico a toda a velocidade, perfeitamente conscientes e cientes o tempo todo. E, apesar de encararem de frente a face da morte, eles colocaram as máscaras de oxigênio e ficaram de cinto de segurança.

Nós lutamos pela sobrevivência com tudo que temos, como se as máscaras de oxigênio e o cinto de segurança e evitar um pedaço de bolo de chocolate pudessem ser as coisas que nos salvam. Essa é a diferença entre o real e o virtual. A realidade é onde você pode perder quem você ama. E também é o lugar onde você sente as rachaduras no coração.

Quando o mundo estiver escuro, guie a si mesma com sua luz firme.

As palavras antigas do meu pai são um fluxo suave e constante na minha mente. Vejo-o sorrindo com cansaço para mim por cima das bandejas do jantar, os dedos batendo primeiro na têmpora e depois no peito, sobre o coração.

Aguente firme, Emi. Siga em frente.

Fico sentada na escuridão até meus olhos terem secado e minha respiração estar regular de novo. São duas da madrugada agora. O desfile lá fora finalmente acabou, e as pessoas estão começando a ir para casa. Fico sentada até conseguir pensar direito de novo. Tremaine escolheu aquele caminho. Se eu recuar agora, os sacrifícios dele terão sido por nada.

Permaneço onde estou até uma nova mensagem piscar no meu visor. É de uma conta anônima, me pedindo para fazer Link no Dark World. É Jax. Ela, que está no meio desse pesadelo sombrio, sem nada que me convença a confiar nela além do fato de que a essa altura já devia ter me matado.

Está pronta?, pergunta.

Olho para o convite pairando no ar em meio às lágrimas. *Por que está fazendo isso?*

Quem você acha que deu informações a Jesse?

O contato anônimo que mostrou a Jesse o brasão do instituto. Foi Jax. Ela estava de olho em mim o tempo todo, sabia que eu estava trabalhando com Tremaine, reparou em Jesse fazendo perguntas sobre o símbolo de Sasuke no Dark World.

Nós não temos a noite toda, Emika.

Olho para o visor e me preparo. Em seguida, levanto a mão e aceito o convite.

18

Dois dias para a Cerimônia de Encerramento de Warcross

O quarto ao meu redor some na escuridão. Um momento depois, me vejo parada no meio de uma rua preta qualquer, iluminada por néon azul e vermelho; um fluxo pequeno e regular de transeuntes criptografados passa atrás de mim.

Ao meu lado está uma garota anônima com um rosto que não reconheço. Mas não preciso. Quando ela coloca a mão distraidamente no cinto e batuca com os dedos, procurando um cabo de arma, sei na mesma hora que é Jax.

Ela não se apresenta. Só vira o rosto para a esquina mais próxima e faz sinal para que eu a siga. Vou sem dizer nada. Conforme andamos, uma placa enorme de **PARE**, pintada de amarelo em vez de vermelho, aparece no cruzamento entre duas ruas, e quando Jax nos leva para o outro lado, outra placa de **PARE** aparece. Ficam aparecendo até haver placas ladeando a estrada, e quanto mais perto chegamos, mais aparecem. A ilusão de ótica é sinistra, e a forma como se deslocam me deixa tonta.

– Feche os olhos – diz Jax quando vê minha expressão. – Depois que o algoritmo de Hideo foi ativado, as pessoas que cuidam deste lugar colocaram isso para deter qualquer visitante anterior dedo-duro. Se continuar olhando, você vai ficar enjoada pra caramba... a não ser que saiba a senha. Então, feche os olhos e siga as minhas instruções.

Mais uma vez, faço o que ela manda. Na escuridão, Jax diz o número de passos que tenho que dar e quando me virar. Luto contra a sensação constante de que posso tropeçar em alguma coisa e me obrigo a seguir em frente.

Finalmente, paramos.

– Está tudo bem agora – diz Jax.

Abro os olhos.

– Já ouviu falar deste lugar? – pergunta ela, indicando o quarteirão à nossa frente.

Só consigo balançar a cabeça e observar. À nossa frente há um prédio enorme e impossível que parece um domo gigantesco de vidro que vai mais alto do que o Empire State Building e ocupa o quarteirão inteiro. Pontes pretas estreitas saem do domo como palitos de dente enfiados em uma bolha e o ligam com círculos de vidro flutuantes, suspensos no ar. A estrutura toda parece um grande modelo do sistema solar. Vigas pretas de metal se cruzam sobre o vidro, como se necessárias para manter tudo firme, e em volta da base há uma série de holofotes virados para o prédio, gerando raios de cor escarlate no ar e no chão. Chafarizes altos como cachoeiras ocupam os arredores do domo em uma exibição luxuosa, dez vezes mais grandiosos do que qualquer chafariz físico poderia ser.

– É a Exposição do Dark World – continua Jax, fazendo sinal para eu acompanhá-la na direção da entrada enorme em arco, por onde um fluxo de pessoas entra e sai do local. – É como as Exposições Mundiais da vida real, só que aqui o que está exposto à venda é um pouco mais ilegal.

Estico o pescoço, impressionada, quando entramos embaixo do domo enorme. A primeira vez que ouvi falar de Exposições Mundiais foi quando eu estava na escola, e ainda me lembro de olhar para o laptop e ler um artigo sobre isso. A Torre Eiffel foi construída originalmente para a Exposição Mundial de Paris de 1889. A roda-gigante original também, inventada para a Exposição Mundial de Chicago em 1893. Meu pai era fã de pesquisar sobre essas grandes exposições porque as achava incrivelmente românticas, cada uma a fantasia de seu criador. Eu me lembro de ficar sentada à noite, ouvindo-o descrever uma Exposição Mundial famosa depois da outra.

Fico pensando no que ele diria se pudesse ver este lugar.

Agora, entramos junto com outros avatares e vamos para um espaço interno que tira meu fôlego. Embaixo do teto altíssimo de vidro há uma área ampla cheia de exibições, cada uma isolada por cordas e cercada de grupos de admiradores e compradores em potencial. Há cordões de luz pendurados em arcos elegantes do teto de vidro, aumentando a atmosfera surreal. Pequenas aves mecânicas passam voando, como se em um viveiro. Quando olho melhor, reparo que estão carregando papéis em branco presos nas pernas finas.

– Esses pássaros são pacotes criptografados. Para a troca de mensagens seguras entre os visitantes daqui. – Jax indica algumas exposições quando passamos. – São custeados por patronos secretos, desenvolvidos ilegalmente no Instituto de Inovação – diz ela com a voz baixa. – Por Taylor.

Uma das exposições é uma nuvem de dados, um milhão de pontinhos que se juntam e se separam uns dos outros, depois se juntam de novo. Outra é uma exibição de armas com formas ovais azuis luminosas nas beiradas, sensores de impressão digital. Uma terceira é uma demonstração de invisibilidade feita por meio do NeuroLink; em vez de fazer download de um rosto gerado aleatoriamente sobre o seu como máscara, o dispositivo mapeia seu ambiente e combina os resultados em um padrão que cobre seu corpo, fazendo você sumir de vista.

E olho para ela.

– E Taylor... está vendendo essas tecnologias?

Ela assente.

– Várias delas. Pelo preço certo.

Balanço a cabeça e paro embaixo de uma exibição grandiosa e rotatória de armaduras.

– Como Taylor está desenvolvendo todos esses dispositivos ilegais em um instituto de ciências? – pergunto. – E como é que isso envolve os Blackcoats?

– O que você sabe sobre Taylor?

– Não muito. Só o que ela me disse. Ela falou que o pai morreu por causa de atividades ilícitas.

Jax aperta os lábios.

– Dana Taylor cresceu em uma época difícil, quando a União Soviética entrou em colapso. O pai dela fazia lavagem de dinheiro para ganhar a vida. Quando criança, Taylor viu mais morte do que deveria. Acabou estudando neurociência porque sempre se interessou pelo funcionamento da mente, pela forma como fabrica todos os aspectos do nosso mundo. A mente pode fazer você acreditar no que quiser que acredite. Pode botar ditadores no poder. Pode fazer nações desmoronarem. *Para fazer acontecer, basta acreditar.* Você conhece a frase. Bem, ela a leva muito a sério. Se a mente não dependesse do resto do corpo, poderia operar para sempre.

Assinto distraída para as palavras de Jax. Elas ecoam nas que Taylor já havia me dito.

– Quando ela conseguiu o emprego no Instituto de Inovação como pesquisadora júnior e se mudou para o Japão, isto se tornou sua obsessão: aprender a desconectar a mente do corpo. Separar sua força de sua maior fraqueza.

Obsessão. Penso no que Taylor me disse:

– Foi por causa do assassinato do pai?

Jax faz uma pausa.

– Todo mundo tem medo da morte, mas Taylor tem *pavor*. Da finitude. De ver o pai morto, ausente para sempre sem explicação. Da ideia da mente dela simplesmente... se desligando um dia, sem aviso.

Uma sensação de inquietação surge no meu estômago. Apesar de tudo, consigo entender esse medo. Sinto o gosto na boca.

– E os Blackcoats? – pergunto.

– Taylor foi subindo na escada do instituto rapidamente, até se tornar diretora executiva. Mas havia alguns estudos que ela queria fazer que o instituto simplesmente não aprovava. Como você sabe, ela cresceu em meio a operações ilegais; a ideia de não poder fazer o que queria era inaceitável. Daí nasceram os Blackcoats. Ela criou o grupo como um escudo para todos os experimentos que queria conduzir e não tinha permissão.

– Não entendi.

– Vamos dizer, por exemplo, que Taylor quisesse fazer alguma coisa que sabia que não seria aprovada pelo instituto. Ela seguia em frente e conduzia o experimento mesmo assim, disfarçado de outra coisa. De algum estudo inócuo. E cuidava pra que toda a papelada e toda a evidência daquele experimento fossem direcionadas aos Blackcoats. Se ela vendesse o resultado do experimento para alguém, um governo estrangeiro, alguma outra fundação, só seria rastreado até os Blackcoats.

E aperto os olhos conforme começo a entender.

– Então os Blackcoats...

– São essencialmente uma empresa-fantasma – conclui Jax. – Uma fachada por trás da qual ficam todos os projetos secretos de Taylor.

– Nenhum dos dados seria conectado a ela – digo, entendendo.

– Isso mesmo. Vamos dizer que uma notícia sobre uma arma ilegal que Taylor estava desenvolvendo no instituto se espalhasse. Os investigadores conseguiriam encontrar pistas que levariam não ao nome de Taylor, mas a um grupo misterioso chamado Blackcoats. Taylor poderia alegar que era uma observadora inocente e que sua identidade foi roubada e usada pelos Blackcoats. Os clientes que compraram a tecnologia dela também poderiam apontar para os Blackcoats. Assim, as notícias na imprensa todas diriam algo do tipo: "*Quem são os Blackcoats? Grupo criminoso misterioso no ramo de desenvolvimento tecnológico ilegal.*" Os Blackcoats levam a culpa e a reputação de uma equipe sinistra.

– E aquele papo de os Blackcoats serem um grupo de justiceiros que luta por causas em que acredita? – pergunto.

– Mentiras – diz Jax dando de ombros. – Nós não somos justiceiros, Emika. Somos mercenários. Fazemos aquilo pelo que nos pagam.

– Mas como o algoritmo de Hideo se encaixa nisso tudo? Por que Taylor quer destruí-lo? Tem alguém pagando por isso?

Ao ouvir isso, Jax me olha com expressão sombria.

– Taylor não quer destruir o algoritmo. Ela quer controlá-lo.

Controlá-lo.

A verdade óbvia me atinge com tanta força que mal consigo respirar.

Claro que é isso que ela quer. Por que alguém como Taylor, obcecada pelo poder da mente, iria querer estragar o NeuroLink arrancando um sistema tão intrincado como o algoritmo? Por que não imaginei que ela poderia ter outros planos?

Durante nosso primeiro encontro, Taylor se sentou na minha frente e pareceu tão sincera, *tão* genuína sobre o que queria fazer. Ela sabia como virar minha história contra mim e usou o que fiz por Annie e minha ficha criminal como isca. E me manipulou para concordar que as ações dos Blackcoats eram nobres.

A conversa se repete na minha mente. Como ela pareceu tímida e calma. Como controlou perfeitamente aquele momento.

Jax me observa enquanto os pensamentos são absorvidos.

– Eu sei – diz ela, rompendo o silêncio. Assinto, entorpecida.

O olhar de Jax desvia de mim para as pontes que ocupam o teto do domo principal.

– Os Blackcoats usam a Exposição do Dark World como armazenamento para seus arquivos. Todos os experimentos que conduziram, todas as missões de que participaram, tudo que fazem está trancado aqui em blockchain, um bloco seguro atrás do outro.

Blockchain. Um livro-razão criptografado de registros, quase impossível de rastrear e alterar.

Jax para na extremidade do vidro do domo, em uma parte vazia.

– Era isso que você queria ver, a história por trás de Sasuke. É o que você estava procurando, não é?

Meu coração se aperta quando escuto essas palavras e vejo novamente a Lembrança que vislumbrei na mente de Zero, a imagem do corpo pequenino de Sasuke encolhido em uma sala, o símbolo estranho na manga.

Abro a imagem para Jax agora. Seu olhar pula imediatamente para Sasuke, e seu rosto se suaviza por um momento. *O que você conta, Jax?*, eu me indago. *Como seu caminho se cruzou com o de Sasuke?*

Ela finalmente toca no meu braço e faz sinal para seguirmos em frente. Ao fazer isso, desliza a outra mão uma vez contra o vidro. Um painel se desloca com o movimento dela, como uma porta invisível no domo, e aparece uma escada que desce em espiral para a escuridão.

– Só Taylor e eu temos acesso a esses arquivos. – Jax hesita de repente, e, no silêncio, entendo que, se a notícia de que Jax me mostrou aquele lugar se espalhasse, Taylor também a mataria.

– Só você e Taylor? – pergunto. – Zero não?

– Você vai ver por que em um segundo. – Ela faz sinal para que eu a siga. – Cuidado para não deixar rastros.

Vejo Jax entrar por uma porta e olhar ao redor para conferir se mais alguém nos observa. Mas ninguém parece conseguir nos ver, nem a entrada que Jax abriu. É como se existíssemos em uma dimensão virtual diferente dos demais ali. Vejo a figura de Jax desaparecer nas sombras da escada. Respiro fundo e vou atrás.

A escada some rapidamente na escuridão, e apesar de saber que estou em um mundo virtual, estico a mão instintivamente, em busca da parede ao lado. Mover-me na escuridão aqui, onde nada é real, me faz ter a sensação de que não estou me movimentando. A única indicação que tenho de que estamos progredindo são os sons dos passos regulares de Jax, seguindo à minha frente escadaria abaixo.

Gradualmente, o chão adiante vai clareando, e quando chegamos ao pé da escada, tudo está iluminado por um brilho suave azulado. Entramos em uma câmara ampla que tira meu fôlego.

– Bem-vinda à biblioteca – diz Jax por cima do ombro.

Parece conter todos os livros do universo, arrumados em prateleiras em um aposento circular infinito com escadas nas duas direções. Imagino que cada livro seja um arquivo que os Blackcoats armazenaram: arquivos e mais arquivos de pesquisas, dados de pessoas específicas, registros de missões. Esse é o diretório central. Paramos em uma plataforma, olhando para cima e para baixo no espaço infinito, e tenho que fechar os olhos para combater a vertigem.

Jax faz sinal para eu ir até uma das escadas. Parece que encaixamos nela e é impossível cair, mas mesmo assim sinto uma onda de tontura.

– Guardamos todas as interações de uma Lembrança e réplicas de todos os arquivos. – Ela abre um diretório de busca e, na nossa frente, digita "Sasuke Tanaka".

O mundo à nossa volta se desfaz e, um instante depois, estamos na escada em uma nova seção da biblioteca, onde certos livros agora cintilam com uma aura azul. Jax os puxa com um movimento da mão. Eles formam um anel em volta de nós, e quando olho para algum deles por tempo suficiente, as primeiras imagens da gravação aparecem.

Há registros das câmeras de segurança dos Blackcoats, das Lembranças de Sasuke, de técnicos de jalecos brancos e do que parecem ser exames e testes. Há relatórios policiais, arquivos sobre o desaparecimento dele e dados sobre os pais. Também há arquivos sobre o jovem Hideo.

Eu me lembro da primeira vez que entrei no escritório de Hideo e estudei os hacks de Zero, pensando em quem seria o alvo da minha caçada. Eu me recordo de como Hideo inclinou a cabeça para o céu no *onsen*, das versões infinitas da Lembrança construída de como Sasuke tinha desaparecido.

Esses arquivos vão me mostrar o que realmente aconteceu com Sasuke tantos anos antes.

Jax me olha e faz sinal para os arquivos.

– Não podemos ficar aqui para sempre – lembra ela. – Se você quer saber alguma coisa, descubra agora.

Hesito só por um segundo. Em seguida, deslizo os arquivos e os organizo por data, para poder olhar os mais antigos primeiro. Encontro um de dez anos antes, o ano em que Sasuke desapareceu, e clico nele.

É a gravação de uma câmera de segurança. E começa a rodar.

19

Estamos em uma sala com mais de vinte crianças pequenas, provavelmente com menos de dez anos, cada uma usando uma pulseira amarela no braço. Elas estão sentadas diante de mesinhas brancas arrumadas em fileiras, como uma sala de aula. As paredes estão decoradas com desenhos alegres de arco-íris e árvores. São pôsteres que dizem LEIA E APRENDA ALGUMA COISA NOVA HOJE! e DIFERENTE É ESPECIAL.

Na verdade, a única parte que não lembra uma sala de aula são os técnicos de jaleco branco na frente, observando as crianças.

Há uma janela comprida na parede dos fundos da sala. E também alguns adultos reunidos ali, olhando com os pescoços esticados, os rostos curiosos e preocupados. Alguns estão retorcendo as mãos ou falando uns com os outros em voz baixa. As expressões deles dizem, sem sombra de dúvida, que eles são os pais.

Olho para a data da gravação. Foi antes de Sasuke ser sequestrado.

Volto o olhar para as crianças. Observo cada rosto... até encontrar um que reconheço. Vejo Sasuke sentado perto do centro da sala.

Jax está ao meu lado, também observando a cena. Ela sorri um pouco ao ver Sasuke criança e indica uma garota na frente da sala, o cabelo castanho em duas marias-chiquinhas baixas.

– É você? – pergunto.

– Eu tinha sete anos – responde Jax. – Assim como todas as outras crianças da sala. Era a exigência para esse estudo específico conduzido pelo instituto... especificamente por Taylor. Foi aqui que conheci Sasuke.

Olho para os pais na janela.

– Seus pais estão ali?

Ela balança a cabeça.

– Não. Taylor me adotou.

Agora a observo com surpresa.

– Taylor é sua mãe?

– Eu não chamaria o jeito como ela me criou de maternal – murmura Jax. – Mas sim. Ela me encontrou na ala hospitalar de um orfanato. Mais tarde, eu soube que ela me adotou pra me botar nesse estudo.

Jax indica os dois adultos no lado esquerdo da janela. Demoro um momento para reconhecê-los como os pais de Hideo e Sasuke, o mesmo casal idoso que conheci.

– Eles estão completamente diferentes – murmuro.

Parecem décadas mais jovens, como se não tivessem se passado só dez anos desde que o filho despareceu. A mãe, Mina Tanaka, está bem-vestida com um terno e um jaleco branco com o logo do instituto no bolso, o rosto jovem e o cabelo preto e brilhante. O pai não lembra em nada o homem frágil e doente que vi na casa de Hideo, mas uma versão um pouco mais velha de Hideo como é agora, com as feições bonitas e estatura alta. Volto o olhar para Jax.

– Que tipo de estudo é esse? Por que você e Sasuke estão nele?

– Todas as crianças que você está vendo aqui estão morrendo – responde Jax. – De algum tipo de doença, de uma síndrome autoimune, de alguma coisa terminal que a medicina tachou como incurável.

Morrendo? Hideo nunca mencionou isso. Olho novamente para Sasuke, os olhos grandes e brilhantes no rosto pequeno e pálido. Achei que era a iluminação.

– Você... você sabia? Os pais de Sasuke sabiam? – gaguejo. – E Hideo?

– Não faço ideia se os pais contaram para Hideo – diz Jax. – Se ele nunca mencionou pra você, é provável que os pais tenham escondido dele. Eu era nova demais para entender o quanto estava doente. Não sabia que o motivo de ninguém me querer era porque, bem, quem ia querer adotar uma criança que estava morrendo? O próprio Sasuke não sabia. Achava na época que ficava doente com mais facilidade do que as outras crianças. – Ela dá de ombros. –

Ninguém questiona as coisas quando é pequeno assim. A gente acredita que tudo é normal.

Penso em Hideo falando para Sasuke ir devagar no parque, em como ele repreendeu o irmãozinho ao enrolar o cachecol no pescoço dele.

– E esse estudo era voltado para crianças em estado terminal?

– O estudo era teste de uma droga experimental que seria revolucionária – diz Jax. – Uma coisa que poderia curar várias doenças infantis tirando vantagem das células jovens da criança para transformar os corpos delas em coleções de supercélulas. Então você pode imaginar que os pais que estavam ficando sem opções correriam para inscrever os filhos nesse estudo radical. O que havia a perder?

Olho novamente para a sala e observo o rosto de cada pai e cada mãe no vidro. Eles parecem esperançosos, observando cada movimento que os filhos fazem. Mina Tanaka segura a mão do marido com força contra o peito. Os olhos dela não abandonam Sasuke.

Uma náusea profunda toma conta do meu estômago. A cena me lembra da falsa esperança que todos os remédios novos davam a mim e ao meu pai. *É esse. Isso pode te salvar.*

– Sempre há mais a perder – sussurro.

Ficamos olhando quando um pesquisador ajusta a pulseira de uma criança.

– Claro que o estudo era fachada – continua Jax. – Enquanto uma pequena equipe trabalhava de verdade em uma droga real, Taylor também estava conduzindo a pesquisa dela. O *verdadeiro* estudo.

– E qual era o experimento real?

– A terceira exigência para essa pesquisa era a mente de cada criança. Um QI de pelo menos cento e sessenta era necessário para o teste. Elas tinham que demonstrar uma disciplina impressionante. E uma motivação incomum. O cérebro de cada uma precisava se iluminar de um jeito bem específico durante uma série de exames que Taylor fazia. – Ela olha para mim. – Você sabe como Hideo Tanaka é inteligente. Sasuke era ainda mais. Ele entrou sem esforço em todas as academias para que fez prova. Taylor me encontrou no orfanato porque ouviu falar do meu resultado alto no teste de QI. Ela soube sobre Sasuke pela própria Mina, pois as duas trabalhavam no instituto. Nós dois passamos nos exames dela.

Engulo em seco. Hideo havia me contado isso sobre Sasuke, que o irmãozinho tinha passado por muitos testes para medir a inteligência.

– O que Taylor estava procurando? – pergunto.

– Um candidato cujo cérebro fosse forte suficiente para aguentar um experimento de separar a mente do corpo.

De repente, faço uma conexão tão horrível que fico tonta.

– Então é por isso que Taylor queria que cada criança tivesse uma doença terminal – sussurro.

Os olhos de Jax estão frios e sombrios com a verdade.

– Se elas morressem durante o estudo, a culpa podia ser facilmente atribuída à doença original – diz ela. – Tudo ficaria encoberto. Os pais já tinham assinado formulários de consentimento. Assim, eles não desconfiariam e não começariam a fazer perguntas.

Enquanto olhamos, a gravação termina e vai automaticamente para a seguinte. Vemos pelo menos doze crianças. Algumas no estudo mudam conforme a gravação continua; o número de pais parados na janela também diminui. Não quero perguntar a Jax aonde eles foram, se aquelas eram as crianças que não conseguiram chegar ao fim.

Mudamos para uma gravação com uma sala sem crianças, o sol se pondo na janela. Taylor está falando japonês com outra pesquisadora, com a voz tão baixa que a tradução começa a aparecer na parte de baixo do meu visor. E pisco: a pesquisadora é Mina.

– É a terceira vez que seu filho pontua mais alto no grupo – diz Taylor. Ela está olhando para Mina com a expressão solidária e encorajadora que sempre exibiu para mim. – Na verdade, Sasuke ficou com uma margem tão alta no resultado dos testes que tivemos que rearrumar as categorias.

Mina franze a testa e baixa a cabeça em um gesto de lamento.

– Não gosto de como está afetando o comportamento dele em casa. Ele tem muitos pesadelos e não consegue se concentrar em nada. O médico está dizendo que o resultado do exame de sangue não melhorou quase nada. E ele perdeu mais peso.

– Não faça isso, Tanaka-*san* – diz Taylor suavemente. – Podemos estar tão perto de uma revolução.

Mina hesita e encara a colega. Não sei o que ela vê, mas consegue abrir um sorriso.

– Sinto muito, diretora – diz ela, e nas palavras há uma profunda exaustão. – Mas ainda quero tirar Sasuke do teste.

Taylor a olha com expressão de pesar e pena, a mesma fisionomia que me fez querer confiar nela.

– Essa pode ser sua única chance de salvar seu filho.

A culpa nos olhos de Mina gira como uma faca no meu peito. Ela balança a cabeça de novo.

– Nós o queremos descansando em casa. Onde ele possa ser feliz, ao menos por um tempinho.

Taylor não diz nada. As duas mulheres apenas inclinam os corpos numa reverência. Taylor observa a porta por muito tempo depois que Mina sai por ela.

A gravação seguinte começa, mas com Taylor sentada no que parece ser o escritório dela, na frente de outro pesquisador.

– Você me disse que tinha tudo organizado – diz Taylor para ele com a voz baixa.

O homem baixa a cabeça em um pedido de desculpas.

– A sra. Tanaka já enviou a papelada para o instituto. Ela não quer manter o filho no programa. Você sabe que ela tem um bom relacionamento com o CEO. Nós temos que permitir a saída deles.

– Mina desconfia do que estamos fazendo?

O pesquisador balança a cabeça.

– Não – responde ele.

Taylor suspira, como se tudo aquilo realmente a machucasse. Ela mexe em uma pilha de papéis na mesa.

– Muito bem. Temos algum outro participante do programa que pode servir?

– Sua menina. Jackson Taylor. – O pesquisador empurra outra pilha de papéis para ela. Taylor os observa em silêncio.

– Os números são bons – responde ela, empurrando os óculos no nariz. – Mas as reações dela no exame estão longe de ideais. Ela é imprevisível demais pra ser uma candidata confiável.

O tom indiferente de Taylor me pega de surpresa. Olho para Jax para ver o que pode estar pensando, mas ela só batuca com os dedos no cinto.

Taylor fecha os olhos, a testa franzida de frustração.

– Me mostre os arquivos de Sasuke de novo.

O pesquisador faz o que ela pede: entrega uma pilha de papéis e mostra várias linhas no alto da página. Os dois ficam em silêncio por um momento, virando as páginas e assentindo ocasionalmente.

– Bem mais consistente. – A voz de Taylor é seca e eficiente de uma forma que gera arrepios na minha coluna. Ela fecha a pasta e começa a massagear a têmpora com ansiedade. – É uma diferença significativa demais. Ele teria sido perfeito. E agora, vai morrer em casa, vai murchar até não restar nada em poucos anos. Que pena. Que *desperdício*.

– Você não vai poder continuar com ele – diz o pesquisador. Então baixa a voz: – Pelo menos não com os pais dele como participantes voluntários.

Taylor faz uma pausa e olha intensamente para o homem.

– O que está sugerindo?

– Só estou declarando os fatos. – Mas consigo ouvir uma sugestão tácita nas palavras dele.

Ela abaixa as mãos e observa o rosto do homem. Não fala por um longo momento.

– Não trabalhamos no ramo de sequestro de crianças – diz ela.

– Você quer salvar a vida dele. Como isso pode ser pior do que o que vai acontecer? É como você disse. Ele vai estar morto em pouco tempo.

Taylor fica sentada com os dedos entrelaçados, perdida em pensamentos. Fico me perguntando se ela está pensando no assassinato do pai, se está refletindo sobre a perda, sobre seu medo da morte. O que quer que esteja passando na cabeça dela, seu rosto adquire uma determinação calma. *Honrada*.

– Aquelas pobres crianças – sussurra ela finalmente, quase para si mesma. – Que pena.

Vejo nos olhos dela. Ela acha que o que está fazendo é nobre.

A percepção me faz encolher de horror. Lembra a determinação no rosto de Hideo quando ele me contou sobre o algoritmo.

A imagem permanece na minha mente enquanto penso nos dois, dispostos a fazer coisas terríveis para salvar o mundo.

– Se esse experimento der certo – continua o pesquisador –, você vai ter nas suas mãos as tecnologias mais lucrativas do mundo. A quantia que alguém pagaria por ela seria astronômica. E pense em todas as vidas que você salvaria. – Ele se inclina para mais perto. – Nós nunca vamos encontrar um paciente melhor para esse teste. Posso garantir isso.

Taylor apoia o queixo em uma das mãos enquanto olha para o nada. A luz na sala já mudou quando ela fala novamente:

– Que seja rápido. E que seja discreto.

– Claro. Vou começar a organizar um plano.

– Que bom. – Taylor respira fundo e ajeita a cadeira. – Então recomendo que sigamos em frente com Sasuke Tanaka para nosso Projeto Zero.

20

Projeto Zero.

Meu coração se contrai. Eu achava – e *Hideo* também – que o apelido era só um nome de hacker, a marca dele. E era. Mas se referia mesmo a como Taylor o chamava. Projeto Zero. *Estudo* Zero. O primeiro experimento deles.

Taylor solta um longo suspiro antes de fechar a pasta que tinha na mão e empurrar os papéis na direção do pesquisador.

– O tempo de Sasuke é limitado. Não podemos nos dar ao luxo de ficar esperando.

Antes que eu consiga entender completamente o que tinha acabado de testemunhar, a cena muda para um garotinho encolhido em um canto de uma sala. Na mesma hora reconheço a sala em que vi Sasuke durante nosso Duelo.

Então Taylor o havia sequestrado. Ela foi a responsável por aquele dia no parque, quando um jovem Hideo chamou pelo irmão e não obteve resposta. Sem saber, ela deflagrara a criação do próprio NeuroLink, o resultado da dor insuportável de Hideo. O motivo de Tremaine estar inconsciente em um leito de hospital.

Ela é o motivo para eu estar aqui, enredada nessa loucura.

A cena agora parece um amanhecer, com leves vislumbres de luz nas janelas, mas a cama de Sasuke está intocada, como se tivesse passado a noite toda sentado no mesmo lugar. Ele está no canto com os joelhos puxados na frente do corpo, ainda usando o pulôver branco de mangas compridas com o símbolo bordado em uma manga. Os dedos mexem sem parar no cachecol azul que ele tem no pescoço.

O mesmo cachecol que Hideo enrolou no pescoço dele no último dia que passaram juntos.

A porta finalmente se abre e lança um retângulo inclinado de luz dourada no garoto encolhido. Em vez de se levantar, ele só se encolhe mais junto à parede e aperta mais o cachecol. Na entrada está uma mulher alta que reconheço como Taylor.

– Como está se sentindo hoje, Sasuke? – pergunta ela com a voz gentil.

– Dra. Taylor, a senhora disse que, se eu ficasse quieto, poderia ir pra casa hoje.

Sasuke responde em inglês, e a voz jovem soa tão inocente que perfura meu coração. Isso foi quando ainda era ele mesmo.

Taylor suspira baixo e se encosta na porta. O rosto gentil parece tão sincero que, se eu não soubesse a verdade, acreditaria realmente que ela o amava como uma mãe.

– E falei sério, querido, de coração. Você está sendo tão bonzinho. Só temos que descobrir mais um pouco sobre você e depois vamos levá-lo pra casa. Você pode fazer isso por mim?

Sasuke inclina a cabeça para a mulher.

– Então quero ligar pra minha mãe primeiro – fala –, para dizer a ela que vou voltar pra casa hoje.

Ele só tem sete anos, mas já está tentando negociar. Nesse momento, sinto um orgulho enorme dele por não ter caído na voz confiável de Taylor com a mesma facilidade que eu.

Taylor devia ter pensado a mesma coisa, porque as palavras de Sasuke fazem com que ela abra um sorriso.

– Você é um menino tão inteligente – diz em tom de admiração. Ela vai até ele e se ajoelha. – Mas hoje só precisamos fazer uma avaliação rápida do seu cérebro. Se você falar com sua mãe no telefone, pode acabar se agitando, e sua mente não vai ficar tão calma quanto precisamos que esteja. Mas prometo que é fácil. Vai acabar num piscar de olhos. E depois, você vai pra casa. Não parece bom, Sasuke-*kun*?

Sasuke ignora a tentativa dela de usar um honorífico carinhoso.

– Não.

Taylor sorri de novo quando ouve a resposta, mas desta vez só levanta o rosto depois que um pesquisador entra. Sasuke começa a balançar a cabeça quando o homem estica a mão e pega o braço dele.

– Eu não vou – diz, a voz ficando mais nervosa.

– Ora, Sasuke-*kun* – diz Taylor. – Se você não for, vai me obrigar a tirar seu cachecol. – Ela toca no tecido do cachecol uma vez, com provocação. – E sei que isso deixaria você muito triste.

Ao ouvir as palavras, Sasuke fica paralisado. Ele volta os olhos arregalados para ela.

– Só estou tentando ajudar, sabe – diz ela suavemente, dando um tapinha carinhoso na bochecha do menino. – Era isso que sua mãe e seu pai queriam quando inscreveram você. É o que queriam pra você, sabia? É por isso que está aqui.

Os dedos pequenos apertam com tanta força a ponta do cachecol que, mesmo na gravação, consigo vê-los ficando brancos. Sasuke olha com relutância pela sala, mas segue Taylor e o pesquisador para fora. A porta se fecha e devolve o espaço à escuridão.

Levo a mão à boca. Enquanto os pais de Hideo o procuravam como loucos, e Hideo perdia a infância por estar obcecado pelo desaparecimento do irmão, Sasuke era mantido ali contra a vontade.

A cena seguinte se abre em uma sala de exames. Desta vez, Sasuke se encontra sentado sozinho em uma das carteiras, com a cabeça apoiada nos braços. Está olhando para o nada. Quando se mexe, reparo em um furinho revelador na dobra do braço esquerdo. Uma faixa estreita de cabelo foi raspada na cabeça, e ali, perto da têmpora, vejo outro furinho.

A porta se abre. Uma garota entra, e agora a reconheço como a Jax criança. Ela o vê, hesita e enrola uma das marias-chiquinhas no dedo. E se senta ao lado dele.

– Oi – diz ela.

Ele não fala nada. Nem parece reparar que ela está na mesma sala.

Como ele fica em silêncio, Jax morde o lábio e cutuca o braço dele. Sasuke levanta a cabeça e olha para ela de cara feia.

– O que você quer? – murmura.

Jax olha para ele, piscando.

– Sou Jackson Taylor.

– Ah. Você é a filha. – Sasuke afasta o olhar de novo e baixa a cabeça. – Me lembro de você do escritório.

Jax amarra a cara e coloca as mãos nos quadris.

– Mamãe disse que talvez você fosse gostar de estar com uma pessoa da sua idade pra variar.

– Fala pra sua mãe que não me importo com o que ela acha. – Ele faz uma pausa e olha para ela com ceticismo. – Você não parece doente.

Ela sorri.

– Sabe o estudo do remédio que estão fazendo com a gente? Está funcionando superbem em mim. Mamãe disse que é um milagre.

Sasuke olha para ela mais um segundo antes de se virar de novo.

– Sorte sua.

– Ei, sua doença também está indo mais devagar. Pode ser que você esteja virando um monte de supercélulas. Foi o que a minha mãe disse. Ela disse que o estudo ajudou dez por cento de nós. – Jax hesita. Os olhos seguem até a faixa raspada no lado da cabeça dele. – Por que estão dando injeção em você?

Sasuke apoia a cabeça nos braços e fecha os olhos.

– Por que você não pergunta pra sua mãe? – murmura ele.

Jax não diz nada. Suas bochechas ficam vermelhas, como se pedisse desculpas.

Como ela não responde, Sasuke olha e vê a expressão da menina. Ele suspira. Depois de um momento, parece ficar com pena dela.

– Rastreadores – explica ele. – Precisam botar no meu fluxo sanguíneo. Foi disso a injeção. Disseram que é preparação para os meus procedimentos.

– Ah. – Jax observa o rosto dele. – Sua cara não está muito boa.

Sasuke fecha os olhos de novo.

– Vai embora. Minha barriga está doendo e estou enjoado.

Jax olha para ele, que inspira e expira regularmente. Depois de um tempo, se prepara para sair.

– Eu ia perguntar se você queria ir olhar um cantinho escondido que encontrei perto do teto do instituto. Minha mãe *não* sabe disso. – Ela sai andando. – Tem uma grade de metal que se abre em um lugar com ar fresco. Achei que você poderia se sentir melhor.

Sasuke levanta a cabeça para observar a silhueta de Jax se afastar.

— Espera — diz ele. Quando ela se vira, Sasuke limpa a garganta, tímido de repente. — Onde é?

Jax sorri e inclina a cabeça.

— Vou mostrar.

— Eu não posso sair da sala.

Jax pisca para ele.

— E alguém por acaso amarrou as suas pernas? Vamos, anda. — Ela sai pela porta e, um segundo depois, ele empurra a cadeira para trás e a segue.

Há várias cenas como essa, cada uma mostrando os dois juntos na sala vazia ou nos corredores ou no meio das estantes da biblioteca do instituto. Uma cena é do ponto de vista de Jax: ela está ajoelhada no piso de um banheiro, dando tapinhas delicados nas costas de Sasuke, que vomita sem parar na privada. Outra é de Sasuke fazendo caretas para a menina até ela cair na gargalhada.

E há uma deles enfiados em um espaço apertado juntos, acima do qual uma grade de metal expõe um quadrado do céu noturno. Jax parece perdida em pensamentos, mostrando distraidamente uma constelação atrás da outra. E para de falar por tempo suficiente para olhar para Sasuke e o vê olhando para ela e não para as estrelas. Ele vira a cabeça apressadamente, mas não antes de Jax ver o rubor nas bochechas dele. Ela sorri. Depois, fica séria.

— Ei, você sabe o que é um beijo? — pergunta ela.

Ele faz que não.

— Tipo um beijo da minha mãe?

— Não, seu bobo, que nojento. — Jax ri antes de tomar coragem. — Do tipo que se dá em uma pessoa de quem a gente gosta — murmura ela. — *Assim*. — Ela se inclina e encosta os lábios rapidamente na bochecha dele antes de se afastar.

Sasuke olha para ela com olhos arregalados, o rosto rosado na noite.

— Ah — diz ele com a voz rouca.

— Eu vi na televisão — declara Jax. Ela ri com nervosismo, um pouco alto demais, e Sasuke acaba rindo por causa disso. Ele beija a bochecha dela. A menina ri ainda mais. Em pouco tempo, os dois estão rindo baixinho.

Olho para Jax parada ao meu lado. Ela indica seu eu mais novo.

– Essas Lembranças são minhas – diz enquanto continuamos assistindo. – Taylor mandou gravar e arquivar assim que o NeuroLink saiu.

Em uma terceira, os dois parecem mais velhos. Estão sentados na frente da TV, um modelo mais antigo que deve ser de sete ou oito anos atrás, e, na tela, um Hideo de treze anos está subindo em um palco e sendo recebido por uma avalanche de flashes. Ele parece tão inseguro naquela idade, magro e tímido, as roupas largas e desajustadas, a postura muito diferente da do homem que ele se tornaria. Ele cumprimenta os repórteres com um aceno nervoso.

Sasuke segura o braço de Jax. Por um instante, o sorriso no rosto dele é genuíno.

– É meu irmão, Jax! – exclama, apontando para a tela. – Ali! Ele está na TV! Está vendo? Olha pra ele! Ele está tão alto! – Sasuke tem os olhos arregalados, brilhando de lágrimas, grudados na tela como se temesse que a transmissão fosse interrompida. – Eu não sou parecido com ele? Você acha que ele está me procurando? Acha que está pensando em mim?

Ele ainda gostava do irmão. Afasto o olhar. É uma cena muito difícil de ver.

Ao meu lado, Jax assiste a tudo com uma calma triste.

– Era parte do estudo de Taylor, sabe, deixar que ele assistisse à televisão – diz ela.

– Por quê? – pergunto.

Jax apenas assente quando a cena termina e outra começa.

– Você vai ver.

Sasuke está agachado no mesmo quarto escuro na cena seguinte. Está mais magro agora, de forma alarmante, os braços murchos e finos e os olhos parecendo grandes demais no rosto pequeno. Quantos anos se passaram? A doença ainda devia estar consumindo-o.

Desta vez, quando a porta se abre, ele se senta ereto e olha de soslaio para Taylor.

– Como está se sentindo hoje, Sasuke? – pergunta ela.

Sasuke está calado, os olhos infantis a observando com a desconfiança de alguém bem mais velho. As mãos ainda estão apertando o cachecol azul. Ele diz:

– Quero fazer um acordo com você.

As palavras sérias vindas de um garoto tão pequeno fazem Taylor rir.

– Se você me deixar faltar hoje, eu janto.

Agora, a mulher ri de verdade. Quando para, só balança a cabeça para Sasuke.

– Infelizmente, não dá. Você não pode faltar um dia sequer. Sabe disso.

Sasuke olha para ela, pensativo.

– Se você deixar, eu dou meu cachecol – propõe.

Ao ouvir isso, Taylor o observa com um sorriso curioso.

– Você ama esse cachecol – diz com a voz bajuladora. – Não conseguimos tirar de você nem quando está dormindo. Você não pode estar falando sério que vai entregar o cachecol só pra ter um dia de folga.

– Estou falando sério – diz Sasuke.

Eu me inclino para a frente, sem conseguir afastar a atenção da conversa.

Taylor caminha até Sasuke, olha para ele por um momento e estica a mão.

– O cachecol – diz ela.

– Meu dia livre – responde Sasuke, as mãos ainda apertando o tecido.

– Você tem minha palavra. Não vai para o laboratório hoje. Nós não vamos incomodá-lo. Pode descansar aqui. Amanhã nós recomeçamos.

Sasuke a observa com atenção. Finalmente seus dedos soltam o cachecol. Quando ela o pega, vejo as mãos de Sasuke tremerem, como se ele precisasse de todo o controle possível para não pular no cachecol naquele momento. Mas ele o entrega sem dizer nada.

Taylor olha para o objeto, aperta o tecido e sai do quarto.

– Nos vemos depois de amanhã, Sasuke-*kun* – diz ela sem virar a cabeça. – Estou orgulhosa de você.

Sasuke não responde e não chora. Também não se encolhe como no primeiro vídeo que vi dele. Só fica olhando com calma e atenção enquanto Taylor sai do quarto e fecha a porta delicadamente. Quando se fecha completamente, os ombros de Sasuke murcham. Suas mãos apertam inconscientemente o cachecol que não está mais em volta do pescoço. Quando olho melhor, percebo que ele está secando as lágrimas. E fica de pé, vai até a câmera de segurança e a quebra.

Levo um susto. A fita vibra com estática. Quando volta a reproduzir imagens, vejo Sasuke brigando como louco com amarras em uma sala com iluminação fria. Ali perto está Taylor, observando-o com expressão calma e gélida.

– E quem te ajudou a tentar fugir, Sasuke-*kun*? – pergunta Taylor.

Sasuke não olha para ela. Seu olhar está grudado na porta que leva para fora da sala, como se ele pudesse sair do laboratório só com a força de vontade. Quando Taylor se aproxima dele e para entre ele e a porta, o olhar do menino finalmente se desvia para a mulher.

– Quem te ajudou a tentar fugir, Sasuke? – repete ela.

Sasuke fica em silêncio.

Como ele continua sem responder, Taylor balança a cabeça e faz sinal para um dos pesquisadores trazer uma garota para perto. E arregalo os olhos. Ela está com o cabelo mais curto, mas não há dúvidas de que é Jax. A menina segue o pesquisador obedientemente até ficar ao lado da mãe, e a imagem de Jax em um estado de tamanho pavor é tão estranha que nem consigo acreditar que é ela.

– Jackson ajudou você? – pergunta Taylor, ainda com aquele tom calmo e gélido.

Sasuke balança a cabeça, embora agora seu olhar esteja em Jax. Ando invisivelmente em volta da gravação e reparo como as amarras de Sasuke estão esticadas agora, os braços tão tensos que vejo uma veia se destacando na pele. Ele continua sem responder.

Taylor assente uma vez para os outros. Enquanto olho, eles soltam as amarras de Sasuke, e os pulsos e tornozelos dele ficam livres de repente.

Sasuke nem hesita. Ele se senta e pula da mesa, os olhos apertados em direção à porta. Mas os outros também já estão em movimento. Taylor segura o pulso da jovem Jax, a arrasta para a frente e a prende na mesma mesa onde Sasuke estava preso momentos antes.

– Vem aqui, meu amor – diz Taylor para ela.

Esse movimento é a única coisa que faz Sasuke parar perto da porta. Jax choraminga, apavorada demais para correr quando a mãe a coloca na mesa.

– Você quer muito ir embora, não é, Sasuke? – diz Taylor com a voz calma enquanto um pesquisador começa a limpar as têmporas de Jax com um pano úmido.

Sasuke observa com a fisionomia paralisada. Demoro um momento para reconhecer sua expressão como de medo. Tentação. Culpa.

– Então, vá. Morra lá fora em vez de nos deixar salvar você – diz Taylor, virando as costas para Sasuke e concentrando a atenção em Jax. – Você não é o único paciente que temos aqui, e seu progresso tem sido mais lento do que eu esperava. Se você não está disposto a cooperar, vou ter que botar outra pessoa no seu lugar. Jax sempre foi a alternativa para nosso estudo.

A garota olha para Sasuke com expressão desesperada, mas não suplica. Só balança a cabeça. *Vai*, ela parece estar dizendo.

Taylor se vira e encara o olhar paralisado de Sasuke.

– E então? As portas estão destrancadas. O que está esperando?

Por um momento, parece mesmo que Sasuke vai fugir. Não há guardas o impedindo, ninguém olhando para ele. Taylor está longe demais para o segurar. Ninguém vai segui-lo se ele fugir agora.

Mas ele fica parado e não se mexe. As mãos se abrem e se fecham, os olhos vão da mulher para Jax, a expressão tensa.

Taylor suspira.

– Você está me deixando impaciente – diz ela, se virando para Jax.

Sasuke dá um passo na direção deles. O movimento basta para fazer Taylor parar. Sasuke encara Jax e dá outro passo. Quando fala, tenta manter a voz firme, mas ouço o tremor nela:

– Ela não faz parte do programa.

Taylor não se mexe para soltá-la.

– Você tem tanto potencial, Sasuke – diz ela. – Mas preciso que você escolha, e que escolha de uma vez. Se quer ir embora, então vá logo. Nós não vamos atrás de você. Mas saiba que você é o único em que esse experimento todo se apoia, e o que você poderia fazer muda tudo. O resultado do seu estudo poderia salvar milhões de vidas. Poderia salvar a *sua* vida. Nós todos nos esforçamos tanto por você. E aqui está você, pronto para jogar tudo no lixo. – Ela olha para Sasuke com decepção.

Apesar de Sasuke ainda parecer temeroso de dar um passo à frente, também vejo culpa no seu rosto, a manipulação de Taylor se fechando ao redor dele como um torniquete. Como se ele de repente tivesse uma *dívida* com a operação, como se tivesse alguma obrigação com ela... mas, mais do que tudo, como se o que acontecesse com Jax fosse culpa dele se ele fosse embora. Ele a encara agora, e vejo sinais daquele laço tácito entre os dois, o acúmulo dos dias passados juntos e das noites encolhidos em um cantinho.

Percebo que estou torcendo para Sasuke dar meia-volta e sair correndo, deixar tudo para trás. Claro que não faz isso. Vejo os ombros dele murcharem de novo, a cabeça baixar de leve e ele dar os primeiros passos para longe da porta na direção da mesa do laboratório.

– Solta ela – diz para Taylor. Na mesa, Jax olha com perplexidade para Sasuke, uma expressão de pânico dizendo para ele desistir.

Taylor sorri.

– E você não vai fugir.

– Eu não vou fugir.

– E vai se dedicar ao projeto.

Sasuke hesita e encara brevemente a mulher.

– Vou – responde ele.

A gravação termina. Percebo que meu coração está batendo tão rápido agora que tive que me sentar no chão do quarto.

A cena seguinte tem data de só um mês depois, mas Sasuke está um pouco mais alto, os membros mais compridos e o corpo mais desajeitado. A mudança mais notável nele é uma única tira fina de metal que agora ocupa a lateral da cabeça dele, onde parte do cabelo foi raspado de novo. Ele está no mesmo laboratório, respondendo a uma série de perguntas do mesmo técnico que estava trabalhando antes com Taylor.

– Diga seu nome.

– Sasuke Tanaka.

– Sua idade.

– Doze anos.

Faço um cálculo rápido. Àquela altura, Hideo tinha quatorze anos, eu tinha onze e o Warcross já havia se tornado um fenômeno internacional, o NeuroLink fazia parte de milhões de lares.

– Sua cidade de nascimento.

– Londres.

– Qual é o nome do seu irmão?

– Hideo Tanaka.

– Da sua mãe?

– Mina Tanaka.

As perguntas continuam por um tempo, uma lista longa de fatos simples e detalhes sobre a vida dele. Vejo o rosto de Sasuke quando ele menciona os nomes dos entes queridos... e, pela primeira vez, reparo que não parece reagir aos nomes. Não se encolhe. Não faz careta. Há um reconhecimento que brilha nos olhos, mas é como se ele estivesse dizendo os nomes de conhecidos e não de pessoas da família.

– Mostre a TV pra ele – diz Taylor.

O técnico faz uma pausa para ligar o aparelho. Enquanto olhamos, a TV mostra uma entrevista com Hideo, agora no começo da nova fama. Olho para Sasuke. Pouco tempo antes, ele havia agarrado o braço de Jax e gritara de empolgação ao ver o irmão. Agora, assiste à entrevista com notável interesse, embora não pareça afetado por ela. É como se estivesse fascinado por uma celebridade em vez de sentir falta do irmão.

As perguntas recomeçam.

– Quem é esse?

– Hideo Tanaka.

– Ele é seu irmão mais velho?

– É.

– Você sente saudade dele?

Uma hesitação e um movimento de ombros.

À medida que ele responde a cada pergunta, o técnico observa uma série de dados que aparece em uma tela ao lado e digita algumas anotações em um tablet que tem em mãos. Enquanto isso, lê algumas das reações.

– Os sinais de reconhecimento de Zero ainda se mantêm estáveis a oitenta e quatro por cento. O tempo de reação geral melhorou em trinta e três por cento. – O homem segue falando enquanto Sasuke responde a cada pergunta.

Seja lá o que fizeram com ele, tiraram *alguma coisa*, algo real e humano, uma entonação na voz e uma luz nos olhos. Uma coisa que o define como Sasuke. Não há sinal de luta agora, e Sasuke parece perfeitamente disposto e talvez até ansioso para fazer o que mandam.

– As capacidades cognitivas de Zero estão intactas – conclui o técnico quando é feita a pergunta final. Alguém enfia uma agulha no braço de Sasuke, e, enquanto observo, ele revira os olhos e seu corpo fica inerte na plataforma.

– Que bom – diz Taylor com os braços cruzados. – E as reações dele às menções da família? Ele ainda está reagindo com um certo grau de emoção. Isso devia estar diminuindo mais rápido.

– Ele está aguentando mais do que eu esperava. Não se preocupe. Ele vai ser seu em pouco tempo e vai acreditar que sempre trabalhou para você. Devemos conseguir terminar nas próximas semanas. O download dele vai estar completo antes de ele expirar.

Antes de ele morrer.

Enquanto o técnico fala, percebo outra coisa no registro. Agora que o sistema foi mudado para o NeuroLink, consigo andar pela gravação, e reparo em uma coisa em uma das telas da sala que chama a minha atenção. No alto há o mesmo símbolo que vi na manga de Sasuke, e abaixo está escrito com letras grandes: PROJETO ZERO.

Sigo até lá com medo do que posso ver. Ao meu lado, Jax faz o mesmo, e fala baixo ao mesmo tempo.

– Projeto Zero é um programa de inteligência artificial – diz ela. – Ao longo dos últimos anos, a inteligência artificial melhorou tudo, desde mecanismos de busca a reconhecimento facial e a capacidade de um computador derrotar um humano em jogos mentais complicados como Go. Mas o Projeto Zero está se baseando nisso para instalar os avanços da IA na mente humana e da mente humana na IA, para misturar os dois de forma que tenhamos todos os benefícios de uma mente de computador, como a lógica, a velocidade e a precisão, e a mente do computador possa ter os benefícios de uma humana, com as reações instintivas, a imaginação, a espontaneidade.

Taylor está literalmente separando a mente dele do corpo. E também fazendo download da mente de Sasuke em forma de dados. Está transferindo a mente dele para uma máquina. Uma máquina que ela possa controlar.

Eu me encosto, o mundo girando, minha cabeça se enchendo de perguntas. Por que não ficar com o artificial e instalar instintos humanos em máquinas? Por que destruir um humano assim?

– Qual é o objetivo final dessa tecnologia? – sussurro para Jax.

— Imortalidade — responde Jax quando seguimos para a gravação final. — Você sabe que Taylor tem medo da morte. Ela quer que a mente viva além do corpo. Com essa tecnologia, é possível.

Nessas imagens, Sasuke não se parece mais com Sasuke, mas com o Zero que reconheço, parado no meio de uma sala de laboratório com o olhar frio e insensível.

— Mas o que fizeram com ele? — pergunto, por fim, enquanto olho para Zero, ainda intrigada. — Ele veio tão longe, sofreu experiências para esse programa de inteligência artificial... mas qual é o resultado final? O que ele pode fazer agora que não era capaz de fazer antes?

Quando digo isso, Jax me olha com expressão vazia.

— O objetivo final é transformá-lo em nada além de dados.

E pisco.

— Dados?

— Emika, Zero não é real.

Na hora que ela fala, vejo um técnico *atravessar* Zero, como se ele não passasse de um estímulo virtual. Um holograma. Como no laboratório mais cedo, quando o vi atravessar uma parede de vidro.

O sangue sobe à minha cabeça. Não pode ser verdade.

— O que você quer dizer com "não é real"? Eu o *vi*. Ele esteve fisicamente no meu quarto, no mesmo espaço que nós, várias vezes. Ele...

— Esteve? — interrompe Jax, os olhos distantes e vazios. — Zero não é real. É uma ilusão. O corpo verdadeiro de Sasuke Tanaka morreu anos atrás em uma maca de laboratório. O que você viu na sua frente é uma projeção virtual. Emika, Zero é a mente humana de Sasuke que foi transformada em dados com sucesso. Ele *é* um programa de inteligência artificial.

21

Zero não é real.

Esse tempo todo achei que ele era de carne e osso. Mas Zero é uma ilusão, uma projeção, uma imagem virtual tão realista que não consegui perceber a diferença.

Isso é impossível.

O pensamento surge na minha mente, e sinto uma vontade desesperada de rir de Jax. Devo ter entendido mal o que ela disse.

Mas as lembranças vêm, cada vez mais rápido. A primeira vez que o vi foi no Covil dos Piratas, um espaço virtual. A segunda vez foi dentro de uma partida de Warcross. Na terceira vez, ele estava dentro do meu quarto do alojamento, mas sumiu enquanto tudo explodia. Quando cheguei ao hotel para me encontrar com ele e os Blackcoats, Jax e Taylor o acompanhavam, e ele estava encostado na parede, sem tocar em ninguém.

Mas não! Quando o vi na varanda com Jax, ele não colocou a mão nas costas dela e a puxou para perto? Minha mente gira como louca, lembrando aquele momento e procurando um sinal que tornaria essa conclusão falsa.

Não, Jax só ficou *perto* dele, e ele só se inclinou na direção dela para sussurrar alguma coisa em seu ouvido.

Eu nunca toquei em Zero, e ele nunca tocou em mim. Nós só chegamos perto um do outro, mas nunca tivemos contato físico. Aquela expressão fria e artificial nos olhos dele é porque ele *é* artificial.

A percepção me deixa tonta, e estico a mão para me segurar na escrivaninha.

Zero não é real. É uma ilusão.
Sasuke Tanaka morreu muito tempo atrás.

Jax me observa enquanto as informações me atingem em ondas. Há uma expressão assombrada no rosto dela agora.

– Viver eternamente dentro de uma máquina é uma coisa sobre a qual sempre falamos, não é? Só que agora Taylor conseguiu. A mente de Zero é tão precisa e ágil quanto uma mente humana. Em capacidade intelectual, ele é a mesma coisa de quando era Sasuke. Só que agora, Zero pode existir em qualquer e todo lugar. Ele não tem forma física. Não envelhece. Enquanto houver internet, enquanto houver máquinas, ele vai viver para sempre.

– E a... – Minha voz falha, e tenho que começar de novo. – E a memória dele? O reconhecimento da família?

– Taylor não pode deixar que ele saia por aí pra visitá-los, né? Nem arriscar ser denunciada para as autoridades – responde Jax. – Ela deu a imortalidade a ele. Em troca, tirou a memória e ligou a mente dele à dela. Zero faz o que Taylor quer. Ele acredita no que ela acredita. E quando ela morrer, ele vai se apagar.

Jax abriu outro arquivo, e olho, entorpecida, uma lista detalhada de nomes. Clientes.

Forças armadas. O complexo médico-industrial. O um por cento mais rico do mundo. Empresas de tecnologia. Representantes do governo.

Minha cabeça está doendo. Tem muita gente querendo se beneficiar dos resultados dessa pesquisa, talvez para criar supersoldados obedientes ou como cura para doentes terminais ou coisas do tipo. Talvez só para viver para sempre.

– É irônico, não é? – diz Jax com a voz resignada. – De certa forma, Taylor cumpriu a promessa feita a Mina Tanaka. Ela salvou a vida de Sasuke quando o tornou permanente. O único preço foi matá-lo.

Penso no instituto, quando vi Zero se mover em sincronia com a figura de armadura e manipular a máquina com os gestos.

– E o robô no laboratório? – pergunto. – O que Zero estava controlando?

– Uma forma física dele – responde ela. – Ele pode se sincronizar com aquela máquina como se fosse seu próprio corpo. Pode controlar uma; pode controlar várias se quiser.

Supersoldados.

– Agora imagine isso ligado ao NeuroLink – prossegue Jax. – A facilidade com que Taylor poderia replicar isso em ampla escala.

– Mas – digo com a voz rouca e limpo a garganta – todos esses clientes, patrocinadores... eles sabem como ela fez esse experimento? O que ela fez?

– Importaria agora se soubessem? – Ela dá de ombros. – Se os resultados finais são incríveis assim, você jogaria fora a pesquisa só porque o processo foi antiético? Experimentos humanos imorais existem desde sempre, foram executados pelo seu país, pelo meu, por todo mundo. Você acha que as pessoas não querem o resultado desse tipo de pesquisa, independentemente de como foi obtido? As pessoas não ligam para o processo se o fim é válido. E qual foi o preço aqui, em troca da imortalidade?

Uma vida.

Ela está certa. Se o experimento for exposto, a culpa pode ser atribuída aos Blackcoats, e todos os clientes podem apontar o dedo para eles, denunciá-los como hediondos e ilegais enquanto são absolvidos de qualquer culpa por custear a pesquisa. Mas ninguém jogaria as descobertas fora só porque Sasuke morreu por elas.

– Os pais dele – sussurro. – A mãe de Sasuke. Ela...?

– Ela nunca soube o que aconteceu com o filho. Sabe que ele desapareceu vários meses depois que o tirou do programa, e sei que ela quase se matou tentando descobrir o que aconteceu com ele... mas o que podia fazer? Pessoas desaparecem com frequência no Japão. Não existe nem um registro nacional que catalogue os desaparecidos. Taylor era diretora do instituto. E tinha o poder de esconder o que precisava ser escondido, e uma acusação dessas teria tornado Mina uma mãe sofredora que havia enlouquecido.

– E você? – pergunto delicadamente.

– Taylor vivia contratando gente para o projeto conforme precisava. A maioria que trabalhava com a gente não era formada de cidadãos honrados. Quando a ambição de Taylor cresceu, ela passou a querer alguém como eu para garantir o controle dela e protegê-la. Posso não ter seguido o caminho de Sasuke, mas tive resultados muito bons nos exames de reflexo. Assim, ela me mandou ser treinada. – Jax dá um sorriso amargo. Há medo nos seus olhos agora. – Nada exige autoridade como um assassino profissional, e nenhum assassino surpreende tanto quanto uma garota jovem.

Apesar de Jax não dizer, sei que ainda pensa em Taylor como mãe. Uma mãe cruel, que não liga para ela. Mas que é família, mesmo assim. É difícil romper os laços mentais, por mais dolorosos que sejam.

Taylor me fez acreditar que ela era uma força do bem, que a missão dela ainda era fundamentalmente moral, a necessidade de livrar o mundo de regimes e tecnologias como a de Hideo, que queria controlar os outros.

Mas às vezes a necessidade de proteger o mundo de ser controlado se traduz por tomar o controle.

Jax nos tira das gravações. Vejo a ampla biblioteca novamente, o depósito dos segredos dos Blackcoats, a Exposição do Dark World e, por fim, as ruas do próprio Dark World. Saímos do espaço virtual e volto para o meu quarto, iluminado apenas por faixas de luar e postes de luz da rua. A imagem virtual de Jax ainda está ao meu lado quando me encosto na cama para me apoiar.

– Por que está me contando tudo isso? – pergunto. – Você está botando sua vida em risco.

A expressão dela, como sempre, não muda.

– Porque não acredito que Sasuke tenha morrido completamente.

Ela faz uma pausa, mas olha diretamente para mim. Meus pensamentos estão em disparada. A lembrança específica que Zero me mostrou quando me ensinou a invadir a mente de Hideo. Zero disse que não pretendia que eu visse. Mas e se *Sasuke* quisesse, de algum canto profundo da mente de Zero?

– O símbolo – sussurro para Jax. – A lembrança de Sasuke no quarto.

Ela só assente.

– Acho que não foi sem querer que Zero deixou você ver aquela lembrança. Acho que foi Sasuke.

O jeito esperançoso como Jax diz o nome dele é um contraste forte com o tom seco de sempre. Para ela, Sasuke ainda está vivo. Não é surpresa que nunca tenha tentado matar Taylor, não enquanto houver a possibilidade de Sasuke ainda estar preso dentro da mente de Zero.

Jax de repente olha para o lado, a expressão concentrada de novo. Ela escuta por um tempo. Fico tensa, imaginando o que está ouvindo e para onde está indo agora. Em seguida, se inclina para perto de mim.

– Escute com atenção – diz com rapidez. – Zero está totalmente sob o controle de Taylor. Pela natureza da programação, ele tem que ouvir as ordens dela e obedecer ao que ela disser. Você precisa conseguir acesso ao algoritmo de Hideo. Mas, quando conseguir, não pode deixar Taylor assumir o controle. Você pode usar o algoritmo para forçar Taylor a abrir mão do controle da mente de Zero, você pode libertar Zero dela.

Observo o rosto de Jax enquanto ela fala. A urgência abrupta e a incerteza na voz dela me abalam. Agora, não parece uma assassina implacável, mas uma garotinha que morre de medo da guardiã.

– Como o resto de nós, Taylor está usando lentes beta. Não estão conectadas ao algoritmo. – Ela enfia a mão no bolso e tira uma caixinha. – Mas ficarão, por um momento, logo depois que você acessar o algoritmo de Hideo durante a cerimônia de encerramento.

Ela está certa. Na fração de segundo depois que as lentes beta de Taylor se conectarem ao algoritmo – e antes do código dela *a* instalar como controladora do algoritmo –, ela vai estar vulnerável para que Hideo assuma o controle da mente dela.

– Nós vamos ter só um segundo pra fazer isso – digo para ela. E acrescento para mim mesma: *E só se eu conseguir persuadir Hideo a cooperar.*

Jax assente.

– Vai ser o segundo mais importante da história.

Se isso der errado, minhas lentes beta vão se ligar ao algoritmo também. Vou ficar sob o controle de *Taylor* em vez de Hideo. Todos nós ficaremos. Tento não pensar no que Taylor faria com esse nível de poder. Em que ela nos transformaria.

– O que vai acontecer depois que libertarmos Zero dela? – pergunto após um tempo.

– Sabe aquela biblioteca que eu mostrei? Ela contém tudo, lembra? Todos os estudos e experimentos que Taylor já fez. Também contém todas as interações da mente de Sasuke Tanaka durante todos os estágios do teste dele.

Ao ouvir isso, ela faz um bloco comprimido de dados pairar entre nós. Não preciso dizer nada para saber que esse bloco possui todos aqueles registros.

– Você precisa arranjar um jeito de entrar na mente de Zero – diz Jax. – De fazer o download de todas as Lembranças de Sasuke em Zero. Zero não tem desejo de ir contra Taylor… mas *Sasuke* talvez tenha.

Usar o algoritmo para salvar o irmão de Hideo. É um plano quase certo de dar errado.

Mas assinto para Jax.

– Vamos conseguir.

De novo, a cabeça de Jax se move para o outro lado, como se tivesse ouvido alguma coisa. Em um piscar de olhos, todos os sinais de fraqueza somem do rosto dela.

– Tenho que ir – sussurra para mim. Ela me encara uma última vez. Em seguida, se desconecta, e, de repente, fico novamente sozinha no quarto.

Agora, está totalmente silencioso aqui. O contraste é impressionante.

Fico encostada na cama em silêncio. As gravações que vi se repetem na minha cabeça e se recusam a sumir. Abro uma de cada vez, cada arquivo que Jax me deu. As imagens de Sasuke, todas as Lembranças dele, me envolvem como uma aura.

Essa é a chave que eu estava procurando.

Lentamente, um plano começa a ganhar forma.

22

Quase não durmo esta noite. Cada vez que fecho os olhos, tudo o que vejo é o garotinho que Sasuke um dia foi, com lágrimas escorrendo pelo rosto naquela sala. Eu o vejo beijando Jax. Gritando ao ser amarrado para os procedimentos. As lembranças se fundem e criam outras novas e distorcidas. Há Jax na varanda com Zero, o rosto virado para ele, ele se inclinando para beijar o pescoço dela. Jax se transforma em mim, e Zero em Hideo. Estamos de novo na torre de vidro, deitados na cama dele. A cabeça dele é jogada para trás quando Taylor atira. Ele se transforma em Tremaine quando cai no chão.

Acordo chorando, o corpo coberto de suor.

Estou assustada demais para voltar a dormir, então fico sentada acordada na cama, mexendo com o cubo luminoso que Zero me deu, o hack que vai me permitir entrar na mente de Hideo.

Use o algoritmo para forçar Taylor a abrir mão do controle de Zero.

Hideo vai aceitar isso? Vai permitir que outra pessoa acesse seu algoritmo? Até Zero se recusou a se revelar para o irmão, por saber como a reação dele é imprevisível. Não há garantia de que Hideo vai acreditar em mim.

Mas Sasuke está enterrado no interior do monstro que Taylor criou. Se há a menor das chances de o resgatarmos... tenho que acreditar que Hideo vai me escutar.

E se não ouvir... se não ouvir, vou ter que invadir a mente dele. Forçá-lo.

Estudo os dados até a aurora entrar no quarto. Assim que a luz muda de azul para dourada, uma chamada surge no meu visor. Dou um pulo achando que pode ser do próprio Zero, que ele ou Taylor descobriram o que Jax fez.

Mas é de Roshan. Aceito a ligação, e a voz rouca dele enche meus ouvidos e me conta o que já sei.

– Tremaine está no hospital. Está muito machucado. – As palavras dele falham um pouco. – Em, ele tinha me listado como contato de emergência. Foi por isso que o médico me ligou. Eu... eu não consigo...

Não suporto a dor na voz dele. Minhas mãos tremem no colo quando Roshan me dá o nome do hospital.

– Estou a caminho – sussurro, e pulo da cama antes que ele responda.

Meia hora depois, chego ao hospital e encontro Roshan e um médico conversando, o médico tentando em vão explicar para meu amigo que ele ainda não pode visitar Tremaine.

– Nós estamos aqui há horas! – A voz de Roshan ecoa pelo corredor. – Você disse que poderíamos vê-lo mais de uma hora atrás! – Ele está gritando em japonês, e as palavras traduzidas aparecem em uma sequência louca no meu visor. Ao lado dele, Hammie e Asher permanecem em um silêncio nada natural, sem se darem ao trabalho de o fazer parar. Ele já devia ter se descontrolado assim antes.

– Sinto muito, sr. Ahmadi – explica o médico, fazendo uma leve mesura apologética. – Mas você não é o cônjuge legal do sr. Blackbourne. Se não tiver um certificado oficial, vai precisar esperar com seus amigos até podermos permitir sua visita...

– Nós somos um *casal* – diz Roshan com rispidez, esquecendo no calor do momento que isso não é mais verdade. – Vocês não aprovaram casamento entre pessoas do mesmo sexo ano passado?

– Mas vocês não são casados – responde o médico. – São? Você tem os documentos?

Roshan ergue as mãos de modo exasperado e volta para a sala de espera, onde estou. Atrás dele, Asher e Hammie trocam um olhar rápido. Roshan me vê quando está se aproximando e me oferece um aceno breve.

Meu coração está na garganta quando alcanço meus amigos. Roshan está pálido e desgrenhado, os olhos vermelhos.

– Por que você não estava com ele? – pergunta. – Disseram que ele foi trazido para o hospital sozinho.

A raiva de Roshan é como um soco no peito. Começo a dar desculpas: que não consegui falar com ele, que os Blackcoats tinham descoberto que Tremaine tinha invadido as bases de dados deles. Mas não é isso que Roshan precisa ouvir.

– Eu devia estar lá – consigo dizer. – É culpa minha isso ter acontecido com ele. Ele não devia...

Roshan olha para trás, para o quarto de Tremaine, fecha os olhos e baixa a cabeça.

– Desculpa – diz ele. – Estou feliz que você não estava lá.

– Dá pra vê-lo pela janela?

Roshan assente.

– As ataduras estão ensanguentadas. Os médicos dizem que estão esperando o inchaço diminuir, mas não sabem quando isso vai acontecer. Disseram que ele teve muita sorte de a bala ter acertado de raspão. Um pouquinho para a esquerda ou para a direita e ele teria chegado morto.

Penso na garantia de Jax de que tinha atirado em Tremaine de raspão. Ela cumpriu a palavra, afinal.

– O que aconteceu? – pergunta Asher quando se aproxima de nós, seguido por Hammie.

Outros jogadores, tanto da Demon Brigade quanto de outros times, também apareceram e encheram a sala de espera com uma mistura estranha de rivais. Mantenho a voz baixa e conto aos meus colegas de equipe o máximo que posso. Que Tremaine e eu fomos ao instituto e que tudo deu errado.

Mas não falo sobre Sasuke. A ideia de fazer meus amigos correrem ainda mais perigo é insuportável.

– Você precisa parar – diz Hammie quando termino. – Poderia ter sido você lá dentro também. Poderia ter sido bem pior.

Quero escutá-la, mas hoje vou me encontrar com Hideo. A cerimônia de encerramento acontece em dois dias. Estamos sem opção. Não há mais tempo de parar. Só consigo assentir fracamente para ela. Hammie vê a mentira nos meus olhos, mas não me pressiona.

À medida que aguardamos na sala de espera, fico olhando para a data no meu visor. Quando o jogo da cerimônia de encerramento começar, tudo vai terminar ou se tornar um pesadelo vivo.

● ● ● ● ●

Hideo não está na casa dele esta noite, ao menos não na casa da qual me lembro. O carro que ele manda me buscar me leva pela ponte sobre a Baía de Tóquio, onde o mar encontra a cidade e os reflexos dos arranha-céus tremem na água. Esta noite, a ponte está totalmente iluminada com as cores dos Phoenix Riders e, pelas minhas lentes, os navios de cruzeiro e as barcas de turistas pontilhando o porto têm um amontoado de corações e estrelas pairando acima.

As luzes escarlate dos Phoenix Riders refletidas no mar parecem sangue se espalhando na água, e a paisagem da cidade assemelha-se a milhões de estilhaços de vidro. Eu me concentro no meu colo, onde aperto as mãos uma contra a outra, com força.

Seguimos pela orla até deixarmos a maioria dos barcos para trás e entrarmos em um trecho tranquilo de arranha-céus de luxo. Aqui, uma equipe de seguranças permite a entrada do carro por um portão, e quando finalmente para no começo de um píer, mais guarda-costas de terno se aproximam para abrir a porta para mim.

Saio do carro e me viro para a água, inspirando o ar salgado, os lábios entreabertos com a vista.

À minha frente está o maior iate que já vi, flutuando serenamente. O barco todo é preto fosco e se mistura com a noite, exceto pelas linhas de luzes prateadas em cada convés e pelos fios de luzinhas pendurados.

– O sr. Tanaka está esperando – diz um dos guarda-costas. Ele estica a mão enluvada, indicando que devo subir na rampa que leva ao iate. Faço que sim sem dizer nada, o estômago subitamente embrulhado de expectativa e de medo, e subo no convés inferior do barco, seguindo para a parte interna.

O espaço se abre em um pé-direito de dois andares, onde há um candelabro com cristais pendurados. Paredes de vidro do chão ao teto, com película escura para oferecer privacidade, envolvem o aposento, e na extremidade mais distante há uma porta dupla já aberta, me convidando a entrar. Vou até lá e paro com hesitação na entrada para observar a ampla suíte.

A iluminação é baixa e as paredes são feitas de mais vidro escuro que revela o contorno da cidade na água. Há tapetes brancos grossos e divãs confortáveis no espaço. Cortinas transparentes e peroladas tremem em uma brisa marinha que entra por uma janela entreaberta, embaixo da qual há uma cama baixa e luxuosa.

O espaço é tão imaculado quanto me lembro da casa de Hideo ser, ao menos até eu ver a porcelana quebrada no chão.

– Cuidado.

A voz familiar de Hideo vem do outro lado do aposento. Ele está entrando da varanda com um paletó escuro pendurado no ombro. E o joga sem cerimônia em uma cadeira próxima. Na luz fraca, só consigo ver a silhueta alta e o prateado no cabelo, mas percebo que a camisa está amassada de forma nada característica dele, as mangas enroladas de qualquer jeito e a gola levantada. As sombras escondem sua expressão.

– O que aconteceu? – pergunto.

Ele se empertiga, anda na direção dos sofás compridos e chega um pouco mais perto da luz.

– Vou varrer daqui a pouco – responde ele, o hábito clássico de replicar sem responder.

Desvio o olhar para as mãos dele. Os dedos estão vermelhos, cortados, cobertos de sangue seco. Há círculos escuros em volta dos olhos.

Ele está aqui desde a noite anterior no museu de arte, sofrendo pelo que contei? Nunca o vi tão cansado, como se o coração todo estivesse lutando sob um peso enorme.

Eu me sento em frente a ele e espero até se inclinar para a frente e me observar com olhar penetrante.

– Você nos trouxe aqui – diz ele com a voz baixa. – Agora, me conte. O que sabe sobre meu irmão?

Não há necessidade de conversar trivialidades hoje. Na voz dele há uma raiva que só me lembro de ter ouvido na noite em que Jax tentou assassiná-lo, quando ele se inclinou por cima do guarda-costas ferido e mandou que o resto dos homens encontrasse o culpado. E aquela noite não é nada em comparação com agora. Sinto como se estivesse observando um vazio que se abriu dentro dele, ameaçando engoli-lo inteiro.

Não respondo na mesma hora. Não há palavras que eu possa dizer que facilitem essa conversa. Faço um Link com ele e abro uma tela para mostrar uma Lembrança que salvei do meu primeiro encontro com Zero, dele no meu quarto de hotel.

Hideo apenas observa a cara do irmão. Há um redemoinho de emoções nos olhos dele. Primeiro, descrença de que aquela pessoa possa ser ele. Depois, reconhecimento, porque não há dúvida de que aquele jovem é o mesmo garotinho que desapareceu muitos anos atrás.

– Como você descobriu? – pergunta ele.

– Eu descobri depois do jogo final, depois que saí da sua suíte – digo, querendo preencher o silêncio pesado. – O hack que fiz no fim para detê-lo também expôs a identidade dele, e foi quando vi o nome.

– Não é ele.

Abro um segundo vídeo de Zero, desta vez andando ao meu lado, me acompanhando até meu quarto.

– É ele – insisto com a voz baixa.

Hideo olha por muito tempo. Olha até parecer estar congelado.

– O que... – A voz dele falha por um momento, e sinto meu coração se partir com o som. Acho que nunca ouvi a voz dele falhar assim. – O que aconteceu com ele?

Suspiro e passo a mão pelo cabelo.

– Preferia não contar isso – respondo. – Mas seu irmão... quando desapareceu, ele estava muito doente. Em desespero, sua mãe o incluiu em um experimento que tinha chance de curá-lo.

Hideo balança a cabeça para mim.

– Não – responde ele. – Meus pais teriam me contado. Sasuke estava brincando comigo no parque no dia em que sumiu.

– Só estou contando o que sei.

Enquanto Hideo olha, mostro cada gravação que dupliquei, em sucessão cronológica. A sala de testes no Instituto de Inovação, com uma criança em cada carteira. Os rostos esperançosos e preocupados dos pais de Hideo olhando pela janela. O encontro particular entre Dana Taylor e Mina Tanaka. A pequena silhueta de Sasuke, encolhido no canto de uma sala, implorando para ir para casa, para a família. O cachecol azul enrolado no pescoço. A amizade dele com Jax e todos os momentos que eles passaram juntos. O jeito como ele tentou negociar com Taylor pela liberdade, pagou o preço do cachecol e não conseguiu fugir. O desaparecimento lento, gradual, destruidor da identidade a cada novo procedimento, Sasuke se tornando menos pessoa e mais uma série de dados.

A verdade por trás do Projeto Zero.

Espero que Hideo desvie o olhar em determinado momento, mas ele não faz isso. Assiste a tudo em silêncio, sem fechar os olhos enquanto o irmão envelhece um pouco a cada vídeo e se perde mais. Quando Taylor tira o cachecol de Sasuke. Quando Sasuke vê o primeiro comunicado público do irmão. Cada cena abre um buraco no coração de Hideo.

Quando as gravações terminam, Hideo não diz nada. Fixo o olhar no sangue seco nos dedos dele. O silêncio ruge em nossos ouvidos como uma coisa viva.

– Sasuke morreu anos atrás – sussurra Hideo na escuridão, ecoando as palavras que Jax tinha me dito. – Ele se foi deste mundo, então.

– Sinto muito – sussurro em resposta.

O peso que estava esmagando seu coração, a distância educada e rígida, todos os escudos cuidadosos que ele sempre ergueu, um a um... isso tudo cede. Os ombros dele tremem. Ele baixa a cabeça nas mãos e, de repente, começa a chorar.

Aquele peso era o fardo de não saber, de anos e anos de sofrimento, imaginando as mil coisas que podiam ter acontecido, pensando se o irmão poderia entrar pela porta. De todas as incontáveis interações que ele fez na Lembrança, tentando entender como Sasuke podia ter desaparecido. Era a mecha prateada de uma história inacabada.

Não há nada que eu possa dizer para consolá-lo. Só posso ouvir seu coração se partir.

Quando acabam as lágrimas, Hideo fica em silêncio e olha pela janela. Parece perdido em uma névoa, e pela primeira vez, vejo insegurança em seus olhos.

Eu me inclino para a frente e encontro a voz.

– Apesar de Sasuke ter partido deste mundo – murmuro baixinho –, ele ainda está vivo em outro.

Hideo não responde, mas baixa os cílios quando volta o olhar para mim.

– Zero é criação de Taylor – continuo. Minha voz parece ensurdecedora. – Ele está preso a ela em todos os sentidos da palavra. Assim como seu algoritmo controla os que usam as lentes NeuroLink, Taylor controla os dados de Zero. A mente dele. Mas Sasuke não se foi. Acho que ele tentou se comunicar comigo por meio de Zero porque está preso em algum lugar naquela escuridão, pedindo ajuda.

Hideo se encolhe. Continua sem dizer nada.

Coloco a mão no braço dele com hesitação.

– Hideo, Taylor está atrás do seu NeuroLink. O pessoal dela está por trás de cada ataque recente contra ele.

– Que venham. – As palavras de Hideo são uma ameaça discreta e clara. Ele se levanta do sofá, vira-se de costas para mim e anda até a janela. Ali, enfia as mãos nos bolsos e olha para a cidade na água.

Minhas palavras somem. Depois de um tempo, eu me levanto do sofá e paro ao lado dele, em frente à janela.

Quando olho para ele, vejo as lágrimas nas bochechas, os olhos vermelhos.

Finalmente, depois de um longo momento, ele vira a cabeça de leve na minha direção, o olhar ainda voltado para a cidade.

– Ele se lembra de alguma coisa? – pergunta com a voz muito baixa.

Ouço a pergunta real por trás daquela. *Ele se lembra de mim? Se lembra dos nossos pais?*

– Ele sabe quem você é – respondo baixinho. – Mas só da forma como um estranho pode te conhecer. Sinto muito, Hideo. Queria poder contar uma coisa melhor.

Hideo continua a olhar para a cidade com expressão vazia. Eu me vejo imaginando em que ele está pensando, se deseja poder usar o NeuroLink para fazer sumir o que aconteceu no passado.

– Jax me disse que a única forma de ajudar Sasuke é se usarmos seu algoritmo para virar Zero contra Taylor.

Isso rompe o transe dele. Hideo me olha de soslaio.

– Você quer que eu ligue o algoritmo a ela.

– Exatamente. Se você abrir o algoritmo e conectar Taylor a ele, vai poder controlar Taylor e libertar Zero dela.

– E Sasuke? – O maxilar de Hideo se contrai quando ele diz o nome do irmão.

– Taylor tem arquivos da mente passada de Sasuke. De todas as interações dele. Se pudermos juntar essas versões com quem ele é agora, podemos recuperar a mente dele novamente. – Faço uma pausa. – Sei que ele nunca vai ser *real*... mas você vai poder tê-lo de volta de alguma forma.

– Você está me pedindo para dar a você acesso ao meu algoritmo.

Hesito.

– Estou.

Ele ainda está com dificuldade de confiar em mim, mas, com a guarda baixa, consigo ver novamente o coração que bate por trás da armadura. Todos os milhares de possibilidades do que poderia ter acontecido com Sasuke são apagadas do olhar dele e substituídas por uma clareza... um caminho para a frente. Ele tem a oportunidade de falar com o irmão novamente, de trazê-lo de volta de certa maneira.

Para isso, sei que ele está disposto a destruir a ordem mundial. Está determinado a arriscar qualquer coisa.

Hideo olha para a água. Um longo momento se passa, mas ele finalmente diz:

– Eu topo.

Sem pensar, dou um passo para mais perto dele até estarmos quase nos tocando. Apoio a mão no braço dele. Não digo nada. Ele se mexe ao sentir meu conflito de emoções: a confiança hesitante que estou depositando nele, a atração que sempre sinto quando estou perto. Meu medo de deixá-lo se aproximar de novo. Por baixo da camisa, a pele dele está quente. Não consigo me afastar.

Hideo se vira e olha para mim.

– Você está arriscando sua vida ao me contar isso – diz ele. – Você poderia ter voltado para Nova York e deixado tudo para trás. Mas ainda está aqui, Emika.

Por um momento, me imagino no barzinho com Hammie e os outros Riders. Vejo Hammie se inclinando para a frente e grudando o olhar em mim. *Por que você está indo em frente com isso?*

Faço uma coisa que nunca achei que faria. Penso na manhã em que estava encolhida, magra, apática e sem esperanças, na cama do orfanato e ouvi a história dele no rádio. Deixo a Lembrança se formar, se cristalizar em uma imagem clara, e a envio para ele, cada coisa que vi e senti e ouvi naquele dia. Deixo que veja meu lado destruído que despertou ao saber sobre ele, as peças que de alguma forma se reencontraram.

Não sei o quanto ele consegue ver e entender. É uma confusão de pensamentos e emoções, não uma Lembrança gravada de verdade. De repente, tenho medo de Hideo não entender o que estou tentando dizer. De esse momento vulnerável e exposto não significar nada para ele.

Eu me viro com constrangimento. Mas, quando olho novamente para Hideo, ele está com o olhar grudado em mim, me observando como se eu fosse a única coisa que importa. Como se entendesse tudo que tentei compartilhar.

É quase insuportável. Engulo em seco e me obrigo a afastar o olhar. Minhas bochechas estão ardendo.

– Hideo... eu nunca vou concordar com o que você está fazendo. Nunca vou achar certas as mortes ligadas ao seu algoritmo e nem que seus motivos as justifiquem. Mas naquele dia, quando você era um garoto sendo entrevistado no rádio, escondendo seu coração partido, você atingiu uma garota procurando algo a que se segurar. Ela encontrou *você*, e você a ajudou a se reerguer.

Hideo me observa, o olhar me queimando até o âmago.

– Eu não sabia – sussurrou ele.

– Você sempre vai ser parte da minha história. Eu não podia dar as costas para você sem dar as costas para mim mesma. Precisava tentar. – Minhas palavras baixas pairam no ar. – Eu tinha que estender a mão para você.

Ele está tão perto agora. Estou em terreno perigoso; eu não devia ter vindo aqui. Mas fico e não me movo.

– Você está com medo – murmuro, notando as emoções pulsando dele.

– Estou apavorado – sussurra Hideo. – Do que você é capaz. Porque você está aqui, andando em uma corda fina como lâmina de navalha. Estou com medo desde que te conheci, quando você me encarou diretamente e quebrou meu sistema em questão de minutos. Passei horas depois estudando o que você fez. Eu me lembro de tudo que você me disse. – Há uma dor na voz dele. – Tenho medo de cada vez que te vejo ser a última.

Penso no olhar penetrante dele em nosso último encontro. Por baixo daquilo, sempre houve medo.

– Você me disse que nunca mais queria me ver – consigo dizer.

A voz dele soa baixa e rouca:

– Porque cada vez que eu te vejo, preciso fazer todo o esforço do mundo pra me afastar.

Dou-me conta de que estou me inclinando na direção dele, desejando algo mais. Ele deve ser capaz de perceber pela nossa conexão e, como se em resposta, sinto a necessidade vinda dele, sombras do que ele deseja poder fazer, pensamentos fugidios da mão dele na minha cintura, me puxando. O espaço entre nós parece vivo, cintilando com um desejo ardente de aproximação.

Ele hesita. Com o coração dele exposto e vulnerável, consigo agora ver o medo na sua expressão.

– O que você quer, Emika? – sussurra.

Fecho os olhos, respiro fundo e volto a abri-los.

– Quero ficar.

É a última corda frágil que o mantém afastado. Ele acaba com o espaço entre nós, toma meu rosto nas mãos e se inclina na minha direção. Os lábios dele tocam nos meus.

Qualquer sensação de controle que eu ainda tinha agora se estilhaça. Ele está quente, o corpo é familiar, e eu me entrego a Hideo. Não há a hesitação gentil do nosso primeiro beijo; este é mais profundo, mais intenso. Nós dois estamos compensando o tempo perdido.

Passo os braços pelo pescoço dele. A mão dele aperta minha lombar, puxando meu corpo para perto. Passo os dedos pelo cabelo dele. Hideo interrompe nosso beijo só para tocar meu pescoço com os lábios, e expiro, tremendo ao sentir o hálito quente na pele. Vislumbres, fantasias e sensações saltam da mente dele para a minha, da minha para a dele, me deixando formigando até os dedos dos pés.

Registro vagamente que ele me pega no colo sem esforço. E está me levando para a cama.

Não faça isso, alerto a mim mesma. *Você está sobre gelo fino. Precisa manter a cabeça lúcida.*

Mas quando caímos nos lençóis só consigo me concentrar no contorno do maxilar dele nas sombras. Admiro o raio de luz azul na pele dele enquanto tento abrir os botões da camisa e soltar o cinto. Suas mãos estão puxando minha blusa pela cabeça, deslizando pela pele. O ar frio do quarto atinge meu tronco exposto, e sou tomada de um instinto repentino de me cobrir na frente dele. Mas ele me olha com expressão obscurecida pelo desejo. Um sorriso tímido toca seus lábios. O brilho da cidade lá fora se reflete nos cílios longos.

Quando estico os braços para Hideo, ele beija minha bochecha e passa os lábios no meu pescoço e na omoplata. A respiração está pesada e irregular, as mãos quentes e gentis. Estremeço junto a ele e, depois de um momento, percebo que Hideo também está tremendo. Passo o dedo pelos músculos do peito dele até a barriga, corando pela forma como esse simples toque o faz estremecer. Ele roça com a boca na minha, me perguntando em um sussurro o que quero, e digo, e ele me dá, e nesse momento não penso em mais nada, nem nos Blackcoats, nem em Zero, nem nos perigos que nos aguardam. Só penso no agora. Só no meu corpo entrelaçado no dele. Só na sua inspiração profunda, no meu nome febril nos lábios de Hideo, no lençol frio embaixo de nós, no calor dele se movendo junto a mim, meus dedos agarrados com desespero às suas costas.

Só eu.

Ele.

E o som suave do mar lá fora, tinta sob um céu de meia-noite, nos separando da cidade cintilante que nos aguarda.

23

Um dia para a Cerimônia de Encerramento de Warcross

Só me mexo quando os primeiros raios do amanhecer entram no quarto e lançam uma paleta fraca de luz no lençol emaranhado. Por um momento, não lembro onde estou: em um quarto desconhecido, em uma cama desconhecida. O espaço ao meu lado está vazio. O quarto está balançando de leve. Um barco?

Aos poucos, as lembranças da noite voltam.

Franzo a testa, enrolo o cobertor no peito e me sento. Hideo foi embora? Olho ao redor até finalmente encontrar uma porta deslizante deixada entreaberta, atrás da qual há a silhueta de um homem banhado em ouro, encostado na amurada do barco e olhando para a cidade.

Fico olhando para ele por um momento. Em seguida, pego minhas roupas, visto e saio da cama dele.

O ar do lado de fora ainda está fresco, com cheiro de sal e mar, e minha pele se arrepia quando paro e me encosto na porta aberta. Há duas canecas fumegantes em uma mesinha ao lado de onde Hideo se encontra. O vidro da porta está coberto de orvalho. Passo o dedo pela superfície, reparo na sensação da umidade e lembro a mim mesma que estou no mundo real agora, não no virtual.

Hideo olha para o lado, e vejo o perfil do rosto dele.

– Acordou cedo – diz.

– Você sabia que eu acordaria – respondo, indicando as duas canecas de café. – Senão não teria servido a minha.

Hideo olha brevemente para mim, um sorrisinho nos lábios, e toma um gole de café. Ele está pálido esta manhã, ainda com olheiras, mas, fora isso, eu não seria capaz de dizer pelo que está passando. Todas as vulnerabilidades que expôs na noite anterior foram escondidas novamente, e por um momento tenho medo de ele ter voltado a não confiar em mim. De achar que estava cometendo um erro enorme.

Mas encaro o olhar de Hideo e vejo algo espontâneo. Não, ele não se recolheu completamente. O verdadeiro Hideo que andei procurando está lá.

Como fico parada na porta, faz sinal para eu me juntar a ele e me entrega a caneca de café quando me aproximo.

– Taylor espera que você esteja aqui – diz ele com a voz baixa, o olhar voltado para a cidade que desperta.

Faço que sim. Penso brevemente em Zero. Podem estar nos observando agora de algum lugar na orla.

– Querem que eu fique perto de você – respondo, e coloco a caneca na mesa.

O olhar de Hideo hesita, e sei que está pensando no irmão. Mas, seja o que for, ele não fala em voz alta. Só estica a mão para mim e me puxa para perto. As mãos dele estão quentes da caneca de café. Arquejo quando ele me vira, fazendo-me bater as costas na amurada, os braços dele se apoiando nela pela minha esquerda e pela minha direita, e me mantendo encurralada.

– É isso que eles esperam ver, não é? – murmura ele, o rosto inclinado na direção do meu ouvido.

– É. – Minha pele formiga com a proximidade dele, e só consigo pensar no que aconteceu na noite anterior. Ele está certo, claro, e se os Blackcoats *estiverem* observando, vai me ajudar se eles me virem com Hideo. Mais uma vez, penso no sonho do vidro estilhaçado, em que Zero estava nos olhando do outro lado do quarto. É o suficiente para me fazer olhar para o lado, quase esperando que ele esteja no iate.

Mas estamos só nós.

Hideo abre um meio sorriso, chega perto e encosta os lábios no meu pescoço.

– Me beija, então – murmura ele, e me puxa para perto.

Fecho os olhos com o toque, tremendo, e viro o rosto para o dele. Beijo-o lentamente, saboreando o momento. Se ao menos as coisas pudessem ficar simples assim entre nós.

Finalmente, eu me obrigo a me afastar.

– Não vamos ter muito tempo para agir durante a cerimônia de encerramento amanhã – murmuro para ele. – Vamos ter que agir enquanto suas lentes beta se atualizam.

Ele me observa com atenção com o canto do olho. O fogo no olhar dele é sombrio, um ódio ardente.

– Que bom – diz. Há algo na voz dele que me perturba. – Estarei pronto para Taylor. Quero ver a cara dela.

A lembrança das filas de culpados do lado de fora das delegacias volta à minha mente, todos os suicídios de criminosos motivados pelo algoritmo. Os suicídios de alguns que não eram criminosos.

– E o que acontece se conseguirmos?

– O que você quer dizer?

– Se você tiver seu irmão de volta, mesmo que um eco dele... e aí? O que vai acontecer com o algoritmo? Você vai mantê-lo funcionando?

Ele fica em silêncio. Tudo que sempre fez foi procurar a pessoa responsável por tirar seu irmão dele e impedir que a mesma coisa acontecesse com outra pessoa. Agora, ele sabe quem foi. Vai enfrentá-la em um dia.

– Você sempre disse que o algoritmo foi feito para ser imparcial – digo. – Mas isso nunca vai ser verdade, não é? Porque é controlado por um humano. Eu descobri tudo que pude sobre Sasuke porque me importava com o que aconteceu com ele. Porque me importo com *você*. Mas o maior motivo para o que fiz foi dar a você uma razão para parar de usar o algoritmo.

Não acrescento que ouvi o que ele conversou com Mari e Kenn, nem que sei que está usando o algoritmo para tentar caçar o sequestrador de Sasuke. Mas não preciso. Hideo sabe de que estou falando.

– Por favor, Hideo – acrescento baixinho. – Essa é a sua chance de fazer o que é certo. Acabe com o algoritmo.

Pela primeira vez, desde que me contou sobre os planos, vejo-o lutando com as escolhas que fez. Mas Hideo não responde. Ele se empertiga, vem para o meu lado e apoia os cotovelos na amurada. Do outro lado do mar, o contorno de Tóquio está envolto em luz.

Faço o mesmo: me viro para a cidade e observo o dia clarear. Hideo não responde, não diretamente, mas seus olhos estão pesados. Ele afasta o olhar da luz e se volta para as sombras que ainda ocupam o porto, deixando as ruas azuis e cinzentas.

O que *eu* vou fazer se formos bem-sucedidos e Hideo quiser seguir em frente com o algoritmo? E se eu me enganei sobre ele o tempo todo?

O pensamento cresce em mim, sombrio e perturbador. Nos meus arquivos, pego silenciosamente o cubo que Zero tinha me dado. O cubo gira no ar à minha frente, invisível para Hideo.

Se Hideo não mudar de ideia, sei o que preciso fazer. E, desta vez, não vai haver perdão. Nem uma segunda chance.

Se ele não quiser abrir mão do algoritmo por vontade própria, vou ter que tirar dele.

24

Dia da Cerimônia
de Encerramento de Warcross

O fim da tarde do dia da cerimônia de encerramento está coberto de nuvens. Apesar de usar as minhas lentes, sei que embaixo dos tons coloridos das equipes no céu Tóquio está coberta de tons de cinza, ficando cada vez mais escura.

Que apropriado. O contador no meu visor me avisa que tenho uma hora até a atualização das lentes beta.

Um carro automático preto me pega no hotel em Omotesando e, quando entro, vai na direção do Tokyo Dome. Do lado de fora da janela, as comemorações na cidade assumiram o calor de uma febre, e todo mundo grita para a fila de carros pretos atravessando a cidade. Como se hoje fosse um dia típico de torneio de Warcross.

Afasto o olhar dos rostos ansiosos e olho para as mãos pousadas sobre o meu colo. Como essa cidade vai ficar depois que tudo acontecer?

Uma mensagem de Zero interrompe meus pensamentos.

> Quando a cerimônia de encerramento começar, você vai estar no centro da arena com os demais jogadores escolhidos. Hideo vai cumprimentar cada um de vocês.

Zero sabe o desenrolar do torneio de hoje em cada detalhe. Imagino seu eu virtual invadindo a programação da Henka Games e baixando tudo. Em seguida, penso em Sasuke, o *verdadeiro* Zero, encolhido em um canto daquela mente. Isso *se* ele estiver lá. E, se estiver, do quanto disso tudo Sasuke está ciente? Ele saberia o que está prestes a acontecer?

Envio uma resposta:

> **Quando vou ver você e Taylor?**

> **Quando Hideo terminar de cumprimentar vocês, o novo mundo de Warcross da cerimônia de encerramento vai ser aberto. Hideo vai anunciá-lo pessoalmente para a plateia. Por um momento, você, os outros jogadores e Hideo vão pra dentro desse mundo ao mesmo tempo. É o momento imediatamente antes de as lentes beta serem atualizadas, e o momento em que você vai poder invadir a mente dele.**

Zero faz uma pausa.

> **Esteja preparada. Vamos vê-la na arena.**

> **Estarei.**

Nossa conversa termina. Pego o cubo de novo e deixo o hack de Zero pairar sobre a palma da mão. Sei que Hideo vai aproveitar a chance de prender Taylor no algoritmo e com sorte vai libertar o irmão. Mas o algoritmo em si... penso na imagem do rosto indeciso de Hideo quando estava comigo no convés do iate.

Abro o cubo e olho para o código. Deixo as fileiras luminosas de texto encherem o interior do carro e o fecho novamente. Tenho de acreditar que ele vai fazer o que sabe que é certo. Que vai acabar com tudo.

Mas, se não fizer, estarei pronta para ele.

Respiro fundo. Em seguida, procuro Hideo e peço que faça uma conexão comigo. Por um tempo, olho para a aura verde luminosa em torno do perfil dele, questionando, de repente, se ele mudou de ideia.

Mas um *ding* agradável soa. Sinto o fluxo familiar de emoções dele na mente. Ele está tenso e inquieto. Porém, mais do que tudo, se sente *pronto*, cercado por uma aura escura e segura. Nenhum de nós diz nada.

Fecho os olhos na presença dele e me permito ficar imersa mais um tempo só no reluzir dos seus sentimentos e pensamentos. Chegamos ao Tokyo Dome, abro os olhos e vejo a multidão barulhenta reunida do lado de fora do estádio.

Trinta minutos até a atualização das lentes beta.

Há projeções gigantescas dos jogadores de hoje nas laterais de prédios e hologramas dos pontos altos do campeonato em volta do estádio. Quando as minhas imagens aparecem, ouço a transmissão que as acompanha.

– ... agindo para permitir que a controversa coringa Emika Chen, originalmente dos Phoenix Riders, jogue na cerimônia de encerramento depois da dispensa da equipe. Chen, a primeira escolhida deste ano, teve tantos votos que...

Por um breve momento, sinto de novo a emoção de ser acompanhada até o domo para outro jogo de Warcross, de estar com colegas de equipe, agitada, todos ansiosos para serem os vencedores.

Agora, volto para a arena por um motivo completamente diferente.

Em pouco tempo, me junto a outros carros pretos transportando jogadores oficiais até haver uma caravana de nós indo na mesma direção. Percebo que estou abrindo e fechando os punhos em sucessão rápida. Listras das cores de todas as equipes adornam as laterais do domo hoje, e há um logo enorme do Warcross em prateado suspenso no ar, girando lentamente.

Saio do automóvel atordoada e sigo os guarda-costas que já estão me esperando no tapete vermelho que leva ao estádio. Há pessoas reunidas dos dois lados, vestidas como seus jogadores favoritos, balançando faixas e pôsteres. Elas soltam um grito ensurdecedor quando me veem. Só posso olhar para elas e abrir um sorriso desesperado, sem poder explicar o que está realmente acontecendo. Atrás de mim e à frente, reconheço alguns dos jogadores escolhidos para os dez melhores junto comigo, que vão jogar hoje. Estão todos presentes. Mais gritos sacodem o chão quando cada um passa pela multidão.

Entramos no domo, e estou envolta pela escuridão da arena, iluminada só por uma área de luz colorida que leva ao centro do estádio. As vozes dos comentaristas nos andares mais altos ecoam no espaço:

– Aqui vem outro grupo de jogadores, pessoal! Estamos vendo a Equipe Andromeda: a Capitã Shahira Boulous liderando seus jogadores, Ivo Erikkson, Penn Wachowski...

– ... seguidos de Jena MacNeil, do Demon Brigade, e da equipe dela...

As palavras são quase sufocadas pela plateia. Quando chego à beirada da arena, os Phoenix Riders aparecem. Hammie e Roshan já estão lá, esperando com os demais jogadores da partida de hoje. Asher está na plateia com os jogadores que não foram escolhidos ou que já tinham sido no ano anterior.

De todos os participantes, os meus colegas de equipe são os que parecem mais tensos. Eles sabem o que vai acontecer. Vê-los provoca uma pontada no meu coração, e me viro inconscientemente para eles.

Roshan me vê primeiro, cutuca Hammie e acena para mim. No alto, os comentaristas dizem meu nome, enquanto imagens de quando eu ainda era jogadora oficial são transmitidas.

Mesmo em um estádio cheio de gente, sinto-me vulnerável. Na última vez que fui exposta em público assim, eu quase morri. Meu olhar percorre a plateia, procurando Taylor em vão e esperando ter um vislumbre de Zero nas sombras dos corredores da arena. Meu pescoço formiga como aconteceu uma vez nas ruas chuvosas de Shinjuku. Ele poderia estar em qualquer lugar. Em todo lugar. E apesar de eu não conseguir vê-lo, sei que está me observando.

Mas continuo com o sorriso grudado na cara, porque sei que estou sendo projetada para todo mundo ver. *Jax*. Se Zero está aqui, isso provavelmente quer dizer que ela também está, cuidando de mim. Pensar nela me dá um pouco de consolo, e, por um segundo, meu sorriso é genuíno.

Quinze minutos até a atualização das lentes beta.

Quando os últimos jogadores vão para o centro da arena, as luzes em movimento ficam mais fracas e as do alto se intensificam. Cada pessoa no estádio desaparece atrás do brilho que nos cerca. Olho para a escuridão quando uma voz começa a nós apresentar:

– Senhoras e senhores, finalmente chegamos ao final do campeonato mais inesperado e verdadeiramente épico de Warcross deste ano!

A plateia explode em uma gritaria animada que sufoca a voz da comentarista. Ela faz uma pausa e lista cada um de nós, junto com a posição que temos na equipe e o que faremos esta noite. Quando termina, uma visão em 3D do ambiente de hoje paira no ar e gira lentamente para o público ver. Os outros jogadores e eu enxergamos uma versão menor na nossa frente. É um ambiente no espaço, com os anéis enormes de um planeta inclinados atrás de uma série de pequenas naves de combate.

– E, claro – continua a comentarista –, por trás do jogo em si está a pessoa responsável por toda essa revolução: Hideo Tanaka!

Quando o estádio explode em gritaria e holofotes iluminam uma passagem, eu o vejo: Hideo, a cabeça erguida e as mãos nos bolsos, andando com seu grupo de guarda-costas dos dois lados. As pessoas da plateia sentadas perto da passagem inclinam os pescoços e corpos para a frente em uma tentativa inconsciente de estarem mais perto dele.

Apesar de tudo, Hideo parece manter a mesma pose de sempre, o sorriso treinado e educado no rosto. Quando levanta a mão para acenar uma vez para a plateia, as pessoas gritam em aprovação. Ele parece estar com a atenção fixada no público, mas, pelas emoções que vêm dele pelo Link, consigo sentir o foco em mim, me queimando, mesmo ele fingindo não reparar. Fico parada, tomando o cuidado de imitar os outros jogadores, e mantenho o olhar voltado para o alto do domo. Ouço o rugido rítmico dos meus batimentos nos ouvidos.

Pela centésima vez, fico maravilhada por ele conseguir controlar as emoções mesmo depois de tudo que lhe contei. Talvez isso queira dizer que vai agir da mesma forma quando for obrigado a enfrentar Taylor, ou mesmo quando vir Zero em pessoa; que vai reagir com calma pétrea.

Hideo cumprimenta cada jogador, nos agradecendo, como costuma fazer, pela temporada do campeonato. O estádio chegou a um estado frenético agora, e todos os olhos estão nele, absorvendo cada movimento que ele faz. Hideo chega mais perto de mim. As palmas das minhas mãos estão suadas, e as seco nas coxas repetidamente.

Faltam dez minutos até a atualização das lentes beta.

Hideo cumprimenta meus colegas de equipe. Aperta a mão de Roshan, parabeniza Hammie.

E para na minha frente, abre um sorriso tenso e estica o braço para mim. A plateia está enlouquecendo. Estendo a mão para apertar a dele... e aperto com força por mais tempo do que deveria.

Seu olhar sustenta o meu. A voz soa pelo Link, grave e forte.

Ainda estamos de acordo, diz. É uma pergunta.

Não pisco nem afasto o olhar. *Eu estou se você estiver.*

Nossas mãos ficam unidas por mais um momento, até sabermos que mais tempo vai gerar murmúrios. Finalmente, ele se afasta e eu também. Solto o fôlego que estava prendendo.

Hideo vai até o centro do nosso círculo de jogadores e ergue o rosto, para falar com a plateia. As luzes percorrem as fileiras de assentos. Quando ele começa a agradecer à plateia pelo entusiasmo, volto a atenção para o resto do estádio. No alto, perto do teto do domo, a contagem regressiva até o começo do jogo prossegue.

Cinco minutos até a atualização das lentes beta.

Tudo ao meu redor tem uma aparência surreal. Talvez nada aconteça. A cerimônia de encerramento parece progredir como deveria: Hideo cumprimentou os jogadores, está falando com a plateia, as pessoas estão gritando para que o jogo comece. Em algum universo alternativo, elas vão assistir à partida sem incidentes e depois vão voltar para casa, deixando a arena e pegando seus voos, trens ou carros com tranquilidade. E tudo vai ficar bem.

– ... que a partida comece!

As palavras finais de Hideo me trazem de volta ao presente. O mundo do jogo carrega à nossa volta, e somos envolvidos na escuridão do espaço, o céu infinito pontilhado de estrelas. Anéis planetários gigantescos surgem no meu visor em um gradiente prateado.

Nesse momento, ouso pensar que talvez comecemos realmente a jogar a partida final. Talvez nenhum dos eventos das semanas anteriores tenham acontecido.

Mas, quando termino o pensamento, o mundo do jogo treme. Some e nos devolve ao domo... a tempo de eu ver Zero pisar na arena. E ele não está sozinho.

25

Zero e Jax ladeiam Taylor. Eles caminham em direção ao meio da arena e param diante de Hideo, perto de mim.

Um dos guarda-costas se move na direção deles, mas Hideo balança a cabeça uma vez.

– Parem.

Os guarda-costas ficam paralisados onde estão, os olhos piscando, mas vazios, como se em transe. Mas não são os únicos. Em volta de nós, tudo congela: a comentarista para de falar no meio da frase; a plateia deixa de balançar os braços, os gritos são interrompidos. A maioria dos demais jogadores, todos que não estão de lentes beta, para de se mexer.

Só Hammie e Roshan não são afetados. Mas eles permanecem olhando perplexos para Zero, os lábios de Hammie entreabertos, Roshan parecendo prestes a pular para me proteger.

Enquanto momentos antes o barulho era ensurdecedor, o estádio agora mergulha em um silêncio sinistro. Parece que alguém simplesmente apertou um botão e deu pausa no mundo, deixando só alguns de nós ainda em funcionamento.

Foi exatamente isso que aconteceu.

Hideo está usando o algoritmo para controlar todo mundo aqui. E começo a tremer. Não tinha visto o poder dele com meus próprios olhos até agora.

Hideo, digo, tentando falar com ele por nosso Link. Mas não responde. Sua atenção está voltada para Taylor.

Taylor olha para Hideo com o sorriso tranquilo que passei a conhecer muito bem. Mas, quando observo os olhos dela, vejo que estão duros como pedra.

– Venho prestando atenção em sua carreira há um tempo – diz para ele. – Você é muito impressionante, assim como o algoritmo que desenvolveu.

Hideo fica tão imóvel que, por um instante, penso que também está sendo controlado. Ele não diz nada, só olha para a mulher que sequestrou seu irmão e roubou sua vida.

Mas suas emoções – o ódio sombrio e ardente que sinto através de nosso Link – é uma maré de farpas e espinhos, uma força tão poderosa que quase consigo sentir rompendo minha pele.

– Seu diretor criativo aceitou nos deixar entrar – diz ela. – Entre outros detalhes.

Kenn.

Ofego quando sinto a onda sufocante de emoções de Hideo. Meu olhar se encontra com o de Taylor. Kenn os deixou entrar no domo. O que mais entregara a eles?

Os olhos de Hideo estão firmes e cintilantes.

– Quanto tempo? – pergunta ele em voz baixa.

– Meses. – Taylor dá um passo à frente e cruza os braços. – É difícil encontrar amigos em quem se possa confiar, não é? Acho que todo mundo tem seu preço.

Todo mundo tem seu preço. Percebo que são as mesmas palavras que Zero disse para mim uma vez, quando me confrontou durante o campeonato de Warcross. *Meses.* Então Kenn está trabalhando com ela desde antes do campeonato começar.

A discussão que vi entre Kenn e Hideo volta na mesma hora à minha mente. Como ele estava ansioso para descartar o estudo de Mari sobre as falhas do NeuroLink.

Mas talvez as frustrações dele fossem mais profundas do que isso. Demasiadas o suficiente para trair Hideo e deixar Taylor entrar.

De repente, entendo como Zero sempre pareceu saber tanto. Todos os detalhes da cerimônia de encerramento. Cada parte do plano de Hideo de atualizar as lentes beta na abertura do jogo de hoje. O bug que abre caminho até a mente de Hideo. A própria existência do algoritmo.

Foi Kenn quem repassou informações. Talvez tenha sido por isso que me pediu para cuidar da segurança de Hideo. Não era por preocupação. Era para *monitorar* Hideo.

A verdade me atinge com tanta força que mal consigo respirar. Meu olhar vai de Taylor até o camarote de vidro com vista da arena, onde Kenn se encontra agora. A silhueta dele está virada para nós.

Talvez até tenha sido ele quem deixou Jax entrar no camarote de Hideo no estádio durante a tentativa de assassinato fracassada.

Minha respiração sai em ofegos curtos, agora. Taylor propôs a ele uma participação na missão em troca de ajuda? Deve ter oferecido. E ele, frustrado e ambicioso, concordou.

Cinquenta e nove segundos até a atualização das lentes beta.

A atenção de Hideo não se concentra mais em Taylor. Ele está olhando para Zero, cujos olhos, inconfundivelmente os do irmão de Hideo, permanecem frios e sem sentimentos.

Hideo está observando Zero como se tudo que contei a ele não pudesse ser real.

– Sasuke – diz Hideo com a voz rouca. A onda de raiva muda para dor.

Qualquer sinal de praticidade sumiu. Há um tom de esperança louca na voz dele, como se Zero pudesse sair do transe se eles conversassem. E, por um momento, mesmo sabendo que é impossível, acho que pode dar certo.

Mas Zero não reage. Ao vê-lo na frente do irmão pela primeira vez em anos, não sei dizer se ele registra alguma emoção. Ao lado dele, Jax está com a mão no cabo da arma.

Estamos no meio de um barril de pólvora e o pavio já foi aceso.

Trinta segundos até a atualização das lentes beta.

– Esse é o acordo, não é, Hideo? – diz Zero. A voz dele soa como sempre, e não há nem o menor sinal de reconhecimento nela. – Ou Emika não contou o que deveria?

Hideo me olha. Seus olhos estão escuros de dor, cheios de um sentimento profundo de perda, da percepção de que tudo que contei era verdade, que

Sasuke está olhando para ele, dizendo o nome dele, mas sem reagir ao que significa. Quando fala de novo, a voz dele está rouca, carregada de desespero.

– Você não é um código – diz ele. – Você é meu *irmão*. Sei que não quer nos fazer mal. Ouço na sua voz a lembrança de quem você é. Você sabe, não sabe?

– Claro que sei – responde Zero com aquela calma sinistra.

As palavras atingem Hideo como balas.

Taylor só sorri para ele, daquele jeito manipulador de quem entende das coisas.

– Encare desta forma, Hideo. Você criou o trabalho da sua vida por causa do desaparecimento do seu irmão – diz ela. – Tudo acontece por um motivo.

– Esse é o ditado mais idiota do mundo – retorque ele.

– Pare com isso. Seu irmão está aqui, quando eu podia só ter deixado que ele morresse da doença. Isso não é melhor?

Hideo semicerra os olhos para ela. O puro ódio nesse olhar – a fúria que ressurgiu ao ver o que Taylor fez com seu irmão, e que agora está ameaçando minha vida – está fervendo agora. A fúria profunda e sem alma que testemunhei nele antes, os dedos marcados... não são nada em comparação a isso.

Taylor me observa. Ela está esperando que eu cumpra minha promessa agora, que invada a mente de Hideo.

Zero segundo.

Uma corrente elétrica percorre minha cabeça. Ali perto, Hammie e Roshan se encolhem. As lentes beta começam a atualização, fazendo o download do algoritmo.

Pego o cubo que Zero me deu. O hack. E, no espaço daquele momento, hesito.

Não sei o que me entrega para Taylor. Alguma coisa na luz dos meus olhos, na mudança da minha postura, na leve hesitação nas minhas ações.

Ela sabe que tenho outros planos?

De repente, ela levanta uma arma e aponta para a minha cabeça. Fica olhando para Hideo com o dedo sobre o gatilho.

– Abra o algoritmo, Hideo – diz ela calmamente.

Os lábios de Hideo se curvam em um esgar ao vê-la me ameaçar. O ódio dele se espalha como óleo no oceano.

Ao mesmo tempo, Jax, que estava totalmente imóvel, puxa a arma e aponta para Taylor.

– Se você atirar nela, eu atiro em você. – A mão dela está apertando o cabo da arma a ponto da pele dela ficar branca.

Taylor olha com intensidade para ela. Desta vez, está surpresa.

– O que é isso? – murmura. – Você também está envolvida nisso, Jackson?

Jax faz uma careta ao ouvir o uso de seu nome em vez do apelido.

Taylor aperta os lábios. Uma raiva profunda surge no rosto dela. Eu me lembro do que Jax me contou sobre o maior medo de Taylor. *A morte*. Agora, a filha a está ameaçando com isso.

Os olhos de Jax são tomados de pânico, aquele terror que ela sentiu quando pequena, sofrendo sobre a influência de uma pessoa que devia ser sua mãe. A mão treme. Mas, desta vez, ela não recua. Tudo crescendo dentro dela desde a morte de Sasuke chegou à superfície, e a força disso mantém seu braço erguido.

Ela afasta o olhar de Taylor por tempo suficiente para olhar para mim.

– *Agora* – sussurra ela.

Hideo, digo, ofegante, por nosso Link.

Taylor olha para ele e firma o dedo no gatilho da arma.

Hideo se move.

Ele estala os dedos uma vez e abre uma caixa pequena e giratória entre nós. Antes que eu tenha tempo de registrar que é a chave para abrir o algoritmo, ele move o punho e a destranca.

Um labirinto de cores explode da caixa, um milhão de nódulos luminosos conectados uns aos outros por linhas de luz, do jeito como os circuitos de um cérebro estão interligados. É enorme e complexo e vai bem além do nosso espaço no chão. Preenche a arena inteira. Por um breve instante, estou olhando para uma teia de comandos que podem controlar as mentes de todas as pessoas do mundo conectadas ao NeuroLink. Se o tempo pudesse ser parado agora, eu o faria para admirar essa obra-prima assustadora.

Hideo mira na conta de Taylor, a captura e a liga ao algoritmo. A paleta da mente dela aparece de repente como um novo nódulo na matriz, ligada a Zero por um fio luminoso.

Hideo move o pulso de novo. O fio se parte.

Taylor treme violentamente quando ele arranca o controle que ela mantém sobre Zero.

Agora, Hideo, grito mentalmente. O cubo na minha mão pisca quando estremeço. *Destrua o algoritmo.*

Mas os olhos de Hideo ainda estão sombrios de ódio. E percebo abruptamente que ele ainda não acabou; não está satisfeito com essa parte do nosso plano, de só prender Taylor ao algoritmo e a obrigar a libertar Zero de seu controle. Ele se desprendeu de seu eu comedido e permitiu que a fúria corresse solta. Vai libertar a força total e irracional de seu poder nela.

– *Não...* – começo a dizer. Mas é tarde demais.

Naquele mesmo instante, os lábios de Taylor se abrem de pavor quando percebe o que ele está prestes a fazer. Ela estica a mão instintivamente na frente do corpo.

Hideo aperta os olhos. Por nosso Link, eu o ouço dar uma ordem silenciosa e tácita para Taylor.

Morra.

26

Vejo acontecer em câmera lenta.

Taylor nem sequer tem tempo de emitir um som. Ela só tem uma fração de segundo... tempo suficiente apenas para virar a expressão incrédula para Hideo, os olhos dilatados como os de um cervo caçado, quando os dentes do predador afundam. Seus lábios se abrem, mas ela não tem chance de dizer uma palavra final. Talvez quisesse gritar.

Seu rosto fica branco leitoso. Os olhos se reviram. As pernas cedem como se os ossos tivessem virado pó dentro da carne.

Ela desaba com tudo no chão, a cabeça se partindo com um som terrível. Fica caída de um jeito horrível e errado, e lembro-me de como Tremaine caiu no chão, o jorro de sangue na parede.

Ao mesmo tempo, o nódulo que era a paleta da mente dela pisca em um tom branco brilhante e ofuscante... e some, apagado do resto do algoritmo. As conexões com ele voltam a se ligar a outros nódulos, como se a mente de Taylor nunca tivesse existido. O comando forçou o cérebro dela a se desligar instantaneamente.

Ela está morta.

Minha mente é uma folha em branco, com um único pensamento atravessando meu choque.

Hideo a matou com uma simples ordem.

Essa deveria ser a única coisa contra a qual o algoritmo foi elaborado. Era para curar a humanidade da violência impulsiva, de causar dor e sofrimento em qualquer pessoa.

Ainda nesse único momento, na raiva por tudo que ela fez com o irmão dele, por tudo que ameaçou fazer comigo... Hideo contrariou tudo pelo que trabalhou.

Jax parece perplexa. Mas Zero...

Zero se vira para olhar para Hideo. Não há nada no rosto dele além de um sorriso gelado. Ele não está em choque. E assente, como se tudo tivesse acontecido de acordo com os planos dele.

Ele levanta a mão, faz um movimento e abre um trecho de código que nunca vi. Não é o vírus que me mostrou. Antes que Hideo possa reagir, Zero o instala no algoritmo.

A teia de nódulos ao nosso redor é sacudida... e, bem na minha frente, as cores mudam, os milhões de nódulos azuis, vermelhos e verdes se transformam, um a um, em preto. A mudança de cor parece uma onda gigante. Chega a Hideo e, em um instante, corta o controle dele do algoritmo.

O capacete de Zero se fecha e esconde o rosto dele novamente. E o algoritmo muda de lugar e vai *para ele.*

Percebo o que aconteceu antes que qualquer um possa falar.

Zero não tinha nenhum plano de destruir o algoritmo, mas de se *fundir* a ele. Vejo horrorizada o algoritmo se solidificar com Zero no centro.

A mente artificial dele conseguiu evoluir, fugir ao controle de Taylor, e ele a estava desenvolvendo de forma independente pelas costas dela.

Hideo tenta recuperar o controle... mas é tarde demais. Ele foi totalmente separado de sua criação.

Uma olhada no rosto de Jax me diz que o plano de Zero nunca foi o mesmo de Taylor. Ele jamais pretendeu que ela tomasse o controle do algoritmo nem que potencialmente o destruísse, e seu objetivo nunca foi impedir apenas Hideo de usar o NeuroLink para controlar as pessoas.

Zero fez aquilo apenas para assumir o controle do NeuroLink e do algoritmo. Ele sabia. Achou que, se Hideo visse Taylor, a mataria. Foi o único motivo para ter me deixado me conectar com Hideo, para ele ter elaborado esse plano de eu me aproximar de Hideo e o persuadir a me mostrar o algoritmo. Deve ser por essa razão que ninguém me pegou fazendo isso, porque Zero sabia e queria que eu executasse meus planos.

E percebo que isso quer dizer que Zero sempre *quis* Taylor morta. Ela torturou a mente dele de forma tão intensa que o transformou no mesmo monstro que tinha se tornado.

Em um movimento, Zero se livrou da pessoa que tomou sua vida, forçou Hideo a mostrar a tolice do algoritmo que inventou e assumiu o controle dele. Em um movimento, ele conquistou o instrumento mais poderoso do mundo.

Meu choque está refletido nos rostos de Hideo e Jax. O que fizemos?

O *cubo*. O vírus que possuo. Este ainda é o único momento em que tenho oportunidade de invadir a mente de Zero. Eu poderia hackeá-lo. Dou um pulo, pretendendo sincronizar o cubo à conta dele. Pisca em uma luz ofuscante azul-esbranquiçada.

Mas é tarde demais.

Zero se vira para olhar para mim.

– Obrigado, Emika – diz ele.

Não sei o que acontece depois porque tudo fica preto.

27

Os sons e as sensações à minha volta vêm e vão: Jax gritando comigo, uma confusão de vozes que não reconheço e o sentimento de flutuar no ar. Talvez o choque seja grande demais. Talvez Zero tenha usado um comando que me matou, e eu só não sei que estou morta.

Meus sonhos – devem ser sonhos porque não fazem sentido – são intensos e estranhos, e mudam rapidamente de uma cena a outra. Há um garotinho usando um cachecol azul, e estou correndo atrás dele, tentando em vão mandá-lo voltar. Sou criança de novo, segurando a mão do meu pai enquanto andamos juntos pelo Central Park. Hoje, ele está com aparência sofisticada, o cabelo penteado e brilhando, a calça jeans e a camisa preta deixadas de lado em lugar de um blazer bem cortado e uma calça social. Saímos de um concerto vespertino no Carnegie Hall, e ele está de bom humor, cantando uma versão desafinada de um trecho da música enquanto rodopio com um vestido de tule. Quero me entregar à familiaridade da situação, ao barulho e à pura alegria.

Ele aponta para alguma coisa ao longe, e fico na ponta dos pés para ver o que pode ser. Há uma mancha escura na nossa frente, bem no caminho do parque, como um borrão de tinta. Quando olho por mais tempo, começa a crescer e se expande até encharcar o caminho e cobrir tudo ao nosso redor.

Meu pai faz uma pausa, com medo, a mão apertando a minha. Quando olho ao redor, o parque sumiu, e no lugar dele está o Dark World, os arranha-céus absurdos enormes que chegam ao céu preto, as ruas tortas e as luzes vermelhas de néon com os nomes expostos pairando acima de nós.

Acorde, Emika Chen.

Uma voz jocosa me arranca gradualmente da escuridão.

Quando tudo volta ao meu visor, estou em uma sala pouco iluminada com teto e piso brancos. Vidraças altas ocupam o lugar das paredes.

É a sala onde vi Jax atirar em Tremaine.

Estamos no Instituto de Inovação, só que agora me encontro do outro lado do vidro. Demoro um momento para perceber que estou amarrada a uma cadeira, e mais um para reparar na figura parada a certa distância de mim.

Claro que a voz era de Zero. Ele está protegido atrás da armadura, e, quando olha casualmente por cima do ombro para mim, vejo que seu rosto se encontra mascarado atrás de aço e vidro virtual. As mãos estão unidas nas costas, o queixo inclinado como se meditasse. É um gesto bem típico de Hideo.

Uma sensação de medo surge na minha mente enevoada. *Hideo. Onde ele está? Está aqui? Está bem?*

– O que aconteceu? – pergunto. Minhas palavras ainda parecem meio deslocadas, mais lentas do que meus pensamentos estão surgindo.

– Fique parada – diz Zero, a voz ecoando no espaço.

Ali perto, uma garota de cabelo curto branco-prateado está de costas para mim e tira caixinhas de lentes de uma prateleira e as coloca em uma bancada.

Jax. O nome surge na minha mente grogue. Jax, que trabalhava comigo. Eu a observo e tenho vontade de gritar. E se ela estava envolvida com isso o tempo todo? Tinha me feito de idiota? Não havia atirado em Tremaine sem pensar duas vezes? O que me fez pensar que podia confiar nela?

Ela se vira agora, de modo que vejo o rosto dela, e leva uma caixa de lentes até a pia. Tem alguma coisa estranha no jeito como passa de uma atividade para a outra, como se estivesse no piloto automático e não consciente.

Zero devia estar controlando-a, usando a paleta da mente para mover Jax como um titereiro faria com uma marionete. Jax, a garota que ele já tinha amado, por quem abriu mão da liberdade.

Uma garra gelada aperta meu coração.

Isso significa que Zero deve estar agora controlando todo mundo que usava as lentes de Hideo, qualquer pessoa que Hideo conectou originalmente ao algoritmo.

Jax, tento dizer, mas minha voz se engasga, seca e rouca. Estive gritando?

– Limpei sua conta do NeuroLink e reiniciei sua conexão – diz Zero para mim enquanto caminha para o outro lado da sala. – Está atualizando, e vai ser mais tranquilo se você relaxar. Não é uma coisa que você vai querer cheia de bugs, Emika.

O Central Park. Meu pai. O garoto com o cachecol azul. O que achei que fossem sonhos devia ser só uma mistura de todas as minhas Lembranças e gravações salvas, embaralhadas enquanto eram apagadas da minha conta.

E o que achei que era um desmaio, a escuridão que me engoliu, era Zero desativando meu NeuroLink, e tudo que consegui ver no meu visor foi um campo negro. Tudo que eu tinha – meu nível, minha conta de Warcross, tudo nela – já era, foi baixado para uma localização externa que não tenho como acessar.

Não é uma coisa que você vai querer cheia de bugs, Emika.

– O que você quer dizer? – consigo perguntar em meio à minha desorientação. – Que tipo de bug? O que está fazendo comigo?

– Não vou te fazer mal – responde ele. – Suas lentes e a sua conexão comigo não são tão estáveis como eu esperava, considerando o controle que tenho sobre todo mundo. Acho que você talvez tenha quebrado alguma coisa quando tentou me hackear.

O cubo que usei. Uma lembrança vaga do momento surge agora, fragmentada e confusa, o brilho intenso em azul-esbranquiçado seguido pela escuridão sufocante. Não funcionou... não tenho caminho até a mente de Zero. Não um que eu consiga enxergar.

Mas se eu deveria estar totalmente sob o controle de Zero... também não sinto isso. Alguma coisa quando o hack colidiu com a mente de Zero deve ter alterado minhas lentes e me impediu de ser totalmente conectada a ele.

É isso que Jax deve estar fazendo agora: preparando lentes novas para me entregar, para substituir as minhas e finalmente me conectar a Zero e ao algoritmo da forma correta para que ele possa assumir controle total.

Luto contra as amarras, mas estão presas com tanta força que só consigo contorcer um pouco os braços e as pernas. *Preciso sair daqui.*

Zero para do outro lado da sala, junto de uma maca reclinada, na qual há outra pessoa, bem amarrada. Paro de tentar me soltar quando o vejo.

É Hideo.

Ele parece drogado e quase inconsciente, a cabeça encostada no apoio atrás e uma camada leve de suor brilhando no rosto. É um contraste forte com o último momento em que estávamos juntos. Quando ele levantou a mão, os olhos sombrios de fúria, e *mandou* Taylor morrer.

Depois de todo esse tempo, independentemente da situação ou do humor, eu só vi Hideo no controle: no escritório, na arena, em casa. Mesmo em desespero, com o coração partido, ele nunca passou a imagem que vejo agora. Impotente. A criação arrancada de seu domínio.

Apesar de tudo que o vi fazer, é impossível não sentir medo agora que ele não está mais comandando o NeuroLink e o algoritmo. Significa que alguém bem pior está no controle agora.

Zero está parado na frente da maca. Se sente alguma coisa ao ver o irmão, não demonstra ao estender a mão de aço e segurar o queixo de Hideo.

Inspiro fundo.

Achava que Zero estava andando aqui como uma simulação virtual. Mas não, ele está na armadura que o vi testando com Taylor na noite em que Tremaine levou o tiro. O robô que moveu o braço em sincronia com o de Zero.

A mente dele está operando de dentro de uma armadura de metal *de verdade*, um ser artificial que parece vivo em todos os sentidos técnicos.

Ele obriga Hideo a erguer o rosto, a encará-lo. Um irmão contra o outro. Zero o observa com curiosidade, como um espécime, e volta a soltar Hideo. Cruza as mãos nas costas e flexiona os dedos de aço em uma onda suave, circulando o irmão amarrado com passos lentos.

Trinco os dentes em uma onda quente e branca de raiva que sobe pelo meu corpo.

– Deixa ele em paz – digo, com um rosnado.

Zero para e me olha.

– Você ainda gosta muito dele – diz ele baixinho.

– Não brinca, jura? – digo bruscamente.

– Me conta, Emika, como é isso? – Agora, Zero parece fascinado. – Ele fez coisas terríveis. E mesmo assim consigo sentir sua ligação com ele.

Percebo com um sobressalto que é porque Sasuke não chegou à idade de entender o que o amor representa. Nem mesmo os sentimentos inocentes que ele teve por Jax poderiam ser comparados a quanto o amor é complicado. Ele perdeu a humanidade antes de poder vivenciar isso. Minha raiva oscila quando meu coração se parte por ele.

– O que quer que você tenha feito, Emika – diz Zero, se dirigindo a mim enquanto se vira para Hideo –, parece que afetou as lentes das pessoas com quem se conectou antes também. E isso quer dizer as dele. – Ele termina o círculo em volta de Hideo e se inclina para perto. – Mas não se preocupe. Vamos consertar isso com facilidade.

As palavras dele, debochadas, tranquilizadoras, carregam um eco do processo de pensamento de Taylor. Apesar de estar morta, a influência dela sobre ele deve ter sido tão completa e extrema que permanece presente debaixo das placas lisas de aço.

– Mas primeiro – continua Zero, finalmente se virando de costas para Hideo e voltando na minha direção. Todos os músculos em mim se contraem quando ele se aproxima. – Vamos consertar você.

Olho para ele com raiva, desejando ver algum sinal de Sasuke aprisionado ali dentro, mas a única coisa que me encara de volta pela máscara opaca é meu próprio reflexo.

Perto da pia, Jax já abriu a caixa com as lentes e tirou um par. Observo-a novamente. Ela ainda está com aquele vazio no rosto e faz as coisas como se não estivesse completamente presente.

E então... ela desvia o olhar para mim. Percebo que Zero não sabe que me conectei a ela. As íris cinzentas brilham nas luzes fluorescentes. Naquele instante, vejo a inteligência familiar, a mente alerta por trás de uma expressão cuidadosamente controlada. Ela não está sob a influência de Zero, não... só está fingindo.

Ela balança a cabeça uma vez para mim e volta o olhar para a porta. Uma luz vermelha a ilumina de cima, sugerindo que está trancada... mas ao lado da porta há a caixa de emergência da qual me lembro da primeira noite em que estive no instituto. Olho para Jax, que volta a preparar minhas novas lentes em uma bancada perto da porta.

A esperança surge em meio ao medo. Talvez Jax ainda seja minha aliada, afinal. Se eu puder ganhar mais um pouco de tempo, talvez ela consiga nos ajudar a sair daqui antes que Zero coloque lentes novas em mim à força.

– Você não pode ser real – consigo dizer enquanto o encaro. – Não acredito em você. Você não passa de uma simulação.

– Então veja por si própria. – Zero estica a mão e aperta um botão perto do alto da minha maca. A tira de metal que prende meu pulso esquerdo se abre com um *estalo* e liberta minha mão.

Eu a puxo imediatamente para junto do corpo e flexiono o pulso em alívio. Meu olhar volta para ele. Com hesitação, estico a mão na direção de Zero. Ele não se mexe.

Toco no braço dele. Quase me encolho. É de metal frio e duro. Não tem nada de humano na placa de aço em que meus dedos encostam, nada que sugira a presença de uma alma dentro. Mas... aqui está ele, se movendo, ativo, vivo em todos os sentidos técnicos.

– Você... sente isso? – eu me vejo perguntando.

– Estou ciente de que você está me tocando – responde ele. – Consigo *sentir*, de forma lógica, se podemos chamar assim.

– Sente dor?

– Não. Eu não compreendo meus membros da mesma forma que você.

– Mas se lembra de como era?

– Sim. Eu me lembro de tudo.

– Menos do que importa.

– Menos do que não importa – diz ele, me corrigindo.

Puxo a mão de volta e apoio o braço na maca, ao lado do corpo. Zero fecha os dedos no meu pulso. Coloca-o no lugar, na algema de metal, e ignora meus olhos suplicantes quando a fecha novamente.

– Não entendo – sussurro. – Por que você quer isso?

Zero sorri, achando graça, como se alguém como ele ainda pudesse entender uma emoção tão humana.

— Você já sabe. É a mesma resposta que Taylor teria dado, que Hideo já deve ter dado a você.

— Mas eles tinham objetivos porque são *humanos*, de carne e osso. Taylor queria controle porque a falta dele a assustava. Hideo fez o que fez por amor a *você*. — Eu me inclino para a frente, lutando contra o que me prende, e trinco os dentes. — O que você ganha controlando os outros além da satisfação de fazer isso?

— Liberdade, claro — responde Zero. — Agora, posso fazer qualquer coisa. Entrar na mente de qualquer pessoa. — Ele indica o corredor escuro no mundo que fica além das paredes. — Posso estar em todos os lugares ao mesmo tempo e em lugar nenhum.

De repente, entendo. É o oposto do que Sasuke aguentou nas mãos de Taylor. Quando ele era humano, foi prisioneiro dela, confinado naquela instituição por anos, sujeitado a horrores indescritíveis, até finalmente morrer e sua mente ser presa à dela. Ele sempre esteve sob o controle de Taylor.

Ao tomar o controle de tudo, Zero está recuperando sua liberdade e ainda mais. É a vingança dele contra Taylor por tudo que ela roubou dele.

A morte de Taylor.

— Mas tem mais do que isso — continuo. — Você fez Hideo matar Taylor, não foi? Você providenciou para que ela estivesse com a gente porque *sabia* como Hideo reagiria ao vê-la. Você queria que a criação de Hideo desmoronasse ao redor dele e queria ver Taylor perceber o momento em que perdeu no próprio jogo. — Minha voz fica mais desesperada agora, com mais raiva, quando faço as conexões. — Você a queria morta e queria que fosse Hideo que a matasse.

Zero fica em silêncio. Alguma coisa nas minhas palavras o afetou. Continuo antes que ele possa falar:

— Você queria mostrar a ele como o plano dele era cheio de falhas desde o começo. — Meu coração treme enquanto falo. — Você queria que Hideo percebesse como tinha corrompido o NeuroLink com o algoritmo, e a única forma de poder mostrar isso, a *única* forma de alcançar o irmão que você ama, era forçá-lo a demonstrar na frente do mundo todo. — Respiro fundo. — E isso era porque *Sasuke* queria que você fizesse isso. Porque ele ainda está aí dentro, em algum lugar.

Não sei o quanto das minhas palavras chega a Zero. Talvez não se importe. Ele não passa de uma teia de algoritmos controlando uma máquina, afinal, e o que ainda há de humano nele foi traduzido em código.

Mas Zero fica tenso ao ouvir o nome de Sasuke.

Naquele momento, sei. Tudo que Jax e eu supomos é verdade. Sasuke ainda está lá dentro. Do jeito dele, ele tentou impedir o irmão de se destruir.

– Você não sumiu totalmente – sussurro.

– Você gosta de resolver charadas, não é? – diz Zero.

– Toda porta trancada tem uma chave – respondo.

Zero se vira um pouco, como se estudasse as palavras tatuadas na minha clavícula exposta. Atrás dele, Jax se virou para nos observar, as novas lentes na mão, prontas para serem colocadas nos meus olhos. Não ouso olhar diretamente para ela. Quando vai agir?

Zero se inclina na minha direção, e a presença dele é sufocante.

– Nós não somos tão diferentes, Emika. Seu desejo de controlar e solucionar é igual ao meu. Não tem nada que você gostaria mais do que controlar seu mundo. Todas as coisas terríveis que aconteceram com você foram coisas sobre as quais você não pôde fazer nada. A morte do seu pai. O tempo que passou no orfanato. A traição de Hideo da sua confiança.

Zero faz um gesto casual no ar e, de repente, conjura uma imagem virtual do meu pai parado na sala, o sorriso familiar no rosto gentil, a silhueta na frente da porta, contornada de luz. Ele estica a mão para prender um pedaço de tecido em um bustiê. Consigo ouvi-lo cantarolando.

A visão me agride com a dor precisa de uma agulha. Meu pai olha para mim e sorri, e todo o ar deixa os meus pulmões. Uma parte ilógica de mim se projeta, desesperada para tocar nele. *É ele. Ele é real.*

Não. Não é. Zero está criando a imagem dele na minha frente, mostrando-me como a vida poderia ser se meu pai ainda estivesse aqui. Fica me exibindo o interior do NeuroLink conectado à mente dele, como vai em pouco tempo poder controlar tudo que vejo, tudo no mundo virtual para todo mundo.

– Você não gostaria de ter salvado seu pai em forma de dados pra fazê-lo viver para sempre? – insiste Zero. É uma pergunta genuína, sem sinal de malícia. – Não gostaria de vê-lo presente na sua vida, como eu estou aqui agora? Essa vida parcial é tão ruim?

Não ouso admitir em voz alta que ele está certo. Que as palavras dele me tentam mais do que sou capaz de dizer. É tão ruim? Imagino Zero como Sasuke, um garotinho que poderia viver a versão fantasma da vida dele, crescer e ir à escola, brincar com o irmão e rir com os amigos. Apaixonar-se. Se Zero quisesse, poderia construir essa realidade para si agora, poderia criar uma versão virtual dessa vida para si. Poderia viver um milhão de vidas diferentes.

Afasto o olhar da imagem do meu pai. Lágrimas borram minha visão. Zero está me manipulando. Se botar as lentes novas em mim, pode me prender nessa realidade falsa e me fazer acreditar em qualquer coisa.

– Vai para o inferno – sussurro com um rosnado.

Para o meu alívio, Zero finalmente se afasta de mim. Ele assente uma vez para Jax, que está com as lentes prontas.

– Coloque-as nela – diz ele. – Não tenho tempo pra lidar com esse tipo de resistência.

Jax me encara. Por um momento, acho que vai fazer exatamente o que Zero diz.

Mas a mão dela desliza até a arma no cinto. Em um movimento, ela a puxa, aponta para a porta e atira sem nem olhar direito.

A bala atinge o sensor de emergência.

Toda a iluminação do prédio se apaga ao mesmo tempo. A sala mergulha na escuridão... e é banhada de vermelho quando as luzes de emergência se acendem.

A porta se abre na mesma hora em que um alarme começa a tocar.

Jax aponta a arma para o botão na minha maca, ao lado da minha cabeça, e dispara. Outro tiro perfeito. As algemas de metal se abrem. E quase caio no chão.

Ela aponta para a maca de Hideo e dispara de novo. Livre, ele despenca de quatro no piso.

No brilho escarlate, a silhueta de Zero é um buraco negro ameaçador. Apesar de estar inserido em uma máquina, sinto a surpresa que parte dele.

A adrenalina nascida do terror percorre meu corpo. Eu me levanto e corro até Hideo.

Zero vira a cabeça para Jax.

– Você está com eles – diz ele, a voz baixa e mortal.

Jax não responde. Só o encara com o olhar firme e levanta a arma de novo.

– Não – responde ela. – Estou com você.

E atira nele.

28

Os reflexos de Zero são velozes, sobre-humanos. O corpo dele se inclina para o lado; o tiro de Jax erra o pescoço e o acerta no ombro com o rangido de metal rompendo metal.

Jax dispara de novo, mas Zero pula em cima dela ao mesmo tempo. O segundo tiro acerta a perna dele e gera outra chuva de fagulhas. A perna gira de um jeito estranho, fora de sintonia com a graça dos seus movimentos.

Alcanço Hideo. Ele está tentando se levantar, mas os gestos são lentos porque está lutando com a droga que corre no organismo. Passo o braço dele pelos meus ombros e o forço a se levantar. Nós disparamos para a porta.

Zero se vira para nos deter, mas os tiros de Jax quebraram partes da armadura, o que o faz mancar. Mesmo assim, ele é apavorantemente rápido. Quando chegamos à porta, os dedos de metal de Zero se fecham no tecido da minha camisa.

Jax está em cima dele em um instante. Sob as luzes vermelhas, seus olhos emanam o brilho selvagem de uma assassina. Ela bate no pulso dele com o máximo de força que consegue.

Não é capaz de partir o metal, mas é o suficiente para afrouxar o aperto dele e me deixar passar.

– Por aqui – instrui ela, ofegante, junto ao ruído do alarme enquanto abre a porta e sai para o corredor.

Hideo e eu a seguimos. Atrás de nós, a armadura de Zero se vira na nossa direção.

Os corredores estão banhados de uma luz sangrenta. Da virada à frente vem o som de passos, ficando cada vez mais alto.

Jax me olha.

– Todo mundo neste prédio está sob o controle dele – sussurra ela. – Saiam do instituto. Não vão pela frente, está lotado de guardas lá. Você se lembra da entrada lateral?

Penso no caminho que fiz pelo prédio na minha primeira noite ali e assinto. Ao meu lado, Hideo está recuperando um pouco da força, mas continua apoiado em mim. Nós não vamos conseguir nos mover muito rápido.

– Que bom – diz ela. – Saiam e encontrem um jeito de entrar na mente de Zero. Quando...

Ela para de falar. Olha para trás de mim, e me viro e vejo a silhueta escura de Zero atrás de nós.

Ele apoia a mão de metal na parede. Acima, todos os alto-falantes instalados zumbem de estática, e logo ouvimos a voz grave dele:

– *Vocês estão perdendo tempo.*

Todas as luzes vermelhas do prédio se apagam, e ficamos mergulhados na escuridão total.

Não consigo ver nada, nem mesmo as mãos na frente do meu rosto ou Hideo ao meu lado. Parece que fomos engolidos por um abismo. Ao mesmo tempo, reparo em uma série de cliques nas portas do prédio, o som inconfundível de trancas sendo ativadas.

Posso estar em todos os lugares, Zero havia dito mais cedo. E agora, a mente dele está operando o sistema de segurança do instituto e nos prendendo dentro.

Dos alto-falantes, a voz dele nos envolve na escuridão impenetrável:

– Por que você está fazendo isso? – A pergunta é para Jax.

Jax não responde, mas sinto os dedos dela se fechando no meu braço e me puxando.

– A sala do pânico – diz ela. – É o único lugar no prédio que não está conectado ao sistema digital. Vá até o final deste corredor e pegue o primeiro lance de escadas. Suba até acabar. Quando chegar no último andar, você vai ver duas portas no final do corredor. À esquerda delas há uma terceira, embutida na parede. Você vai ter que abri-la manualmente. Se tranquem lá dentro.

A sala do pânico. Tremaine tentou em vão chegar a essa sala antes de ser pego.

Ouço pela voz dela que Jax não vem conosco.

– Mas você...

– *Vai*. Eu seguro ele. – Não há tom de preocupação na voz dela, não há sensação de medo. Ela fala como no dia em que a conheci: fria e confiante.

Tenho vontade de gritar para ela vir conosco, mas sinto o peso de Hideo aumentar sobre mim quando Jax se afasta. Por cima do ombro, ela diz:

– Por que ainda estão aqui?

Deixo escapar um xingamento baixinho e obedeço às instruções dela. Ligo o sistema de mapeamento.

Na mesma hora, os corredores ao meu redor cintilam com um sistema de linhas que me mostram a disposição dos corredores, como se houvesse uma luz fraca ainda brilhando aqui...

Mas não está normal. Normalmente, quando uso um mapeamento virtual, o sistema consegue se sobrepor a qualquer coisa para guiar o usuário por neblina, chuva ou neve. Mas aqui, Zero deve ter alterado o que o NeuroLink consegue ler sobre o instituto, porque a grade some em áreas nebulosas, os dados incompletos. O prédio deve ter todos os tipos de barreiras virtuais erguidas, o que transforma o corredor em ilusões.

Pelo menos enxergo o contorno de Hideo ao meu lado. Jax mantém-se de costas para nós, o corpo coberto de linhas verdes, e ela está de frente para Zero, uma silhueta completamente escura no meio do corredor atrás de nós.

Anda. Hideo e eu saímos cambaleando. Em algum lugar nos corredores ao redor soam passos de guardas se aproximando, presos sob o feitiço de Zero. Se nos alcançarem, não vamos poder contar com a ajuda de Jax para nos livrarmos deles.

Atrás de nós, Jax grita ao enfrentar Zero:

– Lembra quando você não conseguiu me deixar pra trás?

– Sai do meu caminho, Jax. – Ouço o baque metálico dos passos da armadura e ouso olhar para trás.

Jax levanta as duas armas, gira-as em sincronia e se agacha junto a um lado do corredor, pronta para o ataque de Zero. A pose dela me lembra quando ela apareceu ao meu lado com pés tão leves que parecia prestes a voar.

– É a minha vez agora – responde ela. – E, de uma forma ou de outra, desta vez vamos sair deste lugar juntos.

O peso de Hideo diminui nos meus ombros quando ele consegue reunir forças para se mover sozinho. A mão encontra a minha e, na escuridão, eu a aperto com o máximo de força que consigo. Nós nos obrigamos a continuar.

À frente, o corredor está começando a ficar coberto de neblina virtual, o que dificulta a visibilidade das grades no corredor. Vou mais devagar, a mão apoiada na parede. Pela neblina vislumbro o movimento de sombras, figuras indo para a esquerda e para a direita, outras parecendo estar correndo na nossa direção. Minha testa se cobre de suor.

– Não são reais – sussurra Hideo, os olhos grudados nas sombras no escuro. – A grade não está as envolvendo de verde.

E, realmente, uma das sombras se dissipa em fumaça no instante que chega em nós. *Não são reais.* Fecho os olhos e sigo em frente. Os passos que demos surgem na minha mente em uma lista de números. Será que vamos conseguir chegar à escada? Talvez a gente não esteja nem indo na direção certa...

Minha mão chega à depressão de uma porta. Paro e passo os dedos pela barra de metal que cobre a largura dela.

Eu me jogo contra a porta. Vamos parar na escada, onde a grade do meu visor reaparece abruptamente em linhas claras, delineando os degraus que sobem. No corredor que deixamos para trás, ouço tiros.

Jax.

Eu me obrigo a prosseguir, e Hideo segura o corrimão e sobe o primeiro degrau. Os movimentos dele ainda parecem exaustos, mas pelo menos ele consegue me acompanhar. Nós subimos, subimos, até termos percorrido três lances e a escada acabar. Abro a porta da escadaria e cambaleio em um novo corredor.

A primeira coisa que vejo são duas figuras correndo na nossa direção. Meu olhar registra a grade verde sobre as figuras. *São reais.*

Guardas.

O pensamento me ocorre na hora certa. Eu me agacho e rolo para o outro lado da parede, estico a perna e acerto um nos tornozelos. O homem perde o equilíbrio e cai para a frente com um grunhido.

O segundo guarda se vira e aponta uma arma na minha direção. Desvio e me preparo... mas, um instante depois, ele sai voando quando Hideo o derruba e o joga contra a parede. O guarda dá um soco na cara de Hideo, que reage com rapidez: desvia, gira o braço do homem para as costas e empurra com força.

Um estalo nauseante soa, seguido de um grito de dor. O guarda larga a arma com um ruído alto. Hideo a pega e a prende no cinto, depois corre até mim enquanto me levanto. Ouço o som de mais guardas se aproximando rapidamente atrás de nós.

A sala do pânico deve ficar no fim deste corredor.

Disparamos pelo caminho delineado por grades verdes. À frente, há uma neblina virtual de novo, mas não temos tempo para parar e pensar agora. Nós corremos para o ponto cego.

– Quase lá – digo, ofegante. Mas, quando olho para o lado, a figura verde de Hideo também sumiu e foi engolida pela neblina.

Fico com a mão na parede, tateando em busca das portas. *Hideo*, sussurro por nosso Link. Ele não responde. Tudo que nos conectava foi desligado quando entramos nessa zona?

Uma presença perto de mim me faz esticar a mão.

– Hideo? – murmuro.

Não é ele. É uma silhueta de aço que surge da neblina. *Zero.*

Jax. Ele passou por ela? Deve ter passado. Será que ele... o pensamento surge de repente, terrível demais para ser concluído.

Ele segura meu braço e me joga longe. Voo pelo corredor e caio no chão, de costas. O impacto tira todo o meu fôlego. Arregalo os olhos. Ofego como um peixe fora d'água. Acima de mim, Zero caminha para fora da neblina, o rosto coberto se virando na minha direção.

Eu me arrasto para trás apoiada nas mãos e nós pés, os dentes trincados, chego perto da parede e procuro desesperadamente as portas no fim do corredor.

Nós não vamos conseguir.

Zero levanta um braço e mira em mim. Tento rolar para longe, em vão.

Enquanto me mexo, outra figura se materializa ao meu lado. Hideo. Ele está agachado no chão, os olhos marcados pela grade verde virados para Zero, apertados de raiva. As mãos machucadas estão fechadas em punhos firmes. A voz surge em um rosnado:

– Não toque nela.

Ele se joga em Zero com toda a sua força. É um ataque tão inesperado que derruba Zero, e os dois caem no chão com um estrondo.

– Corre, Emika! – grita Hideo.

Fico de pé e passo a mão pela parede. *Anda, anda.*

De repente, encontro. A forma da primeira porta. E também a da segunda. Paro no contorno de uma terceira porta deslizante. A sala do pânico.

Eu me viro para olhar o corredor. Em meio a áreas de neblina, Hideo e Zero surgem. Zero tem a vantagem da força bruta da armadura de metal, mas Hideo é mais rápido, ágil, enquanto Zero ficou mais lento pelos ferimentos que Jax infligiu. Hideo chuta o peito de metal de Zero e o joga um passo para trás. Zero se recupera rápido demais. Estica a mão, segura o pescoço de Hideo e o empurra contra a parede. Em seguida, levanta o punho e bate na barriga de Hideo.

Hideo solta um grito engasgado.

Procuro a maçaneta da sala do pânico e finalmente a encontro.

– Hideo! – grito quando abro a porta com toda a minha força. Tem mais guardas chegando no começo do corredor.

Hideo olha na minha direção. Ele trinca os dentes, puxa as pernas contra o peito e chuta Zero com o máximo de força que consegue. Uma vez, duas. Na terceira, os dedos de Zero se afrouxam no seu pescoço. É o suficiente para ele se soltar. Hideo se apoia no chão e corre na minha direção.

Estico a mão e seguro o braço dele quando ele se aproxima. Eu o puxo para a sala do pânico. Fecho a porta na hora em que Zero chega à entrada. A última coisa que vejo antes de fechar a porta e nos trancar lá dentro é o rosto coberto de Zero.

Estamos dentro, a porta nos isolando atrás de uma barreira densa de aço.

Caio no chão e me afasto da porta. Do outro lado, há batidas; Zero e os guardas tentando arrombá-la. Mas devemos estar atrás de tantas camadas que é difícil ouvir. Dentro da sala, há painéis cobrindo uma parede, mostrando várias vistas do laboratório. Minha respiração sai em arquejos chiados.

Hideo solta um grunhido baixo atrás de mim. Eu me viro e o vejo encolhido junto à parede, a mão no lado do corpo. Só agora reparo em uma mancha vermelha na camisa.

Eu me ajoelho ao lado dele.

– Merda – sussurro, tocando o braço de Hideo.

Ele faz uma careta enquanto afasta a mão com cuidado para eu olhar o ferimento. Entre os dedos trêmulos e ensanguentados há um corte fundo, provavelmente feito por uma lâmina.

Zero não só o acertou com um soco. Devia haver uma arma afiada embutida na mão dele, pronta para rasgar a pele de Hideo.

– Aqui – sussurro, tentando impedir que minha voz trema enquanto tiro a jaqueta e enrolo na cintura dele. Uma quantidade assustadora de sangue escorre do ferimento.

Hideo solta outro gemido contido quando aperto a jaqueta no corte. A respiração está ofegante e o rosto, branco de choque, coberto de suor. Eu me agacho com ele e seguro a mão ensanguentada, sufocada pelo quanto me sinto impotente. Tudo está desmoronando.

Demoro um segundo para registrar o que Hideo está murmurando.

– Desculpa – diz ele sem parar. – Desculpa. Desculpa.

Meu sonho. A voz baixa, as mãos me puxando para perto. Aperto a sua mão e apoio a cabeça na dele. Fico tensa quando sinto a pele fria e grudenta e olho para ele novamente.

Nossos olhares se cruzam. Os olhos dele estão tão incrivelmente escuros.

– Eu só queria...

– Eu sei – digo com dificuldade, segurando as lágrimas que estão ameaçando escorrer. – Se concentra em respirar. Me dá tempo para entrar na mente de Zero.

Hideo fecha os olhos, e os cílios encostam na pele. Procuro no bolso as lentes que Jax jogou para mim. Finalmente tiro uma das caixas e abro as tampinhas. Olho para as novas lentes que vão me conectar com Zero.

– Faça uma conexão comigo quando conseguir – sussurra Hideo quando volto o olhar para ele de novo. Dá um aceno fraco, mas decidido. Faço o mesmo. Uma das lentes treme na ponta do meu dedo.

Se isso der errado, acabou.

Pego o hack e o deixo pairando na mão de novo, para verificar se ainda está comigo e se permanece intacto na minha conta. Hesito uma última vez. Do lado de fora, um *estrondo* na porta faz a sala toda tremer.

Hideo e eu trocamos um olhar silencioso.

Tiro as lentes antigas e coloco as novas.

Um formigamento percorre meu corpo. *Rápido, agora*, digo para mim mesma enquanto pego o cubo. Antes que o sistema possa me conectar completamente com a mente de Zero, abro o cubo e o deixo rodar.

Ele explode em uma esfera à minha volta. A sala do pânico some.

Encontro meu eu virtual parado no meio de um campo negro. Espalha-se em todas as direções, uma escuridão tangível que força os limites da minha mente e ameaça se fechar como um oceano profundo em volta de um mergulhador. Eu me firmo. Talvez Jax e eu estivéssemos erradas o tempo todo. Nunca vou conseguir impedir que Zero assuma o controle.

Mas a esfera ao meu redor se mantém firme, resiste.

Ao mesmo tempo, uma única porta se materializa na minha frente. Sei na mesma hora que é a que leva à mente de Zero.

É a mente de Zero. Está aqui. Posso entrar. Uma onda de esperança me percorre. Envio um pedido de conexão para Hideo.

Ele não responde imediatamente e, por um momento, temo o pior. *Ele já se foi.*

Mas Hideo aceita. Uma onda familiar das emoções dele chega a mim, e então ele está aqui, parado ao meu lado nessa paisagem virtual. Na realidade virtual, não parece ferido, mas os movimentos estão meio irregulares, como se estivesse sumindo e aparecendo num piscar de olhos, a dor da vida real afetando a conexão com o NeuroLink.

– Conheço essa falha – diz Hideo ao chegar mais perto da porta. – Um dos nossos engenheiros a mostrou recentemente, e encarreguei Kenn de cuidar para que fosse resolvida de forma adequada. – Ele semicerra os olhos à menção do nome do antigo amigo.

– Então ele mentiu pra você – concluo, e Hideo assente com tristeza.

Por dinheiro ou promessas de liberdade, Kenn vendeu a falha para Taylor.

– Pode ser que tudo volte para assombrá-lo – acrescenta Hideo. – E que essa se torne a falha que vai nos salvar.

Apoio a mão na maçaneta da porta.

– Vamos torcer pra isso – respondo.

Abro a porta. Nós dois damos um passo para trás quando ela se desintegra e vira pó, revelando o primeiro vislumbre do mundo da mente de Zero: preto como breu, como olhar para o espaço sideral.

Dou um passo à frente primeiro. Meus pés pairam sobre uma área de nada atrás da porta. Hideo me segue um segundo depois.

A primeira mudança que reparo em mim aqui é que estou vestida da cabeça aos pés com uma armadura preta. Hideo também. Ele fica tão parecido com Zero do pescoço para baixo que a imagem dele na minha visão periférica me provoca calafrios.

Um convite de Hideo aparece no meu visor. `Jogar Warcross?`, pergunta.

Aceito.

A escuridão à nossa volta ondula. Fica borrada em prateado e cinza antes de um mundo virtual finalmente se materializar, um lugar deformado feito da mente de Zero corrompendo as bases de dados de mundos de Warcross no NeuroLink.

Hideo e eu nos vemos parados em uma ponte de pedra, olhando para uma cidade em ruínas que se projeta para cima e para baixo eternamente, nos envolvendo. Tudo está em constante movimento: escadas novas se elevam, escadas velhas se partem em pedaços de pedra, pontes que conectam prédios se formam e se estilhaçam, torres ganham forma e desabam. Há esferas pretas e cintilantes no ar. Sinto uma vontade instintiva de esticar a mão para pegá-las, como se fossem power-ups, enquanto ao mesmo tempo percebo que são minas explosivas que precisam ser evitadas.

Minha armadura também muda, e o equipamento que costumo carregar em um jogo de Warcross aparece, os bolsos e tiras familiares pendurados no meu cinto.

Figuras sombreadas se movem entre os prédios em movimento.

Hideo olha para mim.

– Não vamos conseguir passar por isso só nós dois – diz ele. – Precisamos de uma equipe.

Um sorriso triste surge nos cantos dos meus lábios.

– Nós temos uma equipe.

29

É possível que eu não consiga mais fazer contato com Hammie, Asher e Roshan. Todos eles já estiveram conectados comigo... mas, quando abro meu diretório, parece uma folha em branco e meu estômago despenca. Talvez eles não tenham saído da arena sem serem ligados à mente de Zero.

Então, gradualmente, a página começa a ser preenchida. Listas de nomes. Minha conexão dentro dessa sala do pânico é um pouco mais lenta por causa das camadas grossas de metal ao nosso redor, mas continua presente.

Encontro meus colegas de equipe, cada um envolto em uma luminosidade verde fraca, indicando que estão online.

Asher é o primeiro a responder.

– *Ems* – diz ele, a voz parecendo um sussurro. Um instante depois, aceita meu convite e aparece na ponte ao nosso lado, o avatar vestindo a mesma armadura preta.

Sou tomada de alívio quando o vejo. Apesar de saber que nenhum de nós consegue sentir, eu me adianto e o abraço com força. Ele se sobressalta com meu movimento repentino, mas ri uma vez e me segura com os braços esticados.

– Oi, Capitão – digo em cumprimento.

Ele balança a cabeça para mim.

– Sempre a minha coringa – responde Asher com um sorriso.

Em pouco tempo, Hammie também se conecta conosco, seguida por Roshan. Apesar de tudo, estão todos aqui. Cumprimento cada um, e eles trocam acenos tensos com Hideo.

Asher olha com inquietação para a armadura e observa a cidade em movimento e em mutação à nossa volta.

– Que lugar é este? – sussurra ele.

– É o interior da mente de Zero – respondo. – Temos que encontrar Sasuke, para que eu possa lhe entregar isto. – Mostro os arquivos que Jax me deu, as lembranças e interações dele, da biblioteca.

Hammie troca um olhar com Hideo por um momento, com cautela, depois olha para mim.

– A arena – diz ela com urgência. – Tudo parou… e quando nos demos conta, vocês tinham sumido. Todo mundo lá parece ter sido possuído por um espírito. Acho que tecnicamente é verdade, né?

Hideo troca um olhar comigo. Eu nem tive tempo para pensar em como as pessoas fora do instituto estariam reagindo ao controle de Zero.

– Todo o Tokyo Dome virou um mar de gente em silêncio – acrescenta Roshan. Seus lábios estão apertados de medo, e me pergunto se ele está pensando em Tremaine, preso sob o controle de Zero em uma cama de hospital. Nenhuma enfermeira vai cuidar dele se estiver paralisada. – Nós fugimos da arena e fomos para a casa de Asher, mas, no caminho, vimos o metrô cheio de gente com olhares vazios. Ruas cheias de gente de pé do lado de fora dos carros, se movendo como máquinas. – Ele treme com a lembrança. – Nós vimos um velho na rua que não parecia estar afetado pelas lentes. Podia ser uma pessoa com lentes beta que não foram atualizadas, ou alguma exceção que não usava o NeuroLink. Zero devia ter mandado os outros ao redor o capturarem. Eu o vi sendo atacado por um grupo de pessoas.

Um arrepio percorre meu corpo com a imagem.

– Então não temos muito tempo – declaro. – Este hack é a única coisa que nos protege da mente de Zero, mas isso não quer dizer que ele não vai ter outros meios de ultrapassá-lo para chegar a nós. Não vai haver regras aqui, e ninguém vai declarar falta. Só temos uma chance de jogar o jogo das nossas vidas.

Se Zero conseguir nos pegar, pode tomar o controle das nossas mentes e andar dentro delas, como estamos na dele. E, com o seu poder atual, ele poderia fazer o que quisesse. Apagar algumas partes. E também nos imobilizar e nos deixar sentados em silêncio, olhando para o espaço da mesma forma como fez com todo mundo. Poderia nos abandonar assim para sempre, até morrermos no mundo real. E também nos engolir inteiros se não tomarmos cuidado.

Sinto vergonha porque, mesmo depois de todo esse tempo, ainda fico achando que os Riders vão se afastar e decidir pular fora. Afinal, não é um jogo normal de Warcross. Por que alguém ia querer correr esse risco comigo? Quem se colocaria em perigo ao meu lado?

Mas Asher só solta um assobio ao observar a cidade em mutação. Um brilho aparece em seus olhos, a atração irresistível de um desafio chamando a parte competitiva dele. Ele já tinha me olhado dessa forma durante o Wardraft, quando me escolheu apesar de eu não ter sido testada e não ter ranking.

– Que bom – responde ele. – Eu não ia querer ficar de fora dessa.

Hammie nem hesita e bate no peito duas vezes na saudação tradicional de Warcross.

– Estou dentro – diz ela.

– Estou dentro – ecoa Roshan, os olhos grudados nos meus.

Hideo toca no meu ombro e indica a paisagem ao redor de nós.

– Ele sabe que estamos aqui – diz, avaliando as estruturas em mutação. E indica uma mudança na arquitetura. – Está vendo como já está tentando bloquear os caminhos óbvios com obstáculos? Ele deve estar se protegendo.

Hideo aponta para uma porta embutida na parede de uma torre, sem escadas que levem até ela. Há outras portas em lugares estranhos: embaixo de escadas, em tetos, portas abertas que não exibem nada além de cimento. Portas em toda parte. É vertiginoso, o efeito exato que Zero quer.

Mas a mão de Hideo para na direção de uma última torre. Mal consigo ver a porta solitária no teto plano, a entrada quase totalmente escondida por pilares. Há esferas pretas pairando nas beiradas da torre, espiralando ao redor em um padrão silencioso. Há uma escadaria de pedra na lateral da torre, do topo até o fim da ponte onde estamos.

– Ali – diz Hideo para nós. – Tem um caminho até aquela porta, apesar de ele estar tentando escondê-lo. Pode ser nossa passagem.

– Como você sabe? – pergunta Roshan. – Por que Zero nos daria uma passagem para qualquer lugar?

Hideo se vira para ele.

– Porque não é Zero – responde. – É Sasuke nos chamando. Reconheço o jeito dele de pensar aqui, elaborando um caminho em meio a isso tudo.

Olho na direção da porta. Agora vejo. É uma paisagem de duas mentes lutando uma contra a outra.

– Então a gente sobe por ali? – pergunta Asher. Ele já está tentando pensar em como fazer isso.

– A gente sobe por ali – confirma Hideo.

Um clique atrás de nós me faz virar. Na escuridão, uma forma que me lembra Zero se materializa: não passa de armadura preta, da cabeça aos pés. Uma segunda surge ao lado, seguida de uma terceira. Deve haver uma dezena desses bots de segurança saindo das sombras na nossa direção.

Eles não parecem saber exatamente onde estamos, mas ficam virados na nossa direção. Quanto mais se reúnem e começam a se moverem mais rápido, saio correndo na direção da torre com a escada.

– Vamos! – grito.

Nós saímos correndo pela ponte. Quando o mundo à nossa volta sente nosso movimento, um trovão soa no alto, e levanto o rosto e vejo nuvens pretas se formando entre as torres que desaparecem no céu. Relâmpagos explodem entre elas.

Um acerta um prédio à nossa frente. Solta um pedaço de cimento da lateral da estrutura, que cai na direção da nossa ponte. Nós paramos de repente quando o pedaço de cimento cai no nosso caminho e bloqueia a passagem até a torre, espalhando destroços para todo lado.

Se é Sasuke quem está criando o caminho para nós, é Zero quem está tentando destruí-lo.

– Pra trás! – grito enquanto tiro uma das bananas de dinamite do cinto. Corro até o cimento, acendo a dinamite e a jogo na base. Em seguida, recuo o máximo que consigo.

A explosão sacode a ponte, e sou jogada de cara no chão. Pedra e poeira voam em todas as direções quando o pedaço de cimento se desintegra. Aperto os olhos enquanto me levanto e corro para me juntar aos meus colegas. Quando me aproximo, eles surgem da nuvem de poeira com os bots de segurança logo atrás. Dois estão se aproximando rápido.

– Anda, anda! – grita Roshan para mim, acenando para que eu acompanhe os demais, que estão correndo pela ponte agora sem o obstáculo. Ele para de repente, e sua perna faz um semicírculo quando se vira para encarar as figuras que se aproximam.

Seus antebraços se erguem em uma cruz. Um escudo azul luminoso explode deles. Ele pula na direção da primeira figura e a empurra com toda a força que tem.

O bot sai voando com o impacto do escudo de Roshan e desmorona em um estrondo de metal até cair pela beirada da ponte e desaparecer. Roshan separa os braços – o escudo único se divide em dois, um preso em cada antebraço. Com força, ele bate com um dos escudos na segunda figura que se aproxima correndo.

O golpe é tão forte que a figura desmorona. Seu peito afunda quando ela cai com um estrondo pesado.

O escudo de Roshan some quando ele baixa os braços e se vira para nos alcançar.

Nós nos aproximamos da base da escadaria da torre, e ela treme. Meu olhar percorre a escada do alto da torre até o chão. Quando estou olhando, um pedaço enorme de pedra se solta da base, cai e se desfaz em pedacinhos. Mais rachaduras surgem na escadaria.

Nós paramos de repente na base quebrada. A escadaria intacta está acima de nós, alta demais para alcançarmos. Vai ser impossível subir assim. Enquanto olhamos, novas fissuras surgem na lateral da torre.

Hammie abre um sorriso quando vê isso. Onde outros podem ver desvantagem, ela vê um lugar para apoiar os pés.

– Você consegue? – pergunta Asher a ela. Enquanto ele fala, algumas fendas se alargam, outras se apertam, e novas surgem na pedra.

Hammie nem hesita.

– Sem problema nenhum.

– Eu vou com você – digo, soltando a corda no cinto. Jogo uma ponta para ela, que amarra na cintura. – Quando chegarmos na escada, vamos descer a corda.

– O que é isso, outra competição entre nós duas? – Hammie me lança um sorrisinho atravessado e pula na torre. Os dedos entram na primeira rachadura da parede e ela se ergue. – Sabe que vou ganhar de você.

– Deixo você me ganhar dez vezes seguidas se conseguirmos ir mais rápido do que essa parede rachando! – grito para ela e a sigo, a corda pendurada entre nós. Começo a escalar.

Abaixo de nós, Hideo se vira para olhar os bots de segurança passarem no local de onde tirei o pedaço de cimento – eles saem correndo para a base da torre. Hideo se vira para enfrentá-los, puxa a lâmina pendurada no lado do corpo e a gira uma vez. Asher e Roshan também se preparam.

Olho para onde Hammie está, trinta centímetros acima. Uma das fendas em que se apoia se fecha de repente como um zíper e quase corta os dedos dela. Ela solta bem a tempo e cai.

Puxo uma das minhas facas e a enfio no buraco que estou usando, me agarrando com força à parede. A corda entre nós é esticada; quase me leva junto com ela, mas minha faca aguenta, e Hammie para a uma certa distância abaixo. Na mesma hora, ela volta até a parede e encontra apoio.

Continuo subindo. A escadaria intacta está visível. Vou me aproximando e dou um salto enorme. Meu tronco bate na escada e a metade de baixo do meu corpo fica pendurada. Tateio até meus dedos encontrarem uma rachadura sólida e me ergo. Hammie vem logo depois.

Abaixo, Hideo pula no primeiro bot que os alcança e corta o corpo metálico ao meio com uma chuva de fagulhas.

Hammie solta a corda que a amarrava e a joga para baixo. Ela passa os braços na minha cintura.

– Pronto! – grito para nossos amigos lá embaixo. – Venham!

Roshan sobe primeiro, seguido por Asher. Hammie e eu nos deitamos na escada para facilitar a subida de cada um, puxando-os. Hideo é o último. Ele pula para pegar a corda e quase tem a perna agarrada por um dos bots. Estico a mão e seguro o braço dele para que suba mais rápido.

Nós corremos escadaria acima. No caminho, o mundo ao nosso redor treme de novo. Raios vermelhos de luz surgem de repente de um dos telhados das outras torres e percorrem a cidade em movimento como holofotes de prisão. Eu me concentro na subida. Os degraus racham sob os nossos pés.

Hammie chega ao alto primeiro. A porta cintila em azul nas beiradas, um contraste surpreendente com os arredores escuros.

Ela empurra a porta luminosa, que nem se mexe.

– Acho que precisamos de uma chave, sei lá – murmura, e empurra de novo. Nós a ajudamos a fazer força, mas a porta nem treme. Olho para a escada, e alguns degraus se desintegraram. Olho novamente para a passagem trancada. Há dois buracos redondos, um de cada lado.

Hideo se afasta da porta primeiro.

– Reconheço algumas dessas peças. – Ele indica as esferas pretas pairando no ar, e quando olho melhor, reparo que cintilam em escarlate e safira profundos.

Na mesma hora sei o que ele quer dizer. São do jogo que Sasuke inventou com Hideo, quando eles foram ao parque e jogaram ovos de plástico vermelhos e azuis por toda a grama e correram para recuperá-los. Na ocasião em que Sasuke foi sequestrado. Restos dessa lembrança estão espalhados aqui, distorcidos em um pesadelo.

Olho para os buracos na porta. São os vãos onde as esferas se encaixam, remetendo à forma como Hideo e Sasuke jogavam.

– Precisamos pegá-las – diz Hideo. – Uma vermelha, uma azul.

Hammie olha para as esferas flutuantes. Indica a mais próxima e, antes que alguém possa impedi-la, se agacha nos degraus e pula para o lado, voando no ar em um piscar de olhos.

– Espera...! – Hideo começa a gritar.

Ela pega a mais próxima, gira no ar e a enfia no bolso. Quando cai, joga a corda e a prende em uma rachadura na escada. Balança em um arco na torre e para abaixo de nós.

– Peguei uma! – grita ela.

Todos os holofotes vermelhos se viram para nós e nos banham numa luz escarlate. Uma buzina ensurdecedora ecoa na paisagem.

Era uma armadilha. As esferas são necessárias para passarmos pela porta, mas fazer contato com elas também alertou Zero do local exato onde estamos.

– Sobe! – grita Asher para Hammie na hora em que vemos um enxame de bots de segurança se amontoar na base da torre.

Hammie não perde nem um segundo. Começa a subir pela corda o mais rápido que consegue. Roshan desce a escada dois degraus de cada vez na direção dela, mas os bots estão indo tão rápido que sei que vão alcançá-los antes de Hammie conseguir voltar para nós.

Olho para Hideo e jogo para ele a minha ponta da corda. Ele a pega. Em seguida, desço na direção de Hammie e Roshan. Mas os bots estão se aproximando rápido demais; vão chegar neles antes de mim. Abaixo, Roshan alcançou Hammie e se posicionou na frente dela enquanto ela sobe até a ilha solitária de um degrau. Ele aperta os olhos para os bots que se aproximam e cruza os antebraços. O escudo aparece.

Os bots se chocam contra o escudo. Roshan faz uma careta enquanto resiste, as botas fazendo força nos degraus de pedra, tentando em vão impedi-los de o empurrar pela beirada. Hammie se levanta e corre escada acima na nossa direção.

O escudo de Roshan não aguenta mais os golpes. O círculo azul luminoso treme quando os bots se jogam novamente nele e se apaga. Grito. Eles o atacam.

– *Ei!*

Viro a cabeça ao ouvir a voz de Asher. Ele pulou da escada e pegou outra esfera. Metade dos bots de segurança muda de direção e vai atrás dele, enquanto os outros ficam mais lentos por um momento, dando a Roshan tempo de se virar e correr pela escada atrás de Hammie.

Passo correndo por eles quando chegam a Hideo no alto. Roshan me olha.

– Aonde você vai?! – grita ele.

Não respondo na mesma hora. Apenas paro ao lado de Asher, me agacho e pego uma banana de dinamite no meu cinto de utilidades. Eu a coloco no degrau, bem na frente dos bots.

– Vai! – grito para Asher.

Ele entende o que estou fazendo. Quando me viro, Asher faz o mesmo, e corremos escada acima enquanto a dinamite explode atrás de nós.

A explosão nos faz cair de joelhos. Atrás de nós há um buraco na escada, tão grande que impede que os bots nos sigam. Eles se reúnem na beirada; não vai demorar para que comecem a pular o vão.

– Coloquem nos buracos! – grita Asher. Hammie e Roshan pegam as duas esferas e as enfiam nos buracos dos dois lados da porta.

Os bots estão subindo, se agarrando, seguindo por cima do vão na escada. Vindos a toda na nossa direção.

A porta se abre. Hideo segura meu braço. Os bots estão quase em cima de nós.

Hammie atravessa a passagem às pressas, seguida de Roshan. Hideo me empurra pela entrada. Ao nosso lado, um dos primeiros bots a nos alcançar agarra o braço de Asher, os dedos de metal se fechando em um aperto forte. Ele chuta o peito do bot – os dedos se soltam, e Asher se joga pela passagem. Eu me viro na hora em que Hideo consegue entrar e fechar a porta, quando um bot se aproxima.

Nós caímos no chão. Meu coração está tão disparado que me vejo apertando o peito, como se isso fosse me ajudar a respirar.

– Bem – diz Asher, ofegante, quando nos olha. – Isso foi diferente.

Hideo faz uma careta e se apoia na porta. O rosto dele está pálido como o de um fantasma, espelhando como deve estar se sentindo na vida real, e sei que ele está ficando mais fraco pela perda de sangue. A imagem do corpo dele treme de leve. Pisca e se solidifica de novo.

Corro até ele e toco em seu braço. Estamos ficando sem tempo, e o ferimento dele é nosso relógio, marcando o tempo que nos resta. Hideo abre um sorriso fraco que mais parece uma careta. Em seguida, indica o novo lugar onde fomos parar.

Hammie desaba em cima de Roshan e solta o ar. Sinto minhas mãos tremendo no colo. Quando olho ao redor, percebo que estamos sentados em um espaço branco luminoso, sem paredes e sem teto. Onde estamos?

Meus pensamentos são interrompidos por um arquejo intenso de Asher. Eu me viro e o vejo segurando o braço, onde o bot o tocou. Seus olhos estão apertados.

– Ash – diz Hammie. – Você está bem?

Asher não responde. Seu braço treme, toda a cor some do rosto dele. De repente, ele arregala os olhos: suas íris não estão o azul de sempre, mas de um prateado perturbador.

O mundo vazio e branco ao nosso redor oscila e é substituído por um momento por um novo ambiente. De repente, estamos no interior de uma casa. Há corrimões de ferro retorcido, vasos de bicos-de-papagaio e vidro quebrado por todo o piso de madeira.

Eu me encolho instintivamente. Hammie estica a mão para Asher, mas eu a puxo.

– Não toque nele – aviso.

– O que aconteceu com ele? – pergunta Roshan.

Hideo já entendeu.

– Quando aquele bot de segurança tocou em Asher, Zero encontrou o caminho de entrada.

Zero atravessou a criptografia de Asher e entrou na mente dele. Aquele devia ser um mundo construído pelas lembranças de Asher.

Nós olhamos horrorizados, e o mundo ao nosso redor continua exibindo uma das lembranças de nosso amigo. O garoto descendo a escada correndo não é Asher, mas seu irmão Daniel, inconfundível com o cabelo louro-escuro e olhos azuis penetrantes. Quando chega ao pé da escada, ele empurra Asher na cadeira de rodas com tanta força que bate na parede.

– Aonde você está indo agora? – pergunta Asher. Ele parece mais novo, como se isso tivesse acontecido oito ou nove anos atrás.

Daniel não responde. Só se vira e segue para a cozinha. Ao ver isso, a voz de Asher se enche de raiva.

– Quer saber? Não me diga. Não preciso saber tudo sobre a sua vida se você está cagando pra minha.

Ao ouvir isso, Daniel se vira. Ele se parece muito com Asher, os olhos acesos com o mesmo fogo.

– Você não precisa que eu ligue pra você – diz ele com rispidez. – Já não tem atenção suficiente?

– Não é porque você está ignorando o divórcio que isso quer dizer que não está acontecendo.

– E o que você está fazendo? Jogando Warcross no quarto?

Asher semicerra os olhos, e sua expressão fica fria e severa de repente.

– O que você faz de tão melhor? Você pode até ter alguns fãs, mas são as minhas vitórias locais que botam comida na mesa.

Isso parece acertar Daniel tão em cheio que Asher hesita e aperta os lábios, como se soubesse que foi longe demais.

Daniel vai até Asher, apoia as mãos nos braços da cadeira de rodas e se inclina até o rosto do irmão.

– Você não vai conseguir – diz ele. – Nunca vai ser alguém. Você fica se dedicando a esse jogo inútil como se realmente achasse que vão escolher você como coringa.

Asher não responde. Ele puxa a cadeira, força Daniel a se afastar e dá as costas ao irmão.

Quero sair deste lugar agora mesmo. Quero tirar as lentes e ver a sala do pânico ao meu redor em vez dessa paisagem mental deturpada. Não quero saber que, em algum lugar por aí, Asher está sentado em sua cadeira, totalmente alheio ao que está acontecendo ao redor.

Ainda estou com a mão no ombro de Hammie. Ela parece tão tensa que é capaz de se partir.

Hideo se levanta.

– Se vocês o querem de volta, nós temos que ir.

Afasto o olhar dos olhos vazios de Asher, viro-me de costas e, junto com os demais, sigo em frente.

30

Em pouco tempo, encontramos a outra porta flutuando na brancura vazia do espaço. Chego primeiro, coloco a mão na maçaneta e a giro com cuidado. Eu a atravesso, e os outros vêm atrás.

Entramos em uma rua movimentada e molhada de chuva em Tóquio. Reconheço o lugar na mesma hora: a estação Shibuya, ao lado do grande cruzamento que eu via da janela do hotel. Ao nosso lado está a estátua do cachorro Hachikō, onde as pessoas param e esperam amigos. Ao nosso redor há uma multidão em movimento.

Pisco, surpresa com a mudança. Há gente por toda parte: encolhidas embaixo de guarda-chuvas coloridos, usando máscaras e chapéus, vestidas de casacos e botas, com sombras nos olhos. Carros passam em poças e, acima de tudo, há propagandas luminosas nas torres, exibindo pessoas sorridentes segurando loções e cremes.

Ao meu lado, Hammie quase parece relaxar com o que vê. Eu também sinto: é como se estivéssemos aqui em vez de na mente de Zero, andando em uma ilusão. Mas os olhos de Hideo estão apertados, e ele troca um olhar rápido de cautela comigo.

Roshan franze a testa para a cena.

– Isso não está certo – diz.

Só depois que ele fala é que percebo o que também está me incomodando. A cena não é muito precisa. Algumas lojas não deviam estar aqui, enquanto outras estão na ordem errada na rua. É como se Zero (ou Sasuke) não conseguisse se lembrar direito.

Mas o que se destaca mais é que as pessoas andando não estão dizendo nada. Só ouvimos o movimento de pés, o barulho de carros e o som das propagandas. Deve haver milhares de pessoas, mas ninguém fala coisa alguma.

Engulo em seco. Hideo estica o braço e nos diz para ficarmos perto.

– Devemos estar quase lá. Eu me lembro disso – diz ele, o olhar grudado nas propagandas. – Nossos pais nos trouxeram aqui hoje para que Sasuke e eu comprássemos botas novas. Aquele trailer. – Ele indica uma tela gigante curvada em torno de um café de dois andares que agora mostra a divulgação de um filme. – Eu tinha oito anos quando aquele filme saiu. Sasuke tinha seis.

Hideo está certo. Não são mais só as engrenagens da mente artificial de Zero. Estamos dentro de uma lembrança distorcida na mente de Zero, percebo, um fragmento alterado do que já foi de Sasuke.

Roshan para ao meu lado enquanto olhamos para as pessoas nos observando com seus rostos cegos. As cabeças estão inclinadas na nossa direção, e elas se aproximam.

– Bots de segurança – sussurra ele.

Assim como os que enfrentamos antes... só que esses estão disfarçados de pessoas comuns.

Hideo começa a nos fazer andar com cuidado.

– Não deixem que nenhum toque em vocês.

– Você sabe pra onde a gente tem que ir? – pergunto.

– Sei. – Ele indica uma loja de departamentos ao lado do café, onde uma funcionária distribui cupons para atrair potenciais clientes. Quando andamos cuidadosamente pela multidão, vejo um casal de mãos dadas com dois meninos pequenos, ambos com o pescoço virado para o trailer de filme passando na tela acima.

Meu coração dá um nó quando os reconheço. São Hideo e Sasuke.

Nós passamos por eles, mas não consigo ver seus rostos. Quando olho para a frente novamente, a família ainda está caminhando adiante, como se tudo tivesse reiniciado. É uma lembrança perpétua que se repete.

Hammie esbarra em mim por trás. Eu a vejo lançando olhares desconfiados para as pessoas andando ao redor.

– Uma pessoa pulou na minha direção – sussurra ela, acelerando o passo.

– Zero está caçando.

Depois do que aconteceu com Asher, Zero devia saber que o resto de nós está aqui, em algum lugar. Estico a mão para Hammie e a encaro.

– Tocaram em você?

– Não, acho que não – murmura ela, apesar de estar massageando o cotovelo. – Ela só roçou na minha manga, só isso.

Meu coração se contrai.

– Ela roçou na sua manga? – digo, mas Hammie afasta o olhar de mim e se concentra em alguma coisa na multidão à nossa frente. Seus olhos se arregalam.

– Ei. *Ei!* – grita ela para a aglomeração, sobressaltando a todos, e, de repente, começa a abrir caminho entre as pessoas.

– Hammie! – grita Roshan. Mas ela já saiu andando para longe da loja de departamentos.

– É a minha mãe – ela diz, sem fôlego, olhando para nós com expressão de choque. – É a minha mãe! Bem ali! – Hammie se vira e aponta para uma mulher usando um uniforme da força aérea, com pele escura e cachos como os dela. – O que ela está fazendo aqui? Como Zero sabe como ela é?

Saio correndo. Hideo também, apesar de nós dois sabermos que é tarde demais. É impossível ir tão rápido quanto Hammie sem esbarrar em ninguém. Mais pessoas que estão passando olham para nós; outra pessoa se inclina, de repente, na direção de Roshan, fazendo-o desviar do toque por pouco.

Hammie!, quero gritar, mas estou com medo de chamar mais atenção.

Nós finalmente a alcançamos. Ela está parada no meio da rua agora, o olhar vazio, sem enxergar, a postura reta como uma vara, a expressão totalmente oca. Acima de nós, a propaganda enorme some e é substituída por uma coisa que só pode ser das lembranças de Hammie.

São duas garotas, os cabelos cacheados escondidos embaixo de gorros. A menor das duas está na cama, gargalhando alto enquanto o pai tenta em vão ajustar o gorro. A mais velha – Hammie, ao que parece – está mais quieta, sentada a uma mesinha quadrada na frente de uma pessoa que deve ser a mãe delas. As duas estão concentradas em um jogo de xadrez. Vejo a mãe mover as peças em intervalos de segundos, ao mesmo tempo que Hammie faz cara feia e se mexe com frustração enquanto tem dificuldade com suas jogadas.

– Por que você tem que ir de novo amanhã? – murmura Hammie quando perde a torre para o bispo da mãe.

– É! – grita a irmã mais nova na cama com voz cantarolada, enquanto entorta o gorro de propósito outra vez, fazendo o pai dar um suspiro afetuoso. – Por que você tem que *ir*?

– Para de me imitar, Brooke, que saco – diz Hammie com rispidez para a irmã, que ri em resposta.

– Não vou ficar muito tempo. – A mãe se encosta na cadeira e cruza os braços. O uniforme da força aérea está decorado com várias medalhas. Quando Hammie finalmente escolhe um bom lugar para botar a rainha, a mãe assente em aprovação. – São só algumas semanas. Vocês podem até ir à base se despedirem de mim se quiserem.

Brooke começa a protestar quando o pai ajeita o gorro novamente. Hammie afasta o olhar da mãe.

– Você voltou ontem – diz ela.

O pai ergue a sobrancelha com expressão severa.

– Hammie. Pare de fazer sua mãe se sentir mal. Preparei tantos deveres de casa de matemática que você deve passar a semana que vem toda ocupada. Sempre posso passar mais. Essa vai ser sua última reclamação. Entendeu?

Hammie abre a boca, mas a fecha com mau humor.

– Sim, senhor – murmura ela.

A mãe sorri quando vê a expressão da filha.

– É uma coisa boa – diz ela em provocação. – Como não vou estar aqui, você vai finalmente poder ganhar uns jogos de xadrez. Quem sabe até vai dificultar minha vitória no nosso próximo jogo.

Hammie se empertiga, um sorrisinho surgindo nos cantos da boca, e, de repente, fica com a expressão da colega de equipe que conheço. O brilho nos olhos da mãe parece alimentá-la.

– É, você vai se arrepender. No próximo jogo, seu rei vai ser meu.

– Ah, agora você está falando bonito. – A mãe ri uma vez, o som cheio de calor. – Escuta. Cada vez que você jogar com alguém, finja que está jogando comigo. Combinado? Isso deve te motivar a fazer o melhor possível.

A jovem Hammie assente.

– É uma droga, mas vou me esforçar.

– *Hammie* – diz o pai em tom de repreensão. – Olha a linguagem. Quantas vezes tenho que repetir? – Brooke começa a rir.

Hammie pode ser nova demais para entender, mas sei o que a mãe dela está fazendo: lembrando a ela que o jogo as conecta, que a mãe está presente mesmo quando não está.

A cena muda de novo para o meio da noite, com Hammie sentada à luz de uma lanterna em frente à mesinha de xadrez e jogando em silêncio sozinha, a testa franzida de determinação.

Finalmente, a lembrança desaparece e é substituída novamente pelo trailer se repetindo infinitamente.

Hammie continua paralisada no mesmo lugar.

Preciso de todo o esforço do mundo para não esticar a mão e a puxar para perto de nós. Afasto o olhar e sinto meu coração se partir um pouco.

– Vem – digo por entre os dentes, a mão no braço de Roshan. Ele cambaleia um pouco quando passamos, como se também quisesse puxá-la, mas obriga o rosto a voltar-se para a frente novamente.

Hideo caminha conosco, virando o corpo para um lado e para o outro conforme atravessa a multidão. Quando olho para ele, a expressão está pétrea.

Eu não devia tê-los trazido aqui. Não entendia como seria perigoso navegar pela mente de Zero.

Mas é tarde demais para ficar pensando nisso.

Finalmente chegamos à entrada da loja de departamentos. A modelo sorri para nós com a expressão vazia. Ela nos entrega um cupom, mas, diferentemente de todos que estão entrando na loja, não ouso tocar no papel. Nem Hideo e nem Roshan.

O sorriso dela desaparece. De repente, ela ergue a voz. É um grito de aviso.

E todo mundo ao nosso redor começa a correr na nossa direção em velocidade assustadora.

– Ele nos encontrou! – grita Hideo por cima do ombro. – Corram! – Ele segura meu pulso e me puxa. Roshan dispara à frente.

Uma porta no fim do piso brilha, e seguimos para lá. As pessoas atrás de nós continuam se aproximando, ainda sem expressão e sem palavras.

Hideo chega à porta e a abre. Nós entramos correndo. A última coisa que vejo quando olho para trás são incontáveis rostos determinados vindo na nossa direção. Bato a porta e isolo todos do outro lado.

Estou tremendo. Hammie se foi. Asher também. E, se não chegarmos logo ao fim disso, se não devolvermos a mente de Zero a Sasuke, eles podem nunca mais voltar.

Depois da agitação estranha e muda da ilusão de Shibuya, essa rua parece calma, tranquila e escura, iluminada só pelos postes e por uma faixa de luz dourada ocasional saindo das casas.

É a rua onde os pais de Hideo moram, mas tudo parece diferente à noite, e uma neblina sutil paira ao nosso redor.

A respiração de Hideo forma pequenas nuvens no ar enquanto ele olha para a casa.

— Foi antes do meu pai plantar o abeto no jardim da frente — diz ele com a voz baixa. — A porta também está de cor diferente.

Eu me recordo disso. Quando visitei a casa dele, a porta estava pintada de vermelho-escuro, mas na Lembrança que Hideo tinha me mostrado de seu eu mais novo voltando correndo para casa a porta era azul. É a cor que vejo agora.

Hideo hesita, como se estivesse com medo de chegar mais perto. É um pesadelo no qual ele nos prendeu, da mesma forma como Zero já usou minha pior lembrança contra mim.

Roshan começa a andar na direção da casa.

— Emi — diz ele com a voz baixa —, você e Hideo fiquem aí. Eu tenho meus escudos. Vai ser mais seguro pra vocês dois assim. Sem dúvida também há bots de segurança aqui.

Hideo balança a cabeça uma vez e se adianta.

— Cuida da Emi — responde ele, e passa a mão pela cena. Um menu aparece. — Sou uma parte tão integral dessa cena que vou me mesclar a ela com facilidade. Zero não vai me encontrar.

Nós seguimos até a casa. Quando nos aproximamos, ouço o som de vozes abafadas lá dentro, o sussurro reconhecível da mãe de Hideo e a voz grave e baixa do pai. Hideo se aproxima de casa, abre a porta e nos leva para dentro.

É um espaço quente e reconfortante, tão arrumado quanto lembro, só que sem as esculturas que o pai de Hideo faria mais tarde para relembrar Sasuke. Na verdade, ainda há fotos de Sasuke nas paredes, retratos dele com Hideo e os pais. A lembrança devia ser de quando ele ainda estava em casa.

– Hideo-*kun*!

Nós nos viramos ao mesmo tempo ao ouvirmos a mãe de Hideo entrando na sala. Ela está bem diferente de quando a vi em pessoa: aqui, parece o sol original em vez da sombra, com costas eretas e um brilho arguto nos olhos, o sorriso alegre e energético. É um tanto doloroso vê-la assim, antes de Sasuke desaparecer.

Ao meu lado, Hideo faz um movimento instintivo na direção dela, mas se obriga a parar. Ele fecha as mãos nos lados do corpo. Sabe que isso não é real.

O piso abaixo de nós treme por um momento. Roshan se encosta na parede e troca um olhar de cautela com Hideo, que já está fazendo sinal para recuarmos.

A mãe dele para com a testa franzida ao ver o filho hesitando.

– Qual é o problema? – diz ela, e consigo entender pela tradução. Olha para a cozinha e faz sinal para alguém se aproximar. – Vem ajudar seu irmão.

E pisco. Nesse momento, a mãe de Hideo some, como se nunca tivesse estado ali. Hideo olha para a pessoa que sai da cozinha, que não é Sasuke. É Zero. A armadura preta brilha na luz fraca, e ele inclina a cabeça de leve para nós. Abaixo de nós, o chão treme mais.

Ele olha diretamente para Roshan, para Hideo e para mim.

– Aí estão vocês – diz ele, a voz grave e fria.

Zero não devia conseguir nos ver por trás da nossa criptografia sem tocar em nós. Devíamos ser invisíveis para ele. Mas aqui está Zero, ou uma representação dele, ou um proxy. Seja o que for, sabe que estamos aqui.

– A casa – murmura Hideo na mesma hora que me dou conta. Desta vez, a armadilha foi a casa toda, e nós três fomos expostos assim que entramos.

Zero volta a atenção para o irmão. Então avança.

Roshan se move antes que eu consiga. Levanta os antebraços em cruz, e um escudo azul luminoso surge na frente dele e de Hideo. Zero se choca contra o escudo, e a força do choque parte o escudo no meio. Zero segura Roshan pelo pescoço e o joga na parede.

Roshan ofega enquanto luta. Pulo na direção deles para puxar Zero, mas Hideo segura meu pulso.

– Sasuke – diz ele com um grito rouco e furioso. – *Para com isso.*

Zero olha para Hideo.

– Sei por que você está aqui. Sei o que está procurando. – Ele solta Roshan, que desaba no chão e leva a mão ao pescoço.

Corro para perto dele, mas Roshan ergue o braço, um aviso para eu ficar longe. Ele já está ficando lento, os olhos vazios e sem emoção. E deixa a mão pender. O mundo ao meu redor pisca brevemente com uma lembrança.

É de Roshan esperando no quarto do hospital em que Tremaine está descansando, com vários fios ligados ao corpo. Roshan, com a cabeça apoiada nas mãos, os cotovelos afundando na cama. Em volta de uma das mãos estão as contas do terço, e agora ele passa o polegar por cada esfera turquesa inconscientemente. Os cachos escuros estão emaranhados, prova de que os dedos foram passados por eles com ansiedade.

Volto o olhar para Tremaine. O ferimento está como lembro, a cabeça ainda enrolada em camadas grossas de gaze. Ali perto, na sala de espera adjacente, os outros Riders e Demons estão finalmente encerrando a noite e deixando o prédio pela escada.

Essa lembrança é da noite depois que saí do hospital e fui ver Hideo.

O quarto está silencioso, exceto pelos bipes regulares do monitor. Quando olho melhor para Roshan, vejo que ele segura um pedaço de papel amassado na mão. É uma lista de datas rabiscadas com pressa, todas de alguns dias no futuro, um após o outro: consultas de acompanhamento e uma nova cirurgia e fisioterapia. Talvez sejam momentos essenciais no tratamento que Tremaine precisa cumprir, datas em que Roshan planeja estar aqui no quarto.

Primeiro, acho que Tremaine ainda está inconsciente... mas sua boca se mexe um pouco, os lábios se abrindo, rachados. Roshan levanta o rosto das mãos e encontra o olhar de Tremaine por baixo das ataduras pesadas. Os dois se encaram e trocam um sorriso torto. Agora vejo como os olhos de Roshan estão inchados, com olheiras escuras.

– Você ainda está aqui – grunhe Tremaine.

– Vou embora daqui a pouco – responde Roshan, embora eu saiba que não está falando sério. – Essas cadeiras são a coisa mais desconfortável em que já sentei.

– Você e sua bunda sensível. – Apesar de tudo, Tremaine ainda consegue revirar os olhos. – Você também reclamava da minha cama no alojamento dos Riders.

– É, era horrível. Se já houve um motivo pra você sair dos Riders, esse motivo só podia ser aquela cama horrorosa.

Há uma pausa.

– Onde está Kento? – pergunta Tremaine.

Ao ouvir isso, Roshan se encosta na cadeira e as contas do terço voltam para o pulso.

– Está a caminho de Seul com dois colegas de equipe – responde ele. – Precisa chegar a tempo da parada em homenagem a eles. Ele desejou melhoras.

Tremaine não responde com nada além de uma tosse, que o faz apertar as pálpebras de dor. Depois de outro silêncio prolongado, Roshan apoia os cotovelos de novo na cama.

– Emi mandou você ficar longe dos arquivos do instituto – diz ele.

– Não foi meu hack que me expôs – responde Tremaine. – Eu tropecei em uma porcaria de planta no corredor, e o vaso virou e quebrou. Merdas assim acontecem.

– É, mas tem um limite pra alguém levar bala na cabeça e sobreviver. – Roshan franze a testa e olha para baixo novamente. Não fala, mas sinto a raiva no maxilar contraído, as mãos bem apertadas.

– Em que você está pensando? – pergunta Tremaine baixinho.

Roshan balança a cabeça.

– Estou pensando que sinto muito – responde ele.

– E por que *você* sente muito?

– Por pedir que você ajudasse Emi. Fiquei com medo de ela fazer as coisas sozinha de novo e não contar nada pra ninguém. Eu não devia ter botado essa ideia na sua cabeça.

Tremaine solta o ar em uma baforada.

– Se você não tivesse falado nada, eu teria feito mesmo assim. Você acha que um caçador vai ficar longe da maior caçada de sua vida? Para com isso. Não se dê tanto crédito.

Os olhos de Roshan estão úmidos de novo, e ele passa a mão apressadamente no rosto.

– Você quer mesmo saber o que estou pensando? Estou pensando que todo mundo já foi embora e eu fiquei, ainda ao lado da sua cama como se fosse um idiota. Os médicos disseram que você está estável. Me mandaram ir pra casa. O que estou esperando? Não sei.

Tremaine apenas o observa. Não sei o que surge nos olhos claros, mas, quando fala, ele não consegue encarar Roshan.

– Sabe o que estou pensando mesmo? – murmura ele. – Estou pensando que se fosse você deitado nessa cama no meu lugar, sua família toda estaria aqui. Seu irmão e a esposa duquesa e o bebê. Sua irmã. Sua mãe e seu pai. Todos os seus primos e sobrinhos e sobrinhas, todos eles. Não haveria espaço aqui. Eles teriam vindo juntos em um avião particular e estariam lotando o quarto, esperando, preocupados, até você conseguir sair andando pela porta.

Ele hesita, como se com medo de continuar:

– Sei que você está com Kento agora. Sei que ele é melhor do que eu de todas as formas. Mas estou pensando que, apesar de não haver ninguém na minha família disposto a me esperar, apesar de você ser o único aqui, eu não ligo, porque pra mim você poderia muito bem valer pela porra do mundo todo.

Ele faz uma careta no silêncio que vem em seguida, a expressão constrangida.

– Esse é o momento depois do meu discurso em que eu gostaria de ir até onde você está ou de sair do quarto em um final triunfante, mas estou meio que preso nessa porcaria de cama, então ficou só constrangedor mesmo. Quer saber? Esquece o que eu disse. Foi só...

Roshan estica a mão, pega a de Tremaine e aperta. Não diz nada por um momento, mas esse silêncio satisfeito parece a coisa certa a ouvir.

– Sabe, eu ainda não esqueci você – murmura Roshan.

– Nem eu – responde Tremaine. Ele vira a cabeça de leve, o máximo que consegue, e fecha os olhos quando Roshan se inclina para beijá-lo.

A lembrança some, como se tudo que acabei de ver tivesse acontecido no espaço de segundos. Roshan fica sentado encostado na parede, os olhos voltados para a frente, vazios.

Zero já sabe o que estamos fazendo e aonde tentamos ir. Até plantou esse ponto final falso aqui, usou o jogo contra nós para nos caçar. Ele sabia que Hideo viria aqui, voltaria para a antiga casa.

Viro a cabeça para Zero, os olhos apertados de raiva. Ele só me observa pelo elmo opaco em silêncio antes de voltar a atenção para Hideo. Mas, para minha surpresa, não toca nele.

Em vez disso, salta em minha direção.

Hideo corre até onde estou. Chega a mim antes de Zero, contrai o maxilar e se agacha na minha frente, pronto para atacar o irmão. Zero para antes que Hideo encoste nele. Mais uma vez, parece se afastar de Hideo, como se fazer contato com ele pudesse ter o mesmo efeito venenoso que a mente de Zero controlando qualquer um de nós.

– Se você tocar nela, eu te mato – rosna Hideo.

– Você não vai matar Sasuke – responde Zero com a voz tranquila.

– Você não é Sasuke.

O chão abaixo de nós racha. Perco o equilíbrio e caio de joelhos. Na minha frente, uma linha enorme divide o piso. Tento me levantar e me jogar em Zero, uma última tentativa de pegá-lo.

Mas é tarde demais. O piso cede, e todos nós despencamos na escuridão.

31

Não tenho ideia de onde estamos. A escuridão é soberana, e a única coisa que consigo ouvir é a respiração de Hideo perto de mim. Ele está inspirando com certa dificuldade agora e parece mais fraco quando fala.

– Hideo – sussurro, e digo o nome dele mais alto: – Hideo!

Ele não responde na mesma hora. Por um momento assustador, penso que Zero também o pegou e que minha nova teoria está completamente errada. Hideo vai parar de falar. Já pode estar olhando inexpressivamente para o espaço dessa escuridão.

Ou talvez esteja morrendo na vida real. De hemorragia. Estamos presos numa sala do pânico com os guardas de Zero do lado de fora. A qualquer momento, eles podem conseguir arrombar a porta e nos pegar, e eu sentiria mãos ásperas segurando meus braços e me botando de pé. E também o cano frio de uma arma de verdade encostado na minha cabeça.

Mas Hideo sussurra:

– Emika.

Só posso responder com outro sussurro:

– Estou aqui

Ele solta o ar de um jeito que parece de alívio.

– Desculpa – murmura ele. – Eu devia ter percebido que Zero prepararia uma armadilha pra nós no único lugar para onde ele sabia que eu ia nos levar.

Gradualmente, a escuridão sufocante ao nosso redor clareia. Primeiro, só consigo ver o chão abaixo dos meus pés. Parece cimento rachado. Depois, silhuetas ao nosso redor se transformam de formas simples em esqueletos de árvores, e paredes escuras se materializam em prédios altos. Meu olhar segue cada vez mais alto enquanto o mundo surge.

Parece uma cidade inacabada.

Arranha-céus com interiores vazios, sem luz. Ruas cheias de asfalto quebrado. As ruas são uma versão fantasma de Tóquio, sem as multidões que vi na ilusão anterior de Shibuya. Há letreiros de néon apagados pendurados nas laterais de shoppings e lojas. Os prédios têm janelas, mas, pelo vidro, só vejo aposentos vazios com paredes descascando. Os quadros nas paredes estão inacabados. Quando olho com mais atenção, vejo que mostram partes de cenas da antiga vida de Zero. Há uma moldura que parece uma parte da antiga casa, só que dá a impressão de ser um rascunho com algumas pinceladas. Há um retrato de uma família, mas os rostos não foram preenchidos.

Esse é o centro da mente de Zero, uma versão vazia das lembranças de Sasuke, um milhão de fragmentos de pedaços com os corações arrancados.

Zero se materializa na nossa frente agora, a figura escura quase invisível contra o fundo, o rosto escondido e impenetrável. Quando ele aparece, dezenas, centenas de bots de segurança o seguem, todos nos parapeitos de prédios, em telhados e esquinas, nos observando em silêncio.

– Vocês estão perdendo tempo – diz Zero com um suspiro. A voz dele ecoa no espaço.

– Se você tem tanta certeza, por que está aqui pra nos impedir? – respondo.

Ele inclina a cabeça de leve para um lado em um gesto de deboche, mas me ignora e volta a atenção para Hideo.

– É irônico ver sua criação nas mãos de outra pessoa? – pergunta ele. – Achou mesmo que sempre ficaria sob seu controle?

Eu praticamente consigo ver as palavras dele atingirem Hideo no peito. Hideo faz uma careta, os olhos ainda grudados na figura de armadura que usa a voz do irmão.

– Sasuke, por favor – diz ele.

Zero dá um passo na nossa direção. O mundo treme com o movimento.

– Você está procurando uma pessoa que não existe mais.

Hideo olha para ele, buscando desesperadamente.

– Você pode não ser mais quem já foi, mas seu molde ainda é meu irmão. Você sabe meu nome e sabe quem fez isso com você. Tenho que acreditar que uma parte de você lembra. – A voz dele fica rouca. – Do parque onde nós brincávamos. Dos jogos que você inventava. Você ainda se lembra do cachecol azul que te dei, o que enrolei no seu pescoço?

A postura de Zero enrijece, mas, quando ele volta a falar, a voz não muda:

– Isso é um desafio?

Quando ele diz isso, o mundo treme de novo... e pedras escarlate e safira aparecem em toda parte, pairando no ar como power-ups, a superfície refletindo a paisagem ao redor. Os bots que nos cercam ficam alertas, os rostos virados na nossa direção, como se prontos para atacar.

Um arrepio percorre meu corpo. A mão de Sasuke pode ser vista aqui também; não há outro motivo para Zero fazer esse joguinho conosco. Mas o controle dele parece enfraquecer com os bots de Zero aumentando em número.

Ouvimos um som ensurdecedor à nossa volta. Olho para Hideo, que também se agachou, as mãos fechadas em punhos. Debaixo dos nossos pés, o piso se transformou em uma coisa viva, um bloco em movimento de partes de concreto que se abrem e se fecham como maxilares, e cada vez que se movem, expõem feixes de luz vermelha vindos de dentro.

Não é real. Digo isso para mim mesma como faço toda vez que entro em um mundo de Warcross, mas, desta vez, não é totalmente verdade. Não estamos apenas em um lugar virtual aleatório. E sim dentro da mente mais poderosa do mundo.

Há um segundo de silêncio insuportável.

De repente, todos os bots correm na nossa direção com velocidade impossível.

Todos os instintos em mim ficam em alerta. Pego minha última banana de dinamite e jogo na nossa frente. Explode e joga os bots para trás em um arco enorme. Mas atrás deles há centenas mais. *Milhares*. Eles se lançam na nossa direção.

Não temos chance. Mas faço um nó rápido na corda do lançador de cabos e arremesso para Hideo, que pega sem nem olhar para mim. Joga para o alto, e a ponta com o gancho se prende em um poste, e ele se ergue na hora em que os bots chegam.

Estou correndo na direção oposta. Quando o primeiro bot se aproxima e tenta me pegar, desvio da mão dele e corro para o prédio mais próximo. Chego lá, apoio a bota no parapeito da janela e subo até alcançar o patamar do segundo andar. Consigo subir no toldo.

Zero está lá, me esperando. Ele bate com o punho em uma das duas hastes que sustentam o toldo. A haste explode em pedacinhos. Perco o equilíbrio e caio no chão, e Zero tenta pegar meu pescoço.

Hideo chega antes que eu perceba. Avança quando Zero tomba e tenta dar um soco, mas Zero se desvia com facilidade. Solta uma pedra escarlate contra Hideo; a luz explode da mão dele. Hideo sai voando e suas costas batem com força em uma parede.

Hideo dá um pulo e chuta os ombros do irmão. O movimento obriga Zero a soltar a gola de Hideo, que cai de pé com leveza e corre para cima de Zero. Há uma fúria nos olhos dele que já vi nos treinos de boxe e no momento em que ele encarou Taylor.

Salto na direção do power-up mais próximo. É uma esfera amarelo-néon.

– Hideo! – grito. Ele olha para mim por um breve momento. Então, uso o power-up.

Uma luz amarela ofuscante engole o ambiente. Mesmo com as pálpebras fechadas e as mãos esticadas, tenho o impulso de me encolher por causa do brilho. Cobre tudo ao nosso redor de branco.

Zero faz uma pausa. Uma luz forte assim não o afeta, acho, mas ele deve estar reagindo à limpeza de dados esmagadora, como se tudo no visor dele tivesse ficado temporariamente vazio.

A luz some com a mesma rapidez com que apareceu. Hideo não desperdiça a oportunidade. Já está correndo para cima do oponente. Zero estica o braço e agarra o irmão, mas Hideo aproveita o movimento e usa o peso de Zero contra ele; Hideo se ajoelha e o derruba.

Zero está de pé novamente em uma fração de segundo, rola sobre as costas e se levanta em um salto fluido. Corre na direção de Hideo, o pega pelo pescoço e o prende contra a parede.

– Você é um tolo por tentar – diz Zero, a voz grave ecoando à nossa volta e na minha mente. Ele parece estar achando graça, mas, por baixo de tudo, há uma fúria borbulhante... não, uma outra coisa, algo que parece desesperado. – Por que você não volta para casa? Você tem todo o dinheiro do mundo agora, não tem? Deixa isso pra lá e vai cuidar dos seus pais.

Hideo segura a mão metálica presa em seu pescoço e não diz nada. Só olha intensamente para o elmo opaco preto.

Aponto uma das minhas facas para ele e a lanço com o máximo de força que consigo.

A faca se choca no elmo e o estilhaça.

Mas Zero apenas some e reaparece a poucos metros de nós. Parece não estar nem um pouco perturbado.

– Vai ser mais fácil pra você assim, sabe – diz ele. – Você não quer fazer mal aos seus pais, quer? À sua pobre mãe, lenta e esquecida? Ao seu pai, adoentado e frágil? Você não quer que nenhum mal aconteça a eles, quer?

Percebo que essas não são palavras de Zero. São de Taylor: reconheço pelas perguntas provocadoras. São coisas que ela já devia ter dito para Sasuke quando ameaçou a família dele para o impedir de fugir.

Hideo encara Zero com o maxilar contraído.

– Você não vai fazer mal a ninguém – rosna ele. – Porque você não é real.

De alguma forma, Hideo não está se apagando como todas as outras pessoas. Ainda está aqui, alerta e consciente. Ele derruba Zero no chão e bate na cara dele.

Zero some e reaparece. Corro até ele, mas percebo que pode continuar desaparecendo repetidamente. Como posso chegar nele e romper a barreira da armadura para instalar os dados de Sasuke? É impossível. Olho com desespero para Hideo quando vários bots o alcançam. Um grito surge na minha garganta.

Mas, para minha surpresa, eles o contornam. Não tocam nele. É como se estivessem deixando Hideo para Zero resolver.

Mas, na minha confusão, deixo um bot chegar perto demais de mim. Não reajo com rapidez suficiente. Ele estica a mão e segura meu pulso.

Ofego. O aperto dele é tão frio, como se ele fosse feito de gelo. Atrás de mim, ouço o grito de Hideo.

– *Emika!*

Eu me viro, os dentes trincados, e chuto o elmo preto. Minha bota estilhaça o vidro. Ele se vaporiza na mesma hora.

Aperto o pulso com força. O gelo do toque permanece lá, queimando minha pele até minha mente, e as beiradas da minha visão ficam meio borradas. Balanço a cabeça. O mundo ao meu redor muda novamente quando corro.

Pisco. Onde estou? A cidade parecia uma Tóquio vazia, mas, de repente, vejo uma disposição de ruas perpendiculares que reconheço como Nova York. Estou passando pela Times Square agora, só que não é a Times Square. As luzes não estão acesas, não tem pedestres lotando as ruas. Logo ao lado há um vislumbre do Central Park.

Isso não faz sentido nenhum, penso enquanto corro na direção de Zero. Sasuke nunca deve ter ido a Nova York. A disposição da cidade não faz sentido, o Central Park não fica perto da Times Square.

É a *minha* casa, são as *minhas* lembranças.

Percebo com um tremor horrível que os bots de Zero se infiltraram na minha mente, assim como ele fez com todos os meus colegas de equipe. Aquele aperto gelado no meu pulso foi ele penetrando na minha mente.

Procuro Hideo ao redor como louca, pronta para chamá-lo, mas o mundo todo à minha volta se transformou agora em Nova York. No Central Park, vejo uma figura andando. *Hideo. Zero.* Começo a correr na direção dela.

Quando chego perto, paro de repente. A figura andando pelo parque não é Hideo nem Zero. É meu pai.

– Pai – sussurro. Ele está aqui, e estou em casa.

Começo a correr na direção dele. É ele, tudo nele deixa isso claro: o terno perfeitamente cortado e o cabelo arrumado e elegante por causa de um concerto vespertino no Carnegie Hall. Está andando com uma garotinha de vestido de tule, cantando um trecho do concerto. Mesmo de onde estou, ouço notas do cantarolar, desafinado e cheio de vida, acompanhado da garota cantando. Quase sinto o cheiro dos amendoins doces torrados que ele entrega a ela, quase percebo a brisa que sacode as folhas em volta deles.

Onde eu estava antes? Em uma ilusão inacabada de cidade. Mas isto? É obviamente real e aqui.

Há um alerta soando em alguma parte de mim, tentando me dizer que isso não está certo. Mas afasto a sensação conforme sigo para mais perto do meu pai e de mim. É outono, então é claro que as folhas estão caindo, e meu pai ainda está vivo, é evidente que ele está andando de mãos dadas comigo pelo parque. O som da gargalhada animada dele é tão familiar que sinto uma explosão intensa de alegria. Meus passos se aceleram.

Mas eles nunca parecem chegar mais perto, por mais rápido que eu vá. Saio correndo, mas é como se eu chapinhasse em melaço. O alerta na minha mente continua, implacável. *Isso aconteceu muito tempo atrás*, percebo gradualmente: a caminhada pelo parque, o som da gargalhada do meu pai, o cheiro de amendoim torrado.

Isso não é agora.

Tarde demais, começo a recordar o que aconteceu com os outros, as lembranças que os envolveram assim que foram tocados pelos bots de segurança de Zero e suas mentes tinham sido infiltradas. Isso não é real, e caí na mesma armadilha. Minha respiração sai em ofegos aterrorizados. Já consigo sentir que estou hesitante, meus pensamentos com dificuldade de se agarrarem a alguma coisa. Em algum lugar ao longe está a voz de Hideo, me chamando.

Chegar até aqui e fazer tudo isso… para falhar no fim, quando estávamos tão próximos. Deixar o quebra-cabeça inacabado, a porta trancada. Minha mente dispara pelas outras opções, mas há uma névoa ocupando minha cabeça, e vejo que estou ficando lenta. Junto com tudo isso vem a sensação de… não sentir.

Foi isso que Sasuke sentiu no último dia do experimento? Quando deu seu último suspiro e abriu mão da mente, e percebeu o que era humano nele se espalhar e virar apenas dados?

Em algum lugar à minha frente, uma figura se aproxima. É Zero, escondido sob armadura. Para a uma distância curta de mim. Ele me observa por um momento.

Você dificultou tanto as coisas para si mesma, diz.

Você. Dificultou. Tanto. Minha mente processa cada palavra com dificuldade. Agora, eu me tornei parte do algoritmo, estou unida à mente de Zero e ao NeuroLink.

Unida à mente de Zero.

Calma. Uma fagulha ilumina a névoa que se espalha em mim. Penso no que ele está fazendo com cada pessoa no mundo e no que fez com Asher, Hammie e Roshan. Zero se mesclou com o algoritmo, com o NeuroLink, e isso quer dizer que sua mente se unificou com todos esses dados. Quando Zero apaga a mente de outra pessoa, é porque a mente *dele* penetrou e assumiu o controle.

Mas Hideo me contou uma vez que as informações no NeuroLink seguem uma via de mão dupla.

Durante nossa briga, Zero evitou tocar na pele de Hideo propositadamente. Quase como se estivesse com medo. Talvez não queira ver o que tem lá: ecos de si mesmo quando criança, do relacionamento e suas lembranças alegres, ou dos pais e o que aconteceu com eles desde seu desaparecimento. Ele tem medo de absorver isso, da maneira como alguém evitaria clicar em um anexo por temer baixar um vírus.

As peças do quebra-cabeça se encaixam. Zero não sabe que tenho as interações antigas de Sasuke na minha conta. Se a sua mente invadir a minha, ele também vai absorver esses arquivos nos dados dele.

Não tenho muito tempo. Estou me apagando rapidamente, como se estivesse adormecendo aos poucos. Tenho a leve sensação de que, na vida real, estou caída no chão da sala do pânico, a mesma coisa que estou fazendo agora na frente de Zero no mundo virtual. O piso metálico está frio sob mim. Com o resto de força que consigo reunir, abro os arquivos de Sasuke que tinha guardado.

Os arquivos aparecem na minha frente, desta vez não como um cubo de dados, mas como um cachecol azul.

Zero fica tenso. Agora ele consegue ver tudo e qualquer coisa que passe pela minha cabeça, o que quer dizer que também consegue ver o cachecol. Abro um pequeno sorriso. Tarde demais, percebe o que fiz ele baixar.

Pego o cachecol. Levanto os braços lentamente à frente do corpo, como se estivesse dançando sob águas profundas, e, como em um sonho, estico as mãos até Zero. Coloco o cachecol no pescoço dele. E quando o que resta de mim some, sinto os dados de Sasuke se misturando com a mente de Zero, se tornando parte dela.

O rosto escondido é a última coisa que vejo. Apesar de ele não ter expressão, sinto a raiva dele pelo NeuroLink.

Ladra.

Não, respondo, meu pensamento final. *Sou uma caçadora de recompensas.*

32

Zero fica paralisado, como se não passasse de um casco de metal. Ele solta um arquejo estranho, e percebo pela primeira vez que nunca o ouvi respirar. Nesse arquejo, não ouço a voz grave, entretida e desalmada que estou acostumada a ouvir vinda de Zero.

Ouço uma criança.

– *Ni-chan?*

Irmão? A tradução aparece no meu visor. Hideo surge ao meu lado, ajoelhado, e me esforço para virar a cabeça e olhar para ele. Hideo está com o olhar grudado em Zero.

Ele também ouviu aquele suspiro. Um toque de reconhecimento brilha em seus olhos.

– Sasuke?

– Você não se parece com o Hideo.

A voz é de um garotinho, os olhos escuros grudados no corpo do irmão, agachado sobre o robô agora sem vida. Quando ele apareceu? Zero não está em lugar nenhum agora. Há um cachecol azul no pescoço do garoto, e quando ele avança alguns passos, vejo um ovo de plástico colorido na mãozinha.

É o pequeno Sasuke, a primeira versão dele, *de verdade*.

Hideo estremece ao vê-lo. Não tira os olhos de Sasuke, que se aproxima com hesitação, a expressão desconfiada do jovem agachado à frente dele.

– Sasuke – diz Hideo. Sua voz está trêmula. – Oi. Sou eu.

Mesmo assim, Sasuke inclina a cabeça, em dúvida. Não parece perceber que é um fragmento de dados, um fantasma de lembrança, e nem Hideo. Nesse momento, ele está aqui.

– Você não é parecido com ele – diz Sasuke de novo, apesar de continuar se aproximando. – Meu irmão é só um pouco mais alto do que eu e estava usando um casaco branco.

Eu me lembro do que Hideo vestia no dia do desaparecimento, e era mesmo um casaco branco. Agora, Hideo passa a mão pelos olhos e uma gargalhada vazia escapa de sua boca. As bochechas dele estão molhadas.

– Você se lembra do que eu estava vestindo?

– Claro. Eu me lembro de tudo.

– É. – Outra gargalhada trêmula, cheia de sofrimento. – Claro que lembra.

– Se você é meu irmão, por que é tão alto?

Hideo sorri quando o garoto finalmente para na frente dele.

– Porque fiquei muito tempo procurando você e, durante esse tempo, acabei crescendo.

Sasuke pisca ao ouvir isso, como se tivesse despertado algum tipo de lembrança nele. Ele se modifica de novo e, de repente, não é mais o garotinho que desapareceu no parque, mas um pré-adolescente magro, de talvez onze ou doze anos, como o vi em algumas gravações. E ainda está com o cachecol, mas as bochechas perderam a qualidade rechonchuda infantil. Ele observa o olhar de Hideo, tentando entender.

– Achei que você tinha me esquecido – diz ele. A voz está no estágio intermediário, grave, aguda e falhando, tremendo. – Esperei, mas você não foi me buscar.

– Desculpa, Sasuke-*kun* – sussurra Hideo, como se as palavras o ferissem fisicamente.

– Tentei ir até você, mas me trancaram. E agora, não sei onde estou. – Sua testa jovem se franze. – Não me lembro mais, Hideo. É muito difícil.

Meu coração parece estar se esfarelando enquanto o observo. Ele é uma mente funcional, eternamente congelada em dados, mas não é capaz de se lembrar de coisas como uma pessoa real consegue, nem pensar como uma. E também é um fantasma, para sempre preso em repetições, condenado a existir em um estado parcial permanente.

– Nós te procuramos em toda parte – diz Hideo. Ele está chorando pra valer agora e nem tenta secar as lágrimas. – Eu queria... queria que você soubesse.

Sasuke inclina a cabeça para Hideo de um jeito que passei a conhecer tão bem. É um gesto que permaneceu, mesmo com o resto da humanidade dele apagado. Ele estica a mão para roçar os dedos na testa do irmão.

– Você tem os mesmos olhos – diz ele. – Continua preocupado.

Hideo baixa a cabeça, e uma gargalhada soa em meio às lágrimas. Ele também estica a mão e envolve o irmão em um abraço apertado.

– Eu sinto muito por ter te perdido – sussurra ele. – Sinto muito pelo que fizeram com você. – As palavras falham no meio do choro. – Sinto muito por não ter conseguido te salvar.

Sasuke abraça o pescoço do irmão com força. Não diz nada. Talvez não consiga, por ser uma série de dados. Ele chegou ao limite do que é capaz de fazer.

O tempo parece parar. Finalmente, quando Sasuke se afasta, ele se transforma de novo, desta vez na forma adolescente. Ainda mais alto, mais magro. Com olheiras. E não está mais com o cachecol.

Mas reconhece o irmão.

– *Ni-san* – diz quando se levanta e olha para a figura abaixada à frente. Hideo, de pé, o observa. – Você criou o NeuroLink por minha causa.

– Tudo que fiz foi por você – responde Hideo.

Se não fosse o desaparecimento de Sasuke, o NeuroLink talvez nunca tivesse existido. E se não fosse o NeuroLink, Sasuke não estaria aqui, como um fantasma da máquina. É um círculo estranho.

O jovem Sasuke desaparece de novo, e, finalmente, no seu lugar está a única versão dele que conheci: Zero, usando armadura preta da cabeça aos pés, silencioso e frio. Ele fica parado junto ao robô quebrado e sem alma com que Hideo estava lutando.

Tremo quando o vejo. Nós o unimos novamente a Sasuke, mas as decisões estão fora do meu alcance, são totalmente dele. Não tenho ideia do que ele vai fazer agora. Sasuke escolheria continuar o que Zero tentava de forma implacável? A imortalidade e o controle? Talvez sim, e tudo o que fizemos teria sido em vão.

– O que você vai fazer? – pergunta Hideo com a voz baixa.

Zero não responde imediatamente. Está hesitante agora e, na hesitação, vejo as versões diferentes da vida passada se mesclando dentro dele, preenchendo parte do poço que ficou vazio por tanto tempo. Ele não parece saber mais o que quer.

– Se não tenho forma física – diz ele –, eu ainda sou real?

Enquanto olho, uma coisa estranha acontece. Meu pai aparece à minha frente, com o traje preto familiar, os sapatos engraxados e o braço fechado com tatuagens coloridas. O cabelo dele brilha na luz.

Não é ele, claro. É o NeuroLink gerando essa alucinação à minha frente, usando os pedaços de lembranças que tenho para montar algo que se assemelha a meu pai.

Mas ele me olha agora, para na minha frente e abre aquele sorrisinho peculiar do qual me lembro. É como se estivesse mesmo aqui, como se não tivesse morrido.

– Oi, Emi – diz.

Oi, pai. Minha visão se turva com as lágrimas, que são *de verdade*, que consigo sentir escorrendo pelo rosto.

O sorriso dele se suaviza.

– Sinto tanto orgulho de você.

Não são as palavras reais dele. E sim simuladas pelo sistema, juntando o que sabe do meu pai para criar esse fantasma. Mas não ligo. Não fico pensando nisso. Só me concentro na figura dele parado à minha frente como se não tivesse ido a lugar nenhum, as mãos enfiadas casualmente nos bolsos. Talvez, se eu sair daqui, ele vá comigo, e vai ser como se sempre tivesse estado presente.

– Juro que vou sentir saudade de você pra sempre – sussurro.

– Juro que vou sentir saudade de você pra sempre – repete ele. Talvez o sistema só consiga fazer isso.

Ele mantém uma certa distância de mim, e faço o mesmo. Antes que eu possa dizer qualquer coisa, e também perguntar se vai ficar, ele some. Desaparece em um piscar de olhos.

Se alguém me perguntasse antes se a realidade virtual poderia algum dia atravessar para a realidade, eu teria balançado a cabeça e discordado. É óbvio para mim o que é real e o que não é, o que devia e não devia ser.

Mas há um ponto em que as linhas começam a ficar borradas, e estou nesse ponto agora, lutando para enxergar no cinza. Talvez seja aqui que Taylor se perdeu, onde ela saiu procurando uma coisa nobre e acabou no escuro.

Real. Meu pai era real, e Sasuke também, assim como Sasuke é agora, apesar de não ter forma física. É real por causa da forma como Hideo está olhando para ele, porque foi amado e perceberam a falta dele, pois amou e sentiu falta de outras pessoas.

– Você me perguntou uma vez o que eu desejaria se pudesse pedir qualquer coisa – diz Zero para o irmão. – Se lembra disso?

Hideo assente uma vez.

– Eu desejaria você de volta.

Ele faz uma pausa para olhar na minha direção antes de olhar para Hideo.

– Não desejaria, não – responde ele. – O mundo já se moveu por causa do passado. Mudou por causa dele. Cuide pra que mude pra melhor.

– Vou te ver de novo? – pergunta Hideo. Na voz dele está o seu eu perdido, o garoto que cresceu com uma mecha branca de dor no cabelo.

É nessa hora que percebo que, no fim, nós todos desejaríamos a mesma coisa.

Um pouco mais de tempo.

Sasuke se transforma mais uma vez. O elmo preto opaco que o esconde agora se dobra, placa a placa, e revela um rosto, a mesma face que vi quando entrei para os Blackcoats. É como olhar para Hideo por um espelho, uma visão do que Sasuke poderia ter sido. Ele olha para o irmão por um longo momento.

Prendo o ar e me pergunto o que vai decidir fazer agora.

Ele levanta a mão uma vez. Ao nosso redor, o mundo desmorona, os prédios, o céu e o parque viram dígitos e dados. Código sendo apagado.

Solto o ar. Meu corpo parece meu de novo, e o torpor gelado que tinha invadido minha mente não está mais lá.

Sasuke decidiu destruir o que Zero estava construindo.

Ele acaba sumindo. Hideo se adianta, como se pudesse manter o irmão aqui, mas Sasuke não reaparece. O mundo virtual à nossa volta, o céu escuro e a cidade desmoronada e inacabada, também some, e estamos sozinhos na sala do pânico um momento depois.

Cada centímetro do meu corpo está doendo e parece desperto. Pergunto-me se todas as outras pessoas do mundo também estão despertando lentamente, se Hammie, Asher e Roshan estão segurando a cabeça e gemendo.

É possível que nem se lembrem de tudo que aconteceu. Tudo já parece menos real e mais próximo de um pesadelo.

Inspiro fundo. Meus membros voltam a ser meus, e um formigar percorre meu corpo como se eu só tivesse dormido em cima dos braços e pernas por tempo demais. O mundo virtual desapareceu completamente, o que me deixou desorientada no mundo real. Perto de mim, Hideo ainda está encostado na parede, o rosto pálido e molhado de lágrimas.

Engatinho até ele e toco em seu rosto.

– Ei – sussurro.

Ele se vira para mim com movimentos fracos. Sem energia e com tudo que queríamos fazer feito, e parece desmoronar debaixo de um peso enorme. O olhar oscila entre um estado de consciência e outro.

– Você está aqui – diz, expirando, e fecha os olhos com alívio exausto.

– *Hideo* – balbucio, e seguro o rosto dele, mas ele está desmaiando, a respiração mais lenta.

Batidas altas do outro lado da porta me fazem virar a cabeça nessa direção. Em meio às lágrimas, vejo a porta da sala do pânico finalmente se abrir e um jorro de luz artificial entrar. Minha mão sobe imediatamente para proteger os olhos. A energia no prédio está de volta.

Figuras vestidas todas de preto entram. Primeiro, acho que são os guardas de Zero, talvez ainda sob algum tipo de influência. Mas logo vejo os distintivos nas mangas. Não são os guardas de Zero, mas a polícia, libertada do controle do algoritmo. Deve haver dezenas de policiais. Os gritos deles são ensurdecedores. Não consigo nem contar quantas armas estão erguidas, todas apontadas para nós, até estarmos cobertos de pontinhos vermelhos.

– Ele está ferido! – grito, a voz rouca, lágrimas ainda escorrendo pelo rosto. – Tomem cuidado. *Ele está ferido!*

A polícia cerca o corpo inerte e, em um borrão, vejo paramédicos entrarem para verificar a pulsação de Hideo. A polícia me obriga a ficar de joelhos e algema minhas mãos nas costas. Eu não protesto. Só posso assistir enquanto o corpo de Hideo é deitado e erguido e desaparece na luz ofuscante fora da sala do pânico. Meus membros estão dormentes quando fico de pé e sou levada para o corredor. Tenho um vislumbre de uma garota de cabelo prateado no meio dos uniformes, os olhos cinzentos virados na minha direção. Mas Jax some, e não sei se tive uma alucinação. Meu olhar percorre o ambiente.

A polícia está em toda parte, os olhos vibrantes e vivos, os movimentos e pensamentos novamente deles mesmos. Os *meus* pensamentos são meus. E apesar de todo mundo estar falando comigo, gritando perguntas na minha cara, só consigo ouvir o que se repete na minha mente.

Nós conseguimos.

Eu me agarro a isso quando sou levada pelo corredor e para fora do prédio. O pensamento basta por agora, porque é meu.

DISTRITO DE CHIYODA

Tóquio, Japão

33

Digitais.

Interrogatórios.

Mais câmeras de televisão do que já vi na vida.

Passo as duas semanas seguintes em uma confusão de atividades, flutuando por tudo como se estivesse vivendo dentro de outra realidade. A notícia – de que Hideo estava usando o NeuroLink para controlar mentes e vontades, alterar opiniões e impedir as pessoas de fazerem o que querem – engoliu o mundo como uma tempestade. Noticiários transmitem imagens de Hideo algemado, ainda mancando por causa do ferimento, sendo levado pela polícia. Tabloides exibem primeiras páginas com o rosto rígido de Hideo entrando e saindo de um tribunal. Milhares de sites mostram capturas de tela de paletas mentais que o algoritmo gerou e controlou, dos dados que a Henka Games estava coletando e do estudo que faziam das mentes de criminosos e não criminosos.

Kenn também é preso, junto com Mari Nakamura. O NeuroLink é desativado e as autoridades investigam cada canto da Henka Games. A imprensa está tentando falar comigo diariamente, procurando mais informações para montar esse quebra-cabeça cada vez maior e mais desconexo. Mas não falo com nenhum dos veículos de mídia. Só dou meu depoimento para a polícia.

É estranho estar em um mundo em que o NeuroLink não é mais acessível. Isso quer dizer que não há sobreposição, ícones coloridos, nem rostos virtuais, nem símbolos pairando sobre prédios e linhas douradas desenhadas no chão como guia. Tudo fica mais cru, mais cinzento e mais tangível novamente.

Mas...

Apesar de tudo que vi e de tudo que sabia que o NeuroLink tinha de errado... estou triste sem ele. Hideo criou uma coisa que mudou as nossas vidas, muitas vezes para melhor. Foi uma criação que, provavelmente, me salvou. Mas aqui estou.

Talvez eu devesse parecer uma heroína. Mas não é isso que sinto. Sempre é mais fácil destruir do que criar.

● ● ● ● ●

O verão chegou com tudo no dia em que, finalmente, paro na frente do Tribunal Superior do Japão.

É uma estrutura imponente de blocos retangulares de concreto, e nas últimas semanas, a área na frente da entrada vive lotada de gente, todas ansiosas para verem de passagem alguém que conhecem. A umidade paira pesada no ar. Quando saio do carro, as câmeras dos espectadores enlouquecem. Mantenho a calma, os óculos de sol apoiados no rosto.

Só há um motivo para eu estar no tribunal hoje. É para ouvir Jax dar seu depoimento.

Dentro, o espaço é amplo e silencioso, tomado apenas pelo zumbido tenso de vozes baixas. Fico sentada quieta na frente da sala principal. É estranho estar em um lugar tão ordenado depois de tudo que aconteceu. Os juízes do Tribunal Superior, com suas togas pretas, todos os quinze, estão sentados com postura severa na frente da sala. As pessoas na plateia são uma mistura incomum de embaixadores e representantes de quase todos os governos do mundo. E tem eu. Um monte de gente da Henka Games. A mais proeminente dentre eles é Divya Kapoor, a CEO recém-escolhida para a empresa. O comitê não perdeu tempo para escolher uma nova liderança.

Eu me sento ao lado de Tremaine. Ele ainda se recupera do ferimento, e a cabeça está enrolada em gaze... mas seus olhos continuam tão alertas quanto sempre foram quando ele assente para mim. Não dizemos nada um para o outro. Não há nada a ser dito que já não saibamos.

Enquanto observamos, uma garota de cabelo curto e claro é levada de algemas até um cercado na frente da sala. Os lábios estão rosados hoje em vez de com a cor escura de sempre, e sem uma arma na cintura na qual mexer, ela só pode apertar as mãos repetidamente uma na outra. Não olha na nossa direção. Seu olhar se desvia brevemente para onde Hideo está, com os advogados, na frente da sala.

Eu também olho para ele. Hideo pode estar algemado hoje, mas ainda veste um terno impecável. E se não estivéssemos no Tribunal Superior para ouvir o caso criminal dele, eu acharia que ele ainda estava na sede da Henka Games ou erguendo uma taça para um brinde para o mundo, os segredos escondidos atrás dos olhos.

Mas, hoje, fica em silêncio. Jax vai testemunhar contra ele e revelar tudo que os Blackcoats sabiam sobre o algoritmo, o que o fez ser alvo deles.

O pensamento me força a afastar o olhar dele. Lutei a vida toda para consertar coisas... mas agora que estamos finalmente aqui, no momento em que a justiça vai ser feita, de repente, parece que não consertei coisa alguma. Nada parece certo. Taylor, que fez tudo isso acontecer, já está morta. Jax, que nunca conheceu outra vida, vai ser presa pelos assassinatos que foi treinada na infância para executar. Zero, o remanescente de Sasuke Tanaka, o garoto roubado, desapareceu. Eu derrubei o NeuroLink, o epicentro da sociedade moderna, a pedra fundamental da minha juventude.

E Hideo, o garoto que se tornou o homem mais poderoso no mundo por causa do irmão que foi tirado dele, que fez todas as coisas erradas por todos os motivos certos, está sentado aqui hoje, pronto para encarar o destino.

O testemunho começa. Jax fala com a voz controlada a cada pergunta feita, uma após a outra.

Dana Taylor era sua mãe adotiva? Quantos anos você tinha quando ela te adotou?

Qual era a natureza do seu relacionamento com Sasuke Tanaka?

Com que frequência ele falava de Hideo Tanaka?

Mesmo agora, ela permanece calma. Acho que depois de tudo pelo que passou, um julgamento é quase anticlimático.

Finalmente, um dos juízes pergunta sobre Hideo.

O que Hideo pretendia fazer com o NeuroLink?

Jax olha diretamente para ele, que olha para ela. É como se houvesse um resquício do fantasma de Sasuke entre eles no ar, do mesmo garoto que virou a vida dos dois de cabeça para baixo. As palavras que Jax gritou com desespero para nós durante nossa fuga no instituto voltam com tudo à minha mente. Não sei dizer que emoções ela sente agora, nesse ambiente, se é ódio ou raiva ou arrependimento.

– O algoritmo de Hideo não era para controlar a população – diz Jax. A voz dela ecoa de onde ela está, na frente da sala.

Um murmúrio percorre a multidão. Pisco e troco um olhar com Tremaine para ter certeza de que não ouvi errado. Mas ele está tão surpreso quanto eu.

– Eram os Blackcoats que queriam abusar do NeuroLink – continua Jax –, transformá-lo em uma máquina capaz de fazer mal às pessoas, de as virarem contra elas mesmas ou contra outros. Esse sempre foi o objetivo dos Blackcoats, e Taylor estava determinada a garantir que fôssemos até o fim com isso. Vocês já ouviram o que ela fez comigo e com Sasuke Tanaka. – Jax hesita e limpa a garganta. – Hideo Tanaka usou o algoritmo para procurar o irmão perdido.

Escuto em meio a uma névoa, sem nem conseguir processar direito o que estou ouvindo. Jax não está aqui para fazer Hideo ser punido por ter fracassado na proteção ao irmão. E sim para proteger Hideo com seu testemunho contra os Blackcoats.

– E essa sempre foi a intenção dele? – os juízes perguntam de novo.

– Sim, Meritíssimo.

– Nunca, em nenhum momento, ele fez alguma coisa com o algoritmo contra a população em geral com intenções nocivas?

– Não, Meritíssimo.

– Então qual foi o momento específico em que o algoritmo se tornou uma ferramenta maliciosa?

– Quando os Blackcoats o roubaram de Hideo e hackearam o seu sistema.

– E você pode citar todos os integrantes dos Blackcoats diretamente responsáveis por esse plano? – pergunta um dos juízes.

Jax assente. E enquanto Tremaine e eu ouvimos em perplexo silêncio, ela começa a listar os nomes. Cada um deles.

Taylor.

Os técnicos do Instituto de Inovação que sabiam dos projetos dela.

Os funcionários que ajudaram Taylor a fazer experimentos, pegaram Jax e Sasuke e roubaram as vidas deles.

Os demais Blackcoats espalhados pelo mundo: seus outros hackers, mercenários, cada pessoa com quem ela trabalhou sob as ordens de Taylor.

Ela lista todo mundo.

Minha mente gira. Olho na direção de Jax novamente. Apesar de Sasuke não estar aqui, sinto a presença dele na sala, como se o garoto que desapareceu tivesse, finalmente, encontrado uma voz para sua história através de Jax.

Depois de uma decisão surpreendente do Tribunal Superior do Japão, o fundador da Henka Games, Hideo Tanaka, foi absolvido das acusações de conspiração e de homícido qualificado. Ele foi considerado culpado de homicídio doloso não premeditado pela morte da dra. Dana Taylor, assim como de explorar ilegalmente sua criação, o NeuroLink, em sua investigação sobre o desaparecimento do irmão. As autoridades locais fizeram uma busca no Instituto de Inovação Tecnológica do Japão, de onde várias provas mencionadas nos depoimentos parecem ter sumido, entre as quais a armadura descrita em detalhes pelas testemunhas Emika Chen e Jackson Taylor. A armadura não foi recuperada.

– **THE TOKYO DIGEST**

34

Duas semanas se passaram desde a sentença de Hideo.

Pareceram uma eternidade agora que o NeuroLink não funciona mais. As pessoas acordam e entram na internet como faziam antes dos óculos de Hideo se espalharem pelo mundo. Não há sobreposições quando quero saber um caminho, não há tradução automática de línguas que não consigo entender. Há uma ausência nas nossas vidas que é difícil de descrever. Mesmo assim, as pessoas parecem ver o mundo melhor agora.

Quando o dia começa a sumir no crepúsculo, pego o skate elétrico para ir ver Asher, Roshan e Hammie. Sem o NeuroLink, conto com técnicas antiquadas como capuzes, bonés e óculos escuros. Há um milhão de jornalistas atrás de mim. Se eu fosse inteligente, teria pegado um autocarro.

Mas subo no meu skate e sigo para a cidade. Sinto que meu lugar é aqui, com a cara no vento, o equilíbrio apurado por anos viajando sozinha por ruas movimentadas. Ao meu redor está Tóquio, a *verdadeira* Tóquio, os trens viajando por pontes e arranha-céus subindo até as nuvens, templos escondidos em silêncio no meio de bairros barulhentos. Dou um sorriso quando passo por tudo. Meu tempo em Tóquio pode estar acabando, mas não sei para onde quero ir agora. Depois desses últimos meses intensos, este lugar já estava começando a parecer um lar.

Tenho a sorte de não ser parada por ninguém quando chego a um jardim no meio de um bairro tranquilo no distrito de Mejiro. Há poucas pessoas aqui e nenhum olhar curioso. Desço do skate, o apoio no ombro e olho para a entrada simples e elegante no muro branco, tudo banhado de rosa pelo pôr do sol. E entro.

É um ambiente lindamente esculpido, com um lago grande cheio de carpas cercado de árvores cuidadosamente podadas e de pedras arredondadas, pontes em arco e pequenas cachoeiras. Fecho os olhos e respiro fundo, me permitindo absorver o aroma de pinheiro e de flores.

Uma voz chega a mim. Abro os olhos e observo o local nessa direção.

Há um pequeno pagode em um canto do jardim, e ao lado dos pilares estão Roshan, Hammie e Asher, tomando garrafas de refrigerante. Eles acenam para mim. Meu sorriso se abre e vou até os meus amigos. Meus passos se aceleram até eu chegar, e paro de repente.

– Oi – digo para Roshan.

Ele sorri para mim.

– Oi.

E meus colegas de equipe me esmagam em um abraço.

Eu me apoio neles e não digo nada. Depois de tudo que aconteceu desde que a minha vida virou de cabeça para baixo, essa está sendo a melhor parte.

Minutos depois, nós quatro estamos sentados em fileira no patamar de pedra do pagode com vista para o lago de carpas, as pernas balançando acima da água. O sol se pôs completamente agora, transformando o laranja e dourado do céu em tons mais suaves de roxo e rosa.

– Então é isso. – Asher fala primeiro e rompe o silêncio. Ele olha para o lugar onde estacionou a cadeira, a uma certa distância. – Não vai haver mais torneios de Warcross. Não vai haver mais NeuroLink.

Ele tenta falar de uma forma libertadora, mas hesita e fica em silêncio. O resto de nós também.

– O que você vai fazer agora? – pergunto.

Ele dá de ombros.

– Acho que vamos receber uma enxurrada de propostas de cinema e entrevistas e pedidos de documentários. – Ele não parece muito animado.

Roshan se encosta e passa a mão pelos cachos escuros.

– Vou voltar pra Londres – diz, a voz abatida da mesma forma. – Vai ser bom ver minha família de novo, ter um tempo calmo com eles, depois descobrir o que quero fazer agora.

– Mas Tremaine vai com você, pelo que eu soube – acrescenta Hammie, cutucando-o com força suficiente para o desequilibrar.

Um sorrisinho surge nos cantos dos lábios de Roshan. Ele tenta disfarçar olhando para o lago.

– Não tem nada decidido ainda – diz ele, mas Hammie só sorri mais e o cutuca nas costelas. Roshan grunhe uma vez. Nós rimos.

Hammie se inclina para observar as carpas nadando abaixo de nós.

– Pra mim, vai ser Houston – diz ela. – De volta à vida anterior ao Warcross.

Asher a cutuca uma vez.

– E? – acrescenta ele.

Ela dá uma piscadela tímida para ele.

– E visitas frequentes a Los Angeles. Sem nenhum motivo.

Ele sorri ao ouvir isso.

A vida antes de Warcross. Visualizo o pequeno apartamento onde eu morava com Kiera em Nova York, a luta diária. A maioria dos caçadores de recompensa não vai ter trabalho agora; não vai ser necessário caçar pessoas apostando ilegalmente em Warcross nem de entrar no Dark World. Sempre vai haver criminosos, mas eles vão voltar a operar pela internet normal. E na vida real.

O que *eu* vou fazer agora? Voltar para Nova York? Como vou entrar no ritmo de uma vida normal? Eu me imagino tentando uma faculdade agora, preenchendo um formulário de emprego, trabalhando em um escritório. É uma coisa estranha e surreal de imaginar.

– O Warcross não é quem nós somos – digo, mais para mim mesma.

– Não – concorda Roshan. Há uma longa pausa. – É só uma coisa que a gente fazia.

E ele está certo, claro. Não teria sido nada sem eles, nós, para torná-lo importante. Sem nós, era mesmo só um jogo.

– Não vai mudar isto – responde Roshan, sinalizando para nós três. – Vocês sabem disso, né? Estamos conectados pra sempre agora.

Ele levanta a garrafa de vidro em um brinde. Hammie faz o mesmo, assim como Asher. Eu também levanto a minha.

– Aos bons amigos.

– A ajudar o outro a se levantar.
– A ficarmos juntos, seja qual for o apocalipse.
– À nossa equipe.

Nós batemos garrafas. O som ecoa pelo jardim e some no céu.

●●●●●

Quando volto para o hotel à noite, há um bilhete me esperando na mesa de cabeceira. Olho para ele por um segundo antes de pegá-lo e levá-lo à luz. É um número de telefone deixado pelo recepcionista do hotel, junto com uma mensagem pedindo para eu ligar.

Olho meu celular de novo. No silêncio do jardim e na companhia dos meus amigos, não olhei para ele. Agora, percebo que perdi algumas ligações do mesmo número. Ligo para lá, caminho até a janela e seguro o celular junto ao ouvido.

Uma voz de mulher soa do outro lado.

– Srta. Chen? – diz ela.

– Quem quer saber? – respondo.

– Sou Divya Kapoor, a nova CEO da Henka Games.

Eu me empertigo um pouco mais. É a mulher que vi no Tribunal Superior.

– Sim?

Há uma pausa curta e constrangida do outro lado.

– Srta. Chen, em nome da Henka Games, eu gostaria de pedir desculpas por tudo que aconteceu. Como você sabe, as ações de Hideo não foram reveladas para todos do estúdio, e estou tão chocada quanto todo o resto do mundo com as alegações. Foi por causa da sua ajuda que conseguimos evitar uma catástrofe. Nós lhe devemos muito.

Escuto em silêncio. Não foi tanto tempo atrás que entrei na Henka Games me sentindo uma proscrita.

– Você me ligou só pra dizer que a Henka Games quer se desculpar? – pergunto, e faço uma careta na mesma hora. Não era minha intenção que as palavras saíssem como uma acusação. Acho que algumas coisas não mudam nunca.

– Tem algo mais – acrescenta Divya. Ela hesita de novo antes de prosseguir: – Estamos no processo de remover tudo que há de errado no NeuroLink. Mas também queremos encontrar uma forma de reconstruí-lo.

Reconstruí-lo.

– Há coisas demais que se baseiam no NeuroLink – ela prossegue. – Acabar com ele completamente é uma opção que a economia global não vai aguentar e, além disso, é impossível. Não é uma tecnologia que vá desaparecer, nem mesmo depois do que aconteceu. Alguma outra pessoa vai refazê-la.

Engulo em seco enquanto a escuto descrever as várias atividades conectadas ao sistema. Só em Tóquio, milhares de negócios que giravam em torno do NeuroLink foram fechados. Empresas que criam e vendem artigos virtuais. Serviços educativos. Universidades. E isso sem nem incluir todos os negócios que se baseavam nos jogos de Warcross, que acabaram sem o NeuroLink. Mas isso nem é o centro do que Divya está dizendo.

Quando uma tecnologia é feita, ela não pode ser desfeita. O que Hideo construiu vai continuar existindo. Outra pessoa vai inventar uma nova realidade virtual e aumentada que possa fazer as mesmas coisas que o NeuroLink original. Talvez até vá além. Alguém *vai* preencher o buraco que o NeuroLink deixou.

A pergunta é quem. E o que vão fazer com isso.

– Nós temos que reconstruir o sistema, mas, como você sabe, não podemos reconstruí-lo para ser igual ao que sempre foi. Vai ser feito com supervisão popular e governamental, abertamente. Vai ser feito de forma honesta.

– E o que isso tem a ver comigo? – pergunto.

Divya respira fundo.

– Estou ligando para saber se você estaria interessada em nos ajudar a montar uma equipe. Queremos nos concentrar nas falhas, cortar o que tem de ruim e fazer alguma coisa melhor. E você... bem, você é o motivo de termos encontrado essas falhas.

Reconstruir o NeuroLink. Reconstruir Warcross.

Meu objetivo era impedir Hideo, e isso queria dizer parar o NeuroLink. Minha vida foi transformada e virou de cabeça para baixo por causa de Warcross, e eu tinha acabado de me despedir dos meus colegas de equipe, havia me preparado para voltar aos Estados Unidos sem ideia do que fazer agora.

Mas meu segundo pensamento...

Não é porque um sistema tem falhas que não vale a pena existir. Como todas as outras coisas, é uma ferramenta que depende dos que a usam. Mudou milhões de vidas para melhor. E talvez agora, com as mentes certas por trás dele e a percepção que acompanha a experiência, possamos tornar um NeuroLink uma versão melhor dele mesmo.

Todos os problemas têm uma solução. Mas, depois de cada uma delas, há um novo problema a resolver, algum novo desafio a enfrentar. Nós não paramos depois de resolver uma coisa. Nós seguimos em frente, procuramos um novo caminho e uma nova solução, tentamos fazer e criar melhor. Destruir uma coisa não é o objetivo final; fazer algo ótimo ou melhor ou *certo* é. Ou talvez não exista objetivo final. Quando conseguimos uma realização, nós mudamos e nos preparamos para a próxima. Nós continuamos resolvendo um problema atrás do outro até mudarmos o mundo.

Até o momento, meus objetivos de vida se limitaram a impedir o que era errado. Agora, estou tendo a oportunidade de participar de outro aspecto do conserto: a chance de criar algo.

Com a minha longa pausa, Divya pigarreia.

– Bem – diz ela, a voz ainda reverente e em tom de desculpas –, vou lhe dar um tempo pra pensar. Se estiver interessada, não hesite em me procurar diretamente. Estamos prontos pra seguir com você. Se não estiver, nós entendemos. Você fez mais do que qualquer pessoa deveria.

Nós trocamos uma despedida rápida. Ela desliga, e fico parada no quarto, o celular no lado do corpo enquanto olho para a paisagem noturna pela janela.

Meu celular vibra de novo. Olho para ver quem me liga.

Coloco no viva-voz, e uma voz familiar surge. Antes, era uma voz que me enchia de pavor. Agora...

– E aí? – pergunta Zero. – Qual vai ser a sua resposta?

Abro um sorrisinho.

– Você estava ouvindo tudo?

– Estou em toda parte online ao mesmo tempo – responde ele. – Não é difícil pra mim ouvir uma conversa telefônica.

– Eu sei. Mas você precisa aprender o conceito de privacidade.

– Mas você está feliz de eu ter ouvido – diz ele. – Consigo perceber na sua voz.

Ele soa quase como antes, mas há algo de humano nas palavras dele agora. A parte que ficou intacta pela mente de Sasuke.

Depois que o instituto foi invadido pela polícia e que Hideo e eu fomos tirados da sala do pânico, e a armadura de Zero sumiu e a notícia se espalhou, surgiram boatos online de que uma figura encouraçada aparecia às vezes nas contas das pessoas. De que alguém estava deixando marcas criptografadas onde quer que fosse, assinaturas com um zero no meio. De que Jax, quando tinha acesso a um telefone ou computador, conversa com alguém que não existe.

Não há nada que substancie isso, claro. A maioria acha que pode ser trabalho de hackers brincalhões e iniciantes.

Mas *eu* sei. Como dados, como informação respirando entre fios e eletricidade, Zero – Sasuke – continua existindo.

– Para de me analisar – digo.

– Não estou fazendo isso. – Ele faz uma pausa. – Você sabe que tem meu apoio, caso resolva se juntar a ela.

– Eu talvez precise.

– E aí? – Essa é a parte da mente dele formada por Sasuke, inteligente, curiosa e gentil. – O que você vai dizer pra ela, então?

Meu sorriso se alarga aos poucos. Quando abro a boca para responder, o que digo não contém hesitação.

– Estou dentro.

35

A entrada da Delegacia de Polícia Metropolitana de Tóquio está cheia de gente nesta manhã, como nas semanas anteriores. Quando meu carro para, as pessoas se viram e começam a se reunirem, as câmeras e as atenções voltadas para mim. Olho para o mar de rostos. Todos ainda estão aqui porque hoje é o dia em que Hideo vai ser transferido para começar a cumprir a sentença.

Todos estão reunidos na esperança de alguma novidade. Ainda não houve declaração oficial sobre a sentença dele.

Microfones são empurrados na minha direção quando a porta do carro se abre, e gritos soam no ar. Fico com a cabeça baixa enquanto os guarda-costas abrem caminho no meio das pessoas para me deixarem passar. Só levanto o rosto quando chegamos no interior do prédio. Lá, faço uma mesura rápida para um policial e o sigo no elevador.

Alguém me cumprimenta quando saio.

– Chen-*san* – diz a mulher, se curvando para mim em cumprimento. Retribuo o gesto. – Por favor, venha comigo. Estávamos esperando você.

Ela me leva por um corredor até uma sala de interrogatório com uma janela comprida de vidro. Junto à parede externa há seis policiais, os rostos sérios voltados para a frente. É como se eles estivessem vigiando o criminoso mais perigoso do mundo. Talvez estejam certos. Pela janela, vejo uma figura familiar sentada sozinha à mesa, esperando. É Hideo.

Eles inclinam a cabeça ao me verem e abrem a porta para eu entrar. Quando entro, Hideo me olha e abre um sorrisinho que gera uma onda de calor em mim.

Eu não tinha me dado conta de que sentia tanta saudade dele.

A sala é pequena e simples. Uma parede tem a janela de vidro que vi de fora, e a oposta é uma tela preta enorme que vai do teto ao chão. No centro da sala há uma mesa com duas cadeiras. Hideo está sentado em uma dessas cadeiras agora.

– Oi – digo, e me sento na frente dele.

– Oi – responde ele.

Tudo nesse momento devia me lembrar de quando me encontrei com ele na Henka Games como uma caçadora de recompensas comum, ansiosa e constrangida. Hideo continua composto como sempre; estou do outro lado da mesa, me perguntando em que ele está pensando.

Mas, desta vez, há uma algema prateada prendendo as mãos dele. O lado do corpo ainda está cicatrizando, e por baixo da camisa ajustada, vejo os sinais do curativo enrolado na cintura. Não estou mais usando minha calça jeans rasgada com o moletom preto. E sim um terninho elegante e ajustado. Hammie me ajudou a prender o cabelo em um coque alto. É a versão invertida do nosso primeiro encontro.

Também há outras diferenças importantes. Ele parece cansado, mas seus olhos estão alertas, a expressão mais genuína que já vi.

Nós observamos o olhar do outro. Ele repara na mudança na minha aparência, mas não comenta nada. Só diz:

– Não achei que você viria me ver.

– E por que isso?

Ele abre um sorrisinho, tímido e divertido.

– Achei que já estava voltando para os Estados Unidos.

Há algo de magoado nas palavras dele que me deixa triste. Penso em como ele virou o rosto para mim na sala do pânico, no que murmurou quando achou que estava dizendo suas últimas palavras, nos braços dele em volta do irmãozinho, nas palavras em meio às lágrimas. *Sinto muito por não ter conseguido te salvar.*

Agora, depois de tudo pelo que passamos, ele não consegue acreditar que poderíamos encontrar o caminho para recomeçar. Hideo está pronto para a punição.

Limpo a garganta e digo:

– Você vai pra casa hoje?

Ele assente. Hideo pode ter tecnicamente uma sentença de prisão, mas a polícia não tem como manter uma pessoa do status dele em uma penitenciária comum, com toda a atenção e confusão que ele geraria. Como outras pessoas proeminentes do mundo, ele vai cumprir sentença em prisão domiciliar, com um pequeno destacamento da polícia em volta da propriedade e o governo vigiando de perto o que ele faz.

Hideo balança a cabeça e, por um momento, olha na direção da janela de vidro, perdido em pensamentos. Não preciso dizer nada para saber que ele está pensando no irmão.

– Nós nunca fomos certos um para o outro, né? Não existe versão da nossa história que não estivesse condenada desde o começo.

– Se precisasse fazer tudo de novo, Hideo, eu ainda teria que caçar você.

– Eu sei.

Fico em silêncio por um segundo.

– Não quer dizer que não tenho mais sentimentos por você – digo.

Ele se vira para me observar, e só consigo pensar em como seria o mundo se Taylor nunca tivesse se interessado pelo irmão dele. Se meu pai não tivesse morrido jovem e eu não estivesse tão desesperada por dinheiro. Como essa cadeia de eventos terminou comigo sentada aqui na frente de Hideo, nossas posições de poder invertidas, a pergunta *e se* pairando no ar?

– Desculpa, Emika. De verdade. – E a dor nos olhos dele, a careta que tenta esconder me dizem que está sendo sincero.

Respiro fundo.

– A sra. Kapoor me ligou. A nova CEO da Henka Games. Vão reconstruir o NeuroLink e me convidaram pra participar. Eu aceitei a proposta dela.

A princípio, não consigo decifrar o que Hideo acha dessa notícia. Ele está surpreso? Resignado? Talvez sempre tenha desconfiado que o NeuroLink não poderia morrer completamente, que outra pessoa acabaria assumindo as rédeas. Não sei o que ele acha de esse alguém ser eu.

Mas ele só me observa agora.

– É inteligente da parte dela te convidar para o projeto – diz. – Você sabe tanto quanto qualquer outra pessoa que tenha trabalhado no desenvolvimento do sistema.

– Minha tarefa é montar uma equipe pra ajudar a reconstruir o NeuroLink.

– E você já escolheu essa equipe?

– Eu não vim aqui hoje só para te visitar.

Silêncio. Ele ergue uma sobrancelha cética para mim.

Assinto sem dizer nada.

– Emika, eu fui sentenciado pelo que fiz. Você mesma estava me caçando.

– Não quer dizer que não acho o que você fez incrível. – Eu me inclino para a frente sobre a mesa e olho para a tela preta que ocupa uma parede inteira. – Rodem as imagens.

Quando Hideo olha, a tela se acende.

É uma sequência de vídeos, notícias e lembranças de anos anteriores.

Há um trecho de documentário sobre uma mulher idosa presa em um corpo inerte que conseguiu usar o NeuroLink para se comunicar com a família. E também uma entrevista em que um jornalista viaja para uma fronteira maltratada pela guerra, em que refugiados jovens estão usando os óculos para continuar tendo aulas ou para conversar com parentes de quem foram separados. Há ainda o interior de um hospital infantil que Hideo já tinha visitado, em que as crianças podiam percorrer corredores que pareciam mundos fantásticos em vez de ambientes brancos, onde seus quartos ficavam cheios de criaturas mágicas que as faziam rir. Pacientes de Alzheimer que podiam contar com os registros do NeuroLink de suas lembranças. Pessoas presas em um prédio em chamas que puderam usar a grade do NeuroLink para encontrar a saída. Os vídeos são infinitos.

Hideo assiste a tudo sem dizer uma palavra. Talvez sempre haja um peso nos ombros dele, a culpa pelo que fez de errado, a perda do irmão. Mas ele não afasta o olhar dos vídeos e, quando terminam, não fala nada.

– Hideo – digo gentilmente –, você mudou o mundo pra sempre quando criou o NeuroLink. E apesar de ninguém ser perfeito, não quer dizer que não ouvimos. Que não nos tornamos melhores. Há um milhão de coisas boas a serem feitas, e elas podem ser feitas com responsabilidade, com reflexão e respeito, sem tirar o que há de maravilhoso no mundo.

Ele olha para mim.

– Não sei se ainda mereço fazer parte de tudo isso – admite ele.

Balanço a cabeça.

– Não quer dizer que você não vai ser vigiado de perto. Nem que não vai haver guardas. Você não vai poder trabalhar diretamente nem nada, nem escrever código, nem ser parte oficial da empresa. Vai haver muitas regras. Isso posso garantir. – Eu o encaro. – Mas você conhece o NeuroLink melhor do que qualquer pessoa. Antes de ser do mundo, era seu. Por isso, eu ainda acredito que haja valor no seu conselho, que podemos nos beneficiar do seu conhecimento e da sua ajuda.

O brilho nos olhos de Hideo agora é o mesmo que reconheço das primeiras entrevistas. É a luz do criador, a centelha mágica que mantém uma pessoa acordada à noite, de olhos arregalados pelo potencial e pela promessa.

– Você disse uma vez que estava cansado dos horrores do mundo – digo. – Bem, eu também. Ainda podemos encontrar um jeito de lutar contra, mas do jeito certo. Podemos encontrar um jeito de fazermos isso juntos.

Hideo não fala nada por muito tempo. Em seguida, sorri. Não é o sorriso secreto dele, nem de desconfiança. É tudo que eu podia desejar. Genuíno, honesto, caloroso, como o do garotinho que ele já tinha sido, sentado com a luz de um abajur na oficina do pai, montando uma coisa que mudaria tudo para sempre. É o sorriso que eu abria quando meu pai me chamava e mostrava como tinha costurado peças delicadas de renda, uma a uma, na cauda de um vestido. O mesmo sorriso de quando eu ficava na frente do laptop no orfanato, me sentindo no controle da minha vida pela primeira vez.

Pode ser que consigamos encontrar um jeito de seguir em frente, em sintonia. Nós somos capazes de encontrar um jeito de ficarmos juntos.

Eu me inclino para a frente nessa versão invertida do nosso primeiro encontro. Meu olhar firme se gruda no dele.

– Portanto, eu tenho uma proposta de trabalho pra você – digo para ele. – Gostaria de saber mais?

Emika Chen aceitou a posição de CEO da Henka Games. Ela colocou boa parte de sua fortuna em um fundo dedicado a custear as criações de jovens mulheres vivendo em circunstâncias complicadas. (...) Chen foi vista de mãos dadas com Hideo Tanaka quando eles saíram de um restaurante da região no começo da semana passada, gerando especulações sobre o relacionamento dos dois.

– *TOKYO LIFESTYLE MAGAZINE*

Agradecimentos

Embora *Warcross* tenha sido um filho fácil, *O jogo do coringa* foi o que sempre ia parar na sala do diretor. Por muitas noites, fiquei acordada até quase o amanhecer para dar forma a essa história, com muitas dificuldades. Acabou virando um livro do qual sinto muito orgulho, mas jamais teria sido capaz de fazê-lo sem a ajuda de uma equipe inteira de pessoas brilhantes.

Kristin Nelson é sempre a primeira pessoa em quem penso em todos os meus livros, mas particularmente em *O jogo do coringa* e *Warcross*. Nunca vou esquecer seu entusiasmo e encorajamento por este livro desde o primeiro dia, e considerando a proximidade da história de Emika do meu coração e dos meus interesses, sempre serei grata a você. Obrigada por acreditar.

Às minhas incríveis editoras, as inimitáveis Kate Meltzer, Jen Besser e Jen Klonsky – muito obrigada por sua sabedoria e seu feedback brilhante, por me puxarem pelas águas turvas deste livro e por serem companhia tão alegre de trabalho. Anne Heausler, não sei mesmo o que faria sem seu olhar arguto e sua mão como guia. Dedico a cena do iate a você!

Como sempre, Putnam Children's, Puffin e Penguin Young Readers, vocês são um sonho realizado. Theresa e Wes, obrigada pela capa deslumbrante de *O jogo do coringa*; Marisa Russell, Shanta Newlin, Erin Berger, Andrea Cruise, Dana Leydig, Summer Ogata, Felicity Vallence e Vanessa Carson – sou eternamente grata por tudo que vocês fazem!

Kassie, não tenho como agradecer por você estar ao meu lado e promover esta série desde o começo. Tenho tanta sorte de poder trabalhar com você.

A Tahereh Mafi, uma das minhas pessoas favoritas no mundo: você foi a primeira a ler *O jogo do coringa* e me deu encorajamento exatamente onde eu precisava. A Sabaa Tahir e nossa ida diabólica à pedicure cheia das dores das minhas histórias, quando você me ajudou a descobrir todo o arco de Zero! Sempre vou associar salões de beleza com seu brilhantismo. A Amie Kaufman: todas as vezes que precisei de um ombro em que me apoiar, você esteve presente. E, claro, a Leigh Bardugo, orgulhosíssima de seu nome, que inspirou o cabelo prateado de Jax e o batom preto-bruxa. Zero hackearia qualquer sistema por você.

A Primo, parceiro de histórias e melhor marido, que sempre foi o primeiro olhar da série e que sabe mais sobre ela do que qualquer outra pessoa. Aos meus familiares e amigos, por todo seu amor e apoio.

Finalmente, aos meus leitores. Vocês me inspiram diariamente. Façam coisas grandiosas e desafiem o mundo.

Impressão e Acabamento:
GRÁFICA STAMPPA LTDA.